高云览—著　阿老—图

小城春秋

中国青年出版社

（京）新登字083号

图书在版编目（CIP）数据

小城春秋/高云览著. —北京：中国青年出版社，2019.8
（红色经典文库）
ISBN 978-7-5153-5641-9

Ⅰ.①小… Ⅱ.①高… Ⅲ.①长篇小说—中国—当代 Ⅳ.①I247.5

中国版本图书馆CIP数据核字（2019）第109715号

责任编辑	曾玉立
装帧设计	孙 初
出版发行	中国青年出版社
社　　址	北京东四十二条21号
邮政编码	100708
网　　址	www.cyp.com.cn
门 市 部	010-57350370
编 辑 部	010-57350402
印　　刷	北京科信印刷有限公司
经　　销	新华书店
规　　格	880×1230　1/32
印　　张	11
插　　页	4
字　　数	280千字
版　　次	2020年1月北京第1版
印　　次	2021年8月北京第2次印刷
印　　数	5001-10000册
定　　价	29.00元

本图书如有印装质量问题，请凭购书发票与质检部联系调换　联系电话：(010)57350337

秀苇拉着剑平低声说:"都是些流氓歹狗,咱们跟他们拼,不值得。咱们还是走吧,回避一下好……"

警兵把剑平的两手反缚绞剪在背后,押走了。

金鳄露出黄板牙笑一下,"你埋怨谁来,谁也没叫你背这个黑锅,是你自家心甘情愿的嘛。"

他们像开了闸的大水，冲过没遮没盖的露天操场，向大门口那边跑去。

《小城春秋》的时代背景和主题思想
再版序

  高云览同志遗著《小城春秋》的出版，深受读者欢迎，文艺界也给予相当高的评价。作品所以具有广泛的吸引力，主要在于主题的积极性和人物的形象性。它反映了一九二七年到一九三六年的中国革命斗争的一角，塑造了一群具有爱国主义思想和共产主义风格的英雄儿女的形象，歌颂了中国共产党党员和爱国人民的崇高品质。

  中华民族从一九二七年国民党叛变了革命起，整整十个年头陷于灾难。"但是，中国共产党和中国人民并没有被吓倒，被征服，被杀绝。他们从地下爬起来，揩干净身上的血迹，掩埋好同伴的尸首，他们又继续战斗了。"（毛主席：《论联合政府》）经过了一系列的历史事件："九·一八"、"一二·八"、二万五千里长征、"一二·九"运动、西安事变，终于爆发了抗日战争。《小城春秋》就是通过震动全国的厦门大劫狱的故事，展开了厦门人民十年来在中国共产党领导下的英勇斗争的画卷。

  厦门是个对外老港口。今天它屹立在海防最前线，光荣地被称为英雄城市，但在解放前一百年来却是一个典型的半封建半殖民地的城市。十七世纪末叶，英帝国主义就到厦门设立东印度公司分公司，大量输入鸦片。一八四二年清政府因鸦片战争失败和英国签订的第一个不平等条约（《南京条约》），把厦门订为五口通商的商埠之一，从此各帝国主义势力接踵而来。一九〇三年鼓浪屿沦为英、美、日、法、荷等国的公共租界。英、法、日等国在那里设有自己的银行、码头、仓库、邮政、警察。各国领事馆成了侵略大本营。然而,中国人民是不可征服的。一百多年来,厦门人民没有停止过反帝反侵略的斗争,其中一八五一年占领厦门达半年之久的小刀会起义和一九二二年向英帝国主义收回海后滩的斗争是规模最大的两次。一九二五年中国大革命开始,厦门已经有了中国共产党组织,当时厦门市总工会委员长罗扬才(中共闽南特委和厦门市委会委员)便是厦门工人运动的杰出活动家,他领导两万名工会会员进行了反对帝国主义、反对资本家剥削的罢工斗争,曾一再取得胜利,不幸在"四·一二"事变时被捕,英勇就义。

在一九三〇年厦门大劫狱事件发生前夕,帝国主义商品泛滥于厦门市场。海关被外国人霸占着,称为"洋关"。一九二六年这一年中,单是厦门这一港口入超就达白银两千五百多万两。在帝国主义侵略势力中以日本为最大:三井洋行、大阪商船株式会社等都在厦门设立了规模宏大的分行;还办了报馆、学校、医院。日籍浪人更是无恶不作,横行无忌。英国的亚细亚火油公司、太古洋行、汇丰银行、德忌利士洋行、和记洋行、英美烟草公司,分别控制着汽油、航业、金融和香烟等市场。美国商人以汽油和汽车的输入代替了早期的鸦片走私和人口贩卖。华人买办阶级的商行挂了洋招牌,叫做"洋行",和南洋发生贸易关系的商行叫做"洋郊"。"洋"字头的行业何止千家!不少买办、流氓、地痞入了洋籍,恬不知耻地挂起洋籍户民的牌子,《小城春秋》中剑平的叔叔不是在大门上钉着一块铜牌吗:"大日本籍民何大雷"。

帝国主义者同时勾结军阀、官僚、流氓、封建把头,统治着厦门社会,这些走狗骑在人民头上,什么坏事都干。每一条街、每一角落都有向市民敲竹杠、榨油水的流氓集团,市民给它一个诨名:"角头歹狗",头子便是所谓"十八大哥""三十六猛"。海上和码头则为纪、吴、陈三大姓的封建把头分别割据,只要稍微受了主子的唆使或某些挑拨,随时可以发生几十条命案的火并和械斗。此外,娼妓多,骗子多,叫花子多,赌场多,瘟疫多,垃圾多……一切腐烂城市的一切特点,应有尽有。

然而,在这个腐烂城市的地下却奔涌着强大的革命潜流。它是大革命失败后党在福建的工作据点。党以这个海港为中心,展开了白区的极端艰苦、复杂的地下斗争。在它的腹地龙岩、长汀、永定等县,中央红军建立了广大的游击根据地、革命的星火正在燎原。厦门大劫狱发生后两年(一九三二年),红一、五军团组成的东路军,在毛主席亲自率领下,解放了离厦门仅八十多公里的漳州达四十九天之久,大大鼓舞了福建人民的革命斗志,并在南洋华侨中发生重大影响。厦门,一方面是革命根据地包围中的白色孤岛,另一方面又是革命工作在白区的砥柱。敌人一再企图消灭这个砥柱,但是失败了。

大劫狱事件发生于一九三〇年五月。这以前,在厦门的中共省委机关两次被破坏,成批同志被捕,其中包括中共厦门市委书记刘瑞生,共青团福建省委书记陈伯生。眼看他们要被敌人杀害,福建省委决定来一个抢救。于是由罗明、王德(现任中共广东省委书记处书记)、陶铸(现任中共广东省委第一书记)等六位同志组织破监委员会,指定陶铸同志负责组织与领导。在地下党的领导下,破监斗争取得了非凡的胜利,成功地救出了四十多位同志,消灭敌人二十余名,我党方面却一无伤亡。群众说:"共产党真有本领,来无踪,去无影。"当时国民党政府驻厦门的海军司令林国赓因此被调。破监的政治影响极大。

云览同志没有参加这次大劫狱,但目击了这个惊心动魄的历史事件,这次斗争和参加这次斗争的英雄们深深地感动了他,在他的心上留下了不能磨灭的印象。他觉得作为一个文艺工作者,有责任把它写出来,二十多年来,这个心愿是越来越迫切。一九五二年,他写信告诉我：

> 共产党大劫狱事件发生不久，有一位朋友叫做傅树生（共产党员，后病故）拿党油印的关于记载劫狱的小册子给我，希望我写。我非常激动，天天写，但环境条件不许可，没写成。这份材料一直在我脑里发酵，到二十年后的今日，我才有可能把当时党托傅树生交给我的材料重新来写，我希望能用我坚持的劳动来完成严肃的付托。我不量力地想用我的生命来写这一件激动人心的史实，同时也纪念我旧日的同志、老师和朋友、他们每一个人的英勇就义都震动过我的心灵。

云览同志忠实地履行了自己的诺言。他以厦门大劫狱为素材，以他曾目睹熟悉的抗日运动为背景，把事件安排在一九三六年。从一九五二年开始到一九五六年临终前一小时，他用坚持的劳动完成了严肃的付托。

这是一本呕血而成的书，前后改写了六遍，初稿和改稿合起来有好几十万字，作者认为"自己的水平很差，得比别人多花些苦工夫"，再三考虑着那些热情帮助他的同志的意见，改写了一遍又一遍。后来我发现他描写仲谦那一段："他天天都赶着写，好像他是在跟死亡的影子竞赛快慢。他不喜欢动，每天的散步和练拳都得人家硬拉。吃饭的时候，要不是别人抢他的笔，相信他是可以连饭都不吃的。"这多么像他自己，难道这是偶然的巧合？不，这是云览同志对生命终结有了预感，因而同仲谦一样急急忙忙地要把"亲眼看到的记录下来，给历史做见证"！他热爱并忠实于文学创作，只有到死亡的前一分钟才放下了他最心爱的笔，他的武器。我永远不能忘记：六月十二日预定给他的肠癌施行二次手术那一早晨，他照例很早就起身，在病室的小桌子上安详地改着《小城春秋》的油印本，当护士让他坐上手术椅进手术室的时候,油印本上的修改墨迹还没有干,钢笔还摆在桌上……

这本用生命写成的书,首先以它鲜明的思想性吸引住读者。它的主题思想概括在这支歌里:

> 把你手里的红旗交给我,同志,
> 如同昨天别人把它交给你。
> 今天,你挺着胸脯走向刑场,
> 明天,我要带它一起上战地。
> 让不倒的红旗像你不屈的雄姿,
> 永远鼓舞我们前进,走向胜利。

这是作者最喜爱的主题歌,在书里反复引用。谁都看得出来:作者努力通过笔下的英雄儿女,歌颂"生命诚可贵,爱情价更高,若为自由故,两者皆可抛"的爱国主义思想;歌颂"为了祖国的荣誉,为了信仰,为了爱……你投身烈火,光荣地牺牲。你为事业流血、事业长存,你虽死犹生"的"能在黑夜预见天明"的布尔什维克;歌颂"一个人倒下去,千百万人站起来"的不可抗御的革命洪流;歌颂四敏所说的"我们好像跑接力一样,一个接着一个,一段接着一段,谁也不计较将来谁会走到目的地,可是谁都坚信,不管我们自己到达不到达,我们的队伍是一定要到达的"红旗永远不倒的坚定革命意志。

对明天的信念,对革命必胜的信念,把革命儿女联结为一个不可战胜的集体。在党的教育下,革命的青年一代当着生与死的最严重考验的关头,表现了充沛的革命乐观主义和坚贞不屈的英雄气概。何剑平受了四次刑,每一次受刑总为同志的一句话所鼓励:"要顶住,如果活比死难,就选难的给自己吧。"当他挺起胸脯走向刑场的时候,只想到:"我应当死得勇敢,死得庄严。我为祖国,为信仰交出我的生命,我可以自豪。"另一个等待死刑的女共青团员丁秀苇在给她父亲的信里写道:"当集体被真理武装了时,它就跟海洋一样,是永恒的了。"又道:"我是集体中的一个,很清楚,我将被毁灭的只是有限的涓滴,我不被毁灭的是那和海洋一样永恒的生命。"在这些革命儿女的心目中,革命的利益超过了个人的利益;在两种利益发生抵触的时候,坚决服从革命的利益,人民的利益,集体的利益。李悦和四敏合写的信里说得好:"只有用真理武装自己,他才能做到真正的不屈和无惧,他即使在死亡的边缘,也能为他所歌唱的黎明而坚定不移。"这一主题思想,被普遍地体现在各个革命人物身上。人们从李悦、四敏、剑平、吴坚、秀苇以及其他革命工作者的身上看到了崇高品质,看到了坚忍不拔的战士形象。

云览同志由于斗争生活的局限性,写工人阶级不够有力,刻画知识分子,却是如见其人,如闻其声。他用大量篇幅塑造了三种具有鲜明性格特征的革命知识分子。第一种是对党忠心耿耿,但在政治上还不够成熟的革命青年何剑平。这个具有高度革命决心的青年硬汉,在刑室里,在刑场上,在掩护同志越狱的战斗中,证明经得起考验;然而,急躁,"粗憨",过于鲠直,容易冲动,不善于深思熟虑,不善于运用策略和战术,不善于灵活地团结中间分子,因此容易和人家争吵,被捕的次数多一些,不待时机成熟就越狱等等。不过,他对革命无限忠诚的崇高品质的光芒掩盖了这些缺点,令人觉得他很可爱。第二种是比较懂得党的策略,比较老练的党的工作者:吴坚与四敏。吴坚耐心引导剑平"像一个溺爱弟弟的哥哥";被捕后遇见以前的爱人林书茵保持高度警惕;对敌人赵雄的劝降十分机智;在狱中执行领导工作比较细致;对党的领导人李悦非常尊重,这些比较老练的表现,同他所负的工作责任是相适应的。谦恭和蔼、待人宽厚的陈四敏,个性同吴坚不一样,也是比较深沉的党员干部,他懂得怎样争取刘眉,怎样领导厦联社工作,怎样分析书茵不是特务;问题看得深一些,事情做得稳一些;缺点在于他也免不了犯了一般书生所常犯的温情主义,这种毛病使他对待堕落分子周森铸成了错误。第三种是共青团员丁秀苇,一个热情、纯洁、有正义感,但还有些幼稚的青年女性,她从爱国热情出发,参加了"九·一八"二周年示威,参加厦联社工作,写救亡诗,演救亡剧;接着参加共青团,接受党的教育;最后在监狱中坚贞不屈地以"泼辣货"的姿态对待敌人。作者突出地描写了一个热情爱国的小资产阶级女性在党的培养下的成长过程。

作者处理另外几个知识分子:"瘦骨伶仃的老好先生,过去竟然是生龙活虎的一名学生运动的骁将"的仲谦,"火暴暴的老姑母"洪珊,"一味喜欢读《浮生六记》和《茵梦湖》一类的小说,却不闻不问世界上有什么蓝衣社、乌衣党这些东西"的善良的书茵,虽然落笔不多,也都有血有肉、显出个性来。

作者刻画了从义侠到战士的吴七这个人物,是有深意的。抗日爱国运动把千万群众卷入革命浪潮,任何正直善良的人,都不能不关心民族和国家的命运,从而对现状不满。像吴七这样一个"一拳打死一个逼租的狗腿子逃亡来厦门"的"山地好汉",最初闹不清"印小册子啊,撒传单啊,这顶啥用",但是他喜欢何剑平、吴坚这些"好小子",进而同情革命,同情党,为党做了一些工作;党信任他,教育他,称赞他"一心一意想闹革命迎红军",并耐心地说服他"一天就能把厦门打下来"的"起义"计谋不能搞,慢慢地把他的打抱不平的斗争转为阶级斗争,最后引导他成为一个革命战士。许多正直善良的中间群众就是这样通过自己的社会实践走到革命队伍来的。作者还写下了另一个公子哥型的中间分子刘眉,这个自称为"新野兽派"的"艺术家",反对艺术为政治服务,风头主义十足,面目可憎;但是他积极参加厦联社活动,对"新美术展览会"的筹备工作十分卖力,"艺术界的人都拥护他"。秀苇和剑平说他"这种人不可能是跟我们一路的",但四敏却指出:"将来也许跟得上,也许跟不上,可是今天,既然他赶向前了,我们就没有理由把他挡在门外。"从四敏这句话看,作者对于中间群众是有认识的,但是终于把刘眉作为一小丑描绘了。为了发挥主题思想的积极性,这个中间分子究竟怎样处理才算合度,我以为是不无考虑的余地的。

作者所写的反面人物,给读者留下切齿的仇恨。他怀着如此强烈的憎恨,用突出与夸张的手法勾出了敌人金鳄、赵雄以及叛徒周森的嘴脸,其中以刻画出卖朋友、两手沾满烈士鲜血的赵雄更为成功。这个"高唱奴性乃人类最高品德"的法西斯谰言的刽子手,在他所干的数不清的兽行中始终贯彻着一个信条:"再没有比软心肠更愚蠢的了。只要你需要,即使割一个人的脑袋去换一支香烟也用不到犹豫。"这正是特务头子戴笠、毛森之流干那出卖祖国、屠杀人民的勾当的共同"哲学",作者愤怒地借连禽兽都不如的赵雄的自白揭露出来,并以极端蔑视的态度,揭露了国民党的血腥统治。读者会觉得,统治者这种绝望的恐怖手段,并没有吓倒谁,倒是给自己敲了丧钟。

《小城春秋》吸引读者的另一原因是它的传奇色彩。大劫狱斗争本身就是一篇惊心动魄的富有传奇性的革命斗争故事。作者的艺术再现,严格地说,虽然结构还不够严密,情节没有现实那么丰富,但是已使读者感到十分生动。开头几章描述了几个主要人物诞生和成长的气候和土壤,接着便以厦联社的活动为枢纽,向读者展开了不断出现的主要人物与次要人物,展开了一个事件又一个事件。生活场景是广阔的:有公开活动,也有地下活动,有敌人的狠毒,也有革命者的机警,有私生活,也有群众场面,有潺潺细流,也有惊涛骇浪;总之,正面与反面,公开与地下,动态与静态,个人与集体,作了互相呼应的穿插,一步一步扣紧了读者心弦。破监把故事引上了高潮。原定十月十八日晚六时四十分劫狱,但起事前三天,忽传剑平将被"就地正法",只好改为十五日晚举行,可是吴坚又给传讯了,差点儿又得改期,真是一波未平,一波又起。破监是惊心动魄的一幕,充满着惊险、紧张、曲折、机智的描写,令人不得不屏息入神,一口气吞了下去。读到尾声——公路劫车,犹不忍释卷。有一位评介者这样比喻:"读这部作品,好像登高山看日出,最初是平淡无奇的,及至到了绝顶,则产生一种无法抑制的激动心情。"

　　从技巧上说,作者对形象花了很大的努力。他懂得没有形象,就没有艺术,力图钻到人物的灵魂里,从本质上刻画他们的精神面貌。在描写大场面、大事件或者平凡生活、日常生活的时候,作者善于排除非本质的东西,抓住一些特征性的细节;并极力尝试要通过对话、动作和情节,而不是通过主观介绍和冗长的心理描写来实现这个艺术要求。他非常推崇中国小说的民族风格,认为中国古典小说的特色,在于主要靠对话刻画人物性格。他从民族传统汲取养料的努力,在《小城春秋》中有了一定收获。例如:十九章写剑平与秀苇会晤,对话极简约,有的只有一个字,动作描写很明快,曲折地传出了秀苇要参加组织的喜悦和对剑平与四敏的复杂感情,表达了剑平最纯真的爱以及所谓"让"的戆气。又如四敏和秀苇游南普陀一段,情与景交织在一起,景拿情渲染,情借景衬托,情和景都写活了,也展示出了人物的内心世界。吴坚和书茵相遇一幕,也有精彩的对话,吴坚从完全不信任到反复疑虑,但是始终保持高度警惕的心理过程,和善良的书茵想做好事而得不到了解的委屈,都能有分寸地描绘出来。厦联社的讨论和监狱里的争辩,反映了不同人物在不同环境中的不同身份。吴七、李悦、四敏、洪珊、刘眉、丁古的语言,都相当符合各人的身份和性格,并不令人感到公式化和概念化。

　　为了语言形象化,作者付出了辛勤的劳动。像他这样一个讲福建方言的人,学北方口语真不容易!从古典和现代名著学习吗,当然是一条重要的途径,然而远远不够;借助于北方话辞典之类吗,更不管事;他知道,最好的办法是向实际生活学习,向群众学习。我记得,他穷年累月地做这个准备工作,袖珍本子随时随地记上各种各样的、新鲜的也有平凡的语句、词汇、调子、语气、语尾;在写《小城春秋》的过程中,不断请教同志、朋友和群众,一句不苟,一词不苟,一字不苟。尽管还有若干文字不够干净,若干用语仍然免不了生硬、别扭,总算冲过了技巧上的最大难关。蕴冬的绝命书不同于秀苇就义前的禀父书,四敏的说理不同于李悦的说理,赵雄的咒骂不同于金鳄的咒骂,岂是偶然的?不,这是费尽苦心的成果!云览同志锤炼语言的方法之一,是坚决执行鲁迅的"竭力将可有可无的字、句、段删去,毫不可惜"的教导:删,简,压缩,提炼。我看过《小城春秋》的初稿与定稿,前后四年,改得几乎面目全非了,他在这方面的大刀阔斧的勇气和决心,是很难得的。

《小城春秋》是云览同志的绝笔,也是他生平第一部长篇创作。像一切优秀的文艺创作一样,也难免有其缺点。就我所了解的说来,作者因为在大劫狱时期没有参加实际斗争,生活经验不够,因而书中描写的革命战士和党领导人的形象,和真实情况一比,就觉得对党的政治领导和组织领导描写得不够充分了;其次,大劫狱前夕厦门的政治气氛和若干有关的重大事件与革命活动,也还没有在书里得到相应的反映,例如当时厦门具有斗争传统和坚强基础的工会活动,当时党提出抗日统一战线而产生的广泛影响,当时党内对左倾机会主义的斗争等等都没有写到,而一九三二年红军解放漳州后对厦门人民产生的巨大影响,书里也只有寥寥数笔。当然,写小说和写历史不同,因此上述的一些缺点,并不能使本书的吸引力受到多大影响。

《小城春秋》所描写的厦门,今天起了根本变化。厦门人民在党的领导下,高举三面红旗,取得了社会主义建设的辉煌成就;并且由于在完成祖国统一大业中表现了非凡的坚定和勇敢,博得了"英雄人民"的称号!这正是李悦、吴坚、剑平、四敏、仲谦、秀苇、吴七等所理想的人民的厦门。站了起来的伟大的祖国,到处都可以看到比剑平、吴坚、秀苇、四敏等更成熟而有着美好工作环境的幸福的新的一代。云览同志!你不能回到萦回梦寐的久别的家乡,用热情洋溢的歌喉来颂扬这一切变化,多么遗憾!

《小城春秋》的时代虽然永远成为过去了,人们仍将从这支激动人心的英雄颂歌中继续获得鼓舞。回顾路是怎样走过来的,美好日子是用多少烈士的血换来的,对于今天建设社会主义是很有好处的。因此,这篇"历史的纪录",对于广大的正在成为或将成为敢于坚持真理,为真理冲锋陷阵,树立先进和革命旗帜的人,具有一定的教育意义。

张楚琨
一九六一年八月,厦门

张楚琨(1912.1~2000.2),福建泉州人。曾任中国侨联副秘书长、中国华侨历史学会会长。

第一章

从我们祖先口里,我们常听到:福建内地常年累月闹着兵祸、官灾、绑票、械斗。

常常有逃荒落难的人,从四路八方,投奔来厦门。于是,这一个近百年前就被开辟为"通商口岸"的海岛城市,又增加了不少流浪汉、强盗、妓女、小偷、叫花子……旧的一批死在路旁,新的一批又在街头出现。

一九二四年,何剑平十岁,正是内地同安乡里,何族和李族械斗最剧烈的一个年头。

过去,这两族的祖祖代代,不知流过多少次血。这一次,据说又是为了何族的乡镇流行鼠疫,死了不少人,迁怒到李族新建的祠堂,说它伤了何族祖宅的龙脉。两族的头子都是世袭的地主豪绅,利用乡民迷信风水,故意扩大纠纷,挑起械斗。于是,姓何的族头子勾结官厅,组织"保安队";姓李的族头子也勾结土匪头,组织"民团"。——官也罢,匪也罢,反正都是一帮子货,趁机会拉丁、抽饷、派黑单,跟地主手勾手。这么着,恶龙相斗,小鱼小虾就得遭殃了。

何剑平的父亲何大赐,在乡里是出名慓悍的一个石匠,被派当敢死队。一场搏杀以后,何大赐胸口吃了李木一刀,被抬回来。他流血过多,快断气了,还咬着牙根叫:

"不能死!不能死!我还没报仇……"

何大赐的三弟何大雷,二十来岁,一个鹰嘴鼻子的庄稼汉,当晚赶来看大赐。这时候,外面正下着倾盆大雨。

"李木！……李——木！……"大赐喘着气说不出话，手脚已经冰凉，眼睛却圆睁得可怕。

大雷流着眼泪，当着临死的二哥指天起誓：

"皇天在上，我要不杀了李木，为二哥报仇，雷劈了我！……"

话还没说完，天上打闪，一个霹雷打下来，天空好像炸裂，满屋里的人都震惊了。

大赐听了三弟的起誓，这才合了眼。这不幸的戆直的石匠，在咽最后一口气的时候，还不知道他是为谁送的命。

也和石匠一样戆直的李木，听到石匠死的消息，惊惧了。深夜里，他带着老婆和十四岁的儿子李悦，打同安逃往厦门，告帮在舅舅家。舅舅是个年老忠厚的排字工人。

何大雷随后也带着小侄子剑平，追赶到厦门来，住在他大哥何大田家里。

何大田是个老漆画工，结婚三十年，没有孩子，看到这一个五岁无母十岁无父的小侄子，不由得眼泪汪汪。从此老两口子把小剑平宠得像连心肉似的。

大雷结交附近的角头好汉，准备找机会动手。起誓那天晚上的雷声，时不常儿的在他耳朵里震响着，有时连在睡梦里也会惊跳起来。

忠厚老实的田老大，每每劝告他三弟说：

"你这是何苦！这么杀来杀去，哪有个完啊？常言道：'宁与千人好，不与一人仇'……"

大雷不理。一天，大雷带着小剑平出去逛，经过一条小街，他指着胡同里一间平房对小剑平说：

"瞧见吗，杀你爹的仇人就住在那间房子里，我天天晚上在这里等他，等了九个晚上了，他总躲着不敢出来……"

说到这里，大雷忽然又指胡同口一个孩子说：

"瞧,李悦在那边,去!揍他!"说时折了一根树枝递给小剑平,"去!别怕,有我!"

小剑平记起杀父之仇,从叔叔手里接过树枝,冲过去,看准李悦的脑袋,没头没脑的就打。

血从李悦额角喷出来,剑平呆了。树枝险些打中李悦的眼睛。李悦不哭,正想一拳揍过去,猛地看见对方的袖子上扎着黑纱,立刻想到这孤儿的父亲是死在自己父亲的刀下,心抖动了一下。他冷冷地瞧了剑平一眼,掉头跑了。

大雷很高兴,走过来拍着侄子的肩膀说:

"有种!你看,他怕你。"

从那天以后,剑平不再见到李悦。

李木自从听说大雷追赶他到厦门,整日价惶惶不安地躲在屋里,老觉得有个影子在背后跟踪他。那影子好像是大雷,又好像是大赐。

不久以后,大家忽然风传李木失踪,接着风传他出洋,接着又风传他死在苏门答腊一个荒岛上。

其实李木并没有死。

原来有一天,有一个随着美国轮船往来的掮客,在轮船停泊厦门港内的时候,来找李木的舅舅,对李木的遭遇表示豪侠的同情。到开船那晚,他慷慨地替李木买好船票,说是可以带他到香港去做工。李木一想这一走可以摆脱大雷的毒手,不知要怎样感谢这一位仗义的恩人。船经过香港,恩人又告诉他,香港的位置给别人抢去了,劝他随船到苏门答腊的棉兰①去"掘金"。这天船上又来了二百多名广东客和汕头客,据他们说,也都是要"掘金"去的。船到棉兰

---

① 苏门答腊(Sumatra)是马来群岛中的第二大岛,原为荷兰帝国主义殖民地,现属印度尼西亚共和国。棉兰即苏门答腊的大城市。

时,李木才知道,他跟那二百多名广东客和汕头客,一起被那位恩人贩卖做"猪仔"了。

二百多个"猪仔"被枪手强押到荒芭上去。从此李木像流放的囚犯,完全和外界隔绝了,呼天不应,日长岁久地在皮鞭下从事非人的劳动,开芭、砍树、种植烟叶。这荒芭是属于荷兰人和美国人合营的一个企业公司的土地,荒芭上有七百多个"猪仔",全是被美国和荷兰的资本家派遣的骗子拐来的。

烟叶变作成沓成沓的美金和荷兰盾。发了昧心财的美国老板和荷兰老板,在纽约和海牙过着荒淫无耻的"文明人"的生活。那些被拐骗的奴隶,却在荒岛上熬着昏天黑地的日子,每月只能拿到两盾的苦力钱。

李木把拿到手的苦力钱,全都换了酒喝。

最初一年,他逃跑了两次,都被抓了回去,一场毒打之后,照样被迫从事无休止的苦役。

八年过去了,本来是生龙活虎的李木,现在变得像个被压扁了的人干似的,背也驼了,脚也跛了,耳朵也半聋了,右臂风瘫,连一把锄头也拿不动了。他终于被踢了出来,也就是说,他捡得了一条命。

一个姓李的华侨捐款把他送回厦门。

李木做梦也没想到,他这把老骨头还有带回家的一天。他看见儿子李悦已经长大成人,娶了媳妇,而且是个头等的排字工人,不由得眼泪挂在脸上,笑一阵又哭一阵,闹不清是欢喜还是悲酸。

第二天,李悦带了一个年轻的小伙子来看父亲,附在父亲半聋的耳旁,亲切地嚷着说:

"爸,认得吗,他是谁?"

李木把那个小伙子瞧了半天,直摇头。李悦又笑了笑,说:

"爸,他是剑平,记得吗?"

"剑平？"李木又摇头，"唉，唉，不中用了，记不起来了。"

"爸，他就是何大赐的儿子剑平。"

一听见"何大赐"，老头子忽然浑身哆嗦，扑倒在地上，哽咽道：

"饶了我吧！……饶了我吧！……我……我……"

两个年轻人都吃惊了，赶紧把他扶起来。

"事情早过去了，李伯伯！"剑平激动地大声说，"你看呀，我跟李悦不都是好朋友吗？"

李悦小心地把父亲搀扶到里间去歇。过后，他感慨地对剑平说：

"老人家吓破了胆子啦。你看，他过了这么一辈子，前半生吃了地主老爷的亏，后半生又吃了外国资本家的亏，现在剩下的还有多少日子呢……"

李木的确没有剩下多少日子。元宵节过后的一天，他拄着拐棍，自己一个人哆里哆嗦地走到街上去晒太阳，忽然面前一晃，一个人挡住了他的路。他抬起头来一看，那人穿着挺漂亮的哔叽西装，鹰嘴鼻子，嘴里有两个大金牙。

"哈，找到你了！"那人狞笑着说，"姓李的，认识我吗？"

李木一听到那声音，登时浑身震颤，手里的拐棍也掉在地上。他惶乱中仿佛听到一声"天报应！"；接着，胸口吃了一拳，血打口里涌出，就倒下去不省人事了。

李木被抬回家又醒过来，但已经起不了床。他发谵语，不断地嚷着：

"天报应！天报应！"

破船经不起顶头浪，李木心上吃的那一惊，比他胸口吃的那一拳还厉害。他挨不到三天，就咽气了。临死的时候，他还安慰李悦说：

"得感谢祖宗呢，亏得这把骨头没留在番地……"

出殡那天,剑平亲自走来执绋。就在这时候,大雷跑到田老大家里,暴跳得像一只狮子似地嚷着:

"大绝户!辱没祖宗!我替他老子报仇,他倒去替仇人送殡!这叫什么世道呀!这叫什么世道呀!……"

第二章

　　这两个相视如仇的年轻人怎么会变成好朋友了呢？让我们打回头，再从何剑平跟他叔叔到厦门以后的那个时候说起吧。

　　李木失踪死亡的消息传来时，小剑平觉得失望，因为失去了复仇的对象。大雷却像搬掉心头一块大石头，暗地高兴他可以从此解除往日的誓言，睡梦里也可以不再听见那震动心魄的雷声。

　　这时小剑平在小学六年级念书。伯伯干的漆画都是散工，每年平均有六七个月没有活干，日子一天比一天坏。剑平穿不起鞋，经常穿着木屐上学，有钱的同学叫他"木屐兵"，他索性连木屐也不穿，光着脚，高视阔步地走来走去，乖张而且骄傲。同学们看他穿得补补丁丁的衣服，又取笑他是呢"五柳先生"。他倒高兴，觉得那个"不戚戚于贫贱"的陶渊明很合他脾胃。

　　剑平读到初中二年级，因为缴不起学费，停学了。他坐在家里，饥渴似地翻阅着当时流行的普罗文艺书刊，心里暗暗向往那些革命的英雄人物。家里到了连饭都供不起时，他只好到一家酒厂去当学徒。可是上班没几天，就吃了师傅一个巴掌，他火了，也回敬了一拳。不用说，他被赶出来了。

　　不久他又到一家药房里去当店员。老板是个"发明家"，同时又是报馆广告部欢迎的好主顾。他用一种毫无治疗功用的、一钱不值的草药制成一种丸药叫"雌雄青春腺"，然后在报上大力鼓吹，说它是什么德国医学博士发明的山猿的睾丸制剂，有扶弱转强，起死回生之效。剑平的职务是站柜台招呼顾客，每天他得替老板拿那些假药去骗顾客的钱,这工作常常使他觉得惭愧而且不安。叫人奇怪的是,那个靠诈骗起家的老板,倒处处受到尊敬,人家夸他是个热心的慈善家。他除了把自己养得胖胖白白之外,每逢初一和十五,还照例要行一次善,买好些乌龟到南普陀寺去放生。每回到买乌龟的时候,他还亲自出面讲价钱。

"喂喂,这是放生用的,你得便宜卖给我!"他对卖乌龟的说,"修修好,也有你一份功德啊。"

剑平没等到月底,就卷起铺盖走了。

失学连着失业,剑平苦闷到极点。这时候,那个长久留在伯伯家的大雷,不再想回乡去种地,却仗着他从内地带来的一点武术,就在这花花绿绿的城市里,结交了一批角头歹狗,靠诈诈和向街坊征收"保护费"过日子。他脱掉了庄稼汉的旧衣服,换上了全套的绸缎哔叽,赌场出,烟馆进,大摇大摆的做起歹狗头来了。

一天晚饭后,大雷和田老大聊天,大谈他的发财捷径。他说赚钱的不吃力,吃力的不赚钱;又搬出事实,说谁谁替日本人转卖军火,谁谁跟民团(土匪)合伙绑票,谁谁印假钞票,都赚了大钱。他又吹着说他新近交上几个日本籍民,打算买通海关洋人,走私一批鸦片……

"不行,不行,"田老大听得吓白了脸说,"昧心钱赚不得!一家富贵千家怨,咱不能让人家戳脊梁骨!……"

"可是大哥,"大雷说,"人无横财不富,要不是趁火干它一下,这一辈子哪有翻身的日子啊……"

剑平平日里本来就把大雷憎恶到极点,听到他这么一说,忍不住了。

"你想的就没一样正经!"剑平板着脸轻蔑地说,"这些都是流氓汉奸干的,你倒狗朝屁走,不知道臭!……"

大雷拱了火,回嘴骂,剑平不让,顶撞起来了。大雷虎起了脸,刷地拔出了雪亮的攮子。剑平也铁青着脸,冲进去拿出菜刀:"来吧!"站稳了马步,准备拼。说也奇怪,这条在街头横行霸道的恶蛇,一看到剑平那一对露出杀机的眼睛,倒有些害怕了。他知道侄子的脾气,说拼就拼到底,惹上身没完没了。

这时田老大夹在当间,哆嗦着不知往哪一边劝。倒是外号叫"虎姑婆"的田伯母,听见嚷声,赶了出来,才把两人喊住了。

"进去!进去!"她怒气冲冲地推着剑平,吆喝着,"你也跟人学坏了,使刀弄杖的!哼!……进去!……"

她又转过身来,指着大雷劈脸骂:

"你做什么长辈啊!你!……"

"是他先骂我……"大雷装作善良而且委屈地说。

"活该!"田伯母叉着腰股嚷着,"谁叫你不务正啊!孙子有理打太公!……你做什么叔叔!……还不给我滚!……"

田老大看看风势不对,就做好做歹把大雷拉到外面去了。

不久,大雷暗地跟日籍浪人勾串着走私军火鸦片,果然捞到了几笔,就买了座新房,包了个窑姐,搬到外头去住了。

这一年春季,剑平在一个渔民小学当教员。他非常喜爱这些穷得连鞋子都穿不起的渔民子弟,对教书的工作开始有了兴趣,虽说每月只有八元的待遇,而且每学期至多只能领到三个月薪水。

这时剑平才十六岁,长得个子高,肩膀阔,两臂特别长,几乎快到膝头;方方的脸,吊梢的眉毛和眼睛,有点像关羽的卧蚕眉、丹凤眼,海边好风日,把他晒得又红又黑,浑身那个矫健劲儿,叫人一看就晓得这是一个新出猛儿的小伙子。

"五九"十六周年这一天,剑平带着渔民小学的学生参加大队游行,经过一家洋楼门口时,示威的群众摇着纸旗喊口号,剑平一抬头,看见那家洋楼的大门顶上钉着一块铜牌:

"大日本籍民何大雷"。

这一下剑平脸涨红了。群众正在喊着：

"打倒汉奸走狗！"

剑平跟着愤怒地大喊，把嗓子都喊哑了。

散队回家，剑平一见伯伯就气愤地跟他提起这件事，末了说：

"你去告诉他，他要不把狗牌拿掉，马上退籍，咱就跟他一刀两断！"

"不能这样，剑平，怎么坏也是你叔叔……"

"我不认他做叔叔！"剑平说，"他是汉奸，他不是咱家的人！"

大田只好跑去找大雷，苦苦央求，要他退籍。大雷坦然回答道：

"大哥，这哪行！没有这块牌子，我这行买卖怎么干啊！"

"你就洗手别干了吧，咱有头有脸的……"

"谁说我没脸？来，我让你看看，"大雷得意地指着四壁挂的照片对他大哥说，"这是谁，知道吗？公安局长！那边挂的那个是同善堂董事长！还有这个是我的把兄，侦探队长！你看，他们哪一个不跟我平起平坐？谁说我没脸呀？……"

田老大说不过大雷，失望地走了。

这天晚上，剑平到母校第三中学去看游艺会。观众很多，连过道两旁都挤满了人。

游艺会头一个节目叫《志士千秋》，是本地"厦钟剧社"参加演出的一个九幕文明戏。男主角是赵雄，女主角是男扮的叫吴坚。剧情大意是说男女主角因婚姻不自由，双双逃出封建家庭，投身革命，男的刺杀卖国贼，以身殉国；女的最后也为爱牺牲。观众是带着白天游行示威的激情来看这出戏的，所以当男主角在台上慷慨陈词时，大家就鼓掌；轮到日本军官上台，大家就"嘘！嘘！"

不知谁乱发的入场券，会场上竟混进了好些个日本《华文报》记者、日籍浪人和角头歹狗。剑平一看，歹狗堆里，大雷也在里面。戏演到第三幕，那些歹狗忽然吹口哨，装怪叫，大声哗笑。会场秩序

乱了,群众的掌声常常被喝倒彩的声音掩盖了去。剑平越看越冒火,幕一闭,他就像脱弦箭似地走过去,冲着那些歹狗厉声喊:

"喂!遵守秩序,不许怪叫!"

歹狗堆里有个外号叫"赛猴王"的宋金鳄是剑平的邻居,满脸刁劲地望了剑平一眼道:

"号丧!眼毛浆了米汤吗?!……"

剑平心头火起,捏紧拳头,直冲过去。这时后排几个歹狗,都离开座位站起来。剑平猛觉得人丛里有人用手拦住他,一瞧是个大汉,不觉愣了一下;这汉子个子像铁塔,比剑平高一个头,连鬓胡子,虎额,狮子鼻,粗黑的眉毛压着滚圆的眼睛;他抢先过去,用他石磨般的腰围碰着金鳄的扁鼻尖,冷冷地说:

"猴鳄!好好看戏,别饭碗里撒沙!"

这声音把金鳄的刁劲扫下去了。

"七哥,你也来啦?"金鳄堆下笑,欠起屁股来说,"坐,坐,坐……"

"坐你的吧!"大汉眼睛放出棱角来说,伸出一只毛扎扎的大手,把金鳄按到座位上去,"告诉你,这儿是人家的学校,别看错地方!"

金鳄像叫大熊给抓了一把,瘟头瘟脑地坐着不动;前后歹狗也都坐下去,不吭声了。这时围拢上来的观众,个个脸上都现出痛快的样子。剑平不由得向大汉投一瞥钦佩的目光。

剑平回到原来座位,一个坐在他身旁的旧同学偷偷告诉他说:

"你知道那个大汉是谁吗?他就是吴七。"

吴七!——剑平差一点叫出声来。好久以前,他就听过"吴七"这名字了。人家说他过去当过撑夫,当过接骨治伤的土师傅,后来教拳练武,徒弟半天下,本地陈、吴、纪三大姓扶他,角头好汉怕他,地痞流氓恨他,但都朝他扮笑脸。

"真是一物降一物。"剑平想,不觉又从人堆缝里望吴七一眼。

游艺会散场后,剑平走过来跟吴七招呼、握手。吴七好像不习惯握手这些洋礼儿,害臊地低着头笑。他笑得很媚,胡须里露出一排洁白闪亮的牙齿。适才他那金刚怒目的威杀气,这时似乎全消失在这弥勒佛般的笑容里了。

"你认识吴坚吗?"吴七问。

"听过他的名,还不认识。"剑平回答。——吴坚是《鹭江日报》的副刊编辑,剑平曾投过几回稿。

"你要不要看看他?我带你去,他是我的堂兄弟。"

剑平跟着吴七到后台化妆室来看吴坚。

吴坚刚好卸装,换上一件褪色的中山服。他约莫二十三四岁,身材纤细而匀称,五官清秀到意味着一种女性的文静,但文静中却又隐藏着读书人的矜持。剑平和他握手时,觉得他那只纤小而柔嫩的手,也是带着"春笋"那样的线条。

吴坚一听到剑平介绍自己的姓名,立刻现出"我知道了"的神气说:

"你的稿子我读得不少,倒没想到你是这么年轻。"

吴坚诚恳地请剑平批评《志士千秋》的演出。剑平立刻天真而大胆地说出他对全剧的看法,末了又说:

"虽然有些缺点,但应当说,这样的戏在今天演出,还是起了作用的。"

"我不大喜欢这个戏。"吴坚谦逊地说,"特别是我不喜欢我演的角色。殉情太没意思,有点庸俗。既然让她从封建家庭里冲出来,干吗又让她来个烈女节妇的收场?这不前后矛盾吗?……"

这时化装室的斜对过墙角,有人在高声地说话。吴坚低声对剑平说:

"那个正说话的就是赵雄,他不光是主角,还兼编剧呢。"

"他演得顶坏!"剑平冲口说,"装腔作势,十足是个'言论小生',叫人怪难受的。"

吴坚淡淡地笑了。

那边赵雄刚洗完脸,在打领带。从侧角看过去,他显得又魁梧又漂亮。他正跟一个布景员在那里谈着。

"怎么样,"赵雄说,"就义那一幕,我演得不坏吧?好些人都掉眼泪呢。"

"我可没掉。"布景员说。

"你?你懂得什么!"赵雄满脸瞧不起地说,"你是冷血动物!"

剑平正想起来告辞,不料这时吴坚已经悄悄地走去把赵雄带来,替他们两人介绍了。

赵雄礼貌地和剑平握手,客气一番;他和蔼地微笑着,用一般初见面的人常有的那种谦虚,请剑平对他的演出"多多指教"。剑平把这交际上的客套当了真,就老老实实地说出他的意见,同时指出赵雄演技上存在的一些缺点。

"'言论小生'最大的一个缺点就是言论太多,动作太少。"剑平说道,"再说,说话老带文明腔,也不大好,比如说,公园谈情那一幕,你差不多全用演讲的声调和姿势,好像在开群众大会似的,这也不符合真实……"

话还没说完,赵雄脸色已经变了。他从头到脚打量着剑平,一看到他发皱的粗布大褂和龟裂的破皮鞋,脸上登时露出"你是什么东西"的轻蔑的神色。这一下剑平觉察出来了,他停止了说话,骄傲地昂起头来,接着又把脸扭过去。

吴坚觉得有点不好意思,正想缓和一下僵局,剑平却已经望着他和吴七微笑着告辞道:

"我得走了,再见。"他转身就走,瞧也不瞧赵雄一眼。吴坚把他送到门口,约好后天再见。

过两天,吴坚到渔民小学来看剑平,对他说:前晚他和赵雄回家时,被浪人截在半路上,幸亏吴七赶到,才把他们救了。现在外面有人谣传,说是《志士千秋》侮辱了日本国体,浪人要出面对付,叫他们当心。赵雄怕了,今天早晨已经搭船溜到上海去了。

接着,吴坚请剑平参加他们的"锄奸团"——一个抵制日货的半公开组织,剑平高兴地答应了。

从此他们天天在一道。有时锄奸团的工作太忙,剑平就留在吴坚家里睡。

第三章

"五九"十六周年过后,抵制日货的运动渐渐扩大;走私日货的商人,接二连三地接到锄奸团的警告信,有的怕犯众怒,缩手了;有的却自以为背后有靠山,照样阴着干。于是接连几天,几个有名的大奸商先后在深夜的路上被人割去了耳朵。市民暗地叫好。日货市场登时冷落下来。

接着,差不多所有加入日本籍的人,都在同一天的早晨发现门顶上的籍牌被人抹了柏油。大雷也不例外。市民又暗地叫好。

锄奸团有群众撑腰。小火轮搜出来的日货都被当场烧掉了。剑平当搜货队的队长。这一天,他从码头上搜查日货回来,田老大迎着他说:

"刚才你叔叔来过,他说他有些货还在船舱里,找不到人卸,又怕会被烧……"

"当然得烧!"剑平直截了当地回答。

"他说,他把所有的本钱都搁在这批货上……"田老大不安地望着剑平说,"要是被烧了,就得破产……"

"破产?好极了!"剑平高兴地叫着,"这种人,活该让他破产!"

"我也骂他来着!"田老大说,"他咒死咒活,说往后再也不敢干了……他说这回要破产了,他就得跳楼……"

"鬼话!别信他。真的会跳楼,倒也不坏,让人家看看奸商的下场!"

剑平一边说着,一边走进里间来,劈面看见桌子上摆着一大堆五花十色的东西:日本布料、人造丝、汗衫、罐头食品。

他惊讶了:

"哪来的这些?"

"你叔叔送来的,他……"

"你收下啦?"

"他……他……"田老大支吾着说,"他希望你跟锄奸团的人说一说,让他的货先卸下来……下回他再也不敢了……"

剑平火了,两手一推,把桌子上的东西全推在地上。

田老大呆了一下,愠怒地望了侄子一眼,一句话不说的就退到厅里去了。

剑平有点后悔不该对老人家这么粗暴。他听见伯母急促的脚步声从灶间走过来。伯母手里拿着一根劈柴,喘吁吁地冲着他骂道:

"大了,飞了……你跟谁凶呀!你!……你!……"她拿起劈柴往剑平身上就打。

剑平低下头,一声不响地站着,由着伯母打。伯母打到半截忽然心酸,把劈柴一扔,扭身跑了。剑平听见她在厅里嚷着:

"老糊涂!叫你别理那臭狗,你偏收他东西!……现在怎么啦?体面啊?体面啊?……"

剑平这时才发觉他左手的指头让劈柴打伤了,淌着血,却不觉着痛。过了一会,他自动地走去跟伯伯和解,又婉转地劝伯伯把那些东西送去还大雷。伯伯嘀咕了一阵,终于答应了。

这一晚,剑平睡在床上,蒙眬间,仿佛觉得有人在扎他指头的伤。他没有睁开眼,但知道是伯母。

码头工人和船夫听了锄奸团的话,联合起来,不再替奸商搬运日货。轮船上的日货没有人卸,大雷和那些奸商到处雇不到搬工和驳船,急了,收买一些浪人和歹狗,拿着攮子到码头上来要雇工雇船,就跟船夫和工人闹着打起来了。这边人少,又没有带武器,正打不过他们,忽然纷乱中有人嚷着:

"吴七来了!吴七来了!"

吴七一出现,那边浪人歹狗立刻着了慌。吴七看准做头儿的一个,飞起一腿,那家伙就一个跟斗栽在地上,这边乘势一反攻,浪人和歹狗都跑了。

然而事情却从此闹大了。双方招兵买马,准备大打。

这边码头工人、船夫、"大姓"、乡亲,都扶吴七做头儿,连吴七的徒弟也来了。大伙儿围绕着他说:

"七哥,你说怎么就怎么,大伙全听你的!"

双方干起来了。开头不过是小股的械斗,越闹越大,终于变成列队巷战。

这边请吴坚当军师,秘密成立"总指挥部"。剑平向学校请了长期假,也搬到"总指挥部"来帮吴坚。

那边浪人头子沈鸿国,用他的公馆做大本营,纠集人马。大雷和金鳄,也被当做宝贝蛋给拉进去。沈鸿国把每天的经过暗中汇报日本领事馆。

官厅方面,对吴七这一帮子,一向是表面上敷衍,骨子里恨;一边想借浪人的势力压他们,一边又想利用他们这些自发的地方势力,当做向日本领事馆讨价还价的外交本钱。现在一看双方都大打出手,也就乐得暂时来个坐山观虎斗了。

街道变成战场。枪声、地雷声,没日没夜地响着。家家闩门闭户。浪人乘乱打家劫舍。街头警察躲在墙角落,装聋。

吴坚秘密地接洽了十二个有电话的人家,做他们通报消息的联络站。

浪人们渐渐发觉他们是在一个"糟透了"的环境作战。他们无论走到哪一条街,哪一个角落,都没法子得到掩护;因为周围居民的眼睛,从门缝,从窗户眼,偷偷地看着他们;一有什么动作,就辗转打电话给"总指挥部"。

"瞎摸"架不住"明打"。个把月后,浪人们躲在沈鸿国的公馆里,不敢出阵了。……沈鸿国天天在别墅里跟公安局长会谈。

谁料就在这紧要关头,吴七这边也出了毛病:开始是三大姓闹不和,随后是徒弟里面有人被收买当奸细;随后又是那几个在码头当把头的被公安局长暗地请了去,一出来就散布谣言,说什么日本海军就要封锁海口,说什么省方就要派大队来"格杀勿论"。谣言越传越多,竟然有人听信,逃往内地,也有人躲着不敢露面,另外一些游离分子就乘机捣鬼。吴七气得天天喝酒,一醉就捶着桌子骂人,大家不敢惹他,背地里都对他不满。

吴七总想抓个奸细来"宰鸡教猴"一下,吴坚和剑平反对;怕闹得内部更混乱,又怕有后患。最后吴坚找大伙儿来个别谈话,那些游离分子明里顺着,暗里却越是捣乱得厉害。剑平眼看着情势一天坏比一天,苦恼极了;一天黄昏,他坐在"总指挥部"灯下,叹着气对吴坚说:

"他们快吃不住了,偏偏咱们也干不起来;乌合之众,真不好搞!"

"不错,分子太复杂,是不好搞。"吴坚说,"不过也得承认,我们头一回干这一行,实在是太幼稚、太外行了。我们怪吴七太凶,太霸气,可是我们自己呢,也拿不出什么办法。我总觉得,我们好像缺少一个什么中心……"

这时外面忽然传来欢呼的声音,接着,一大伙人兴冲冲地嚷闹着拥进来说:

"咱们赢了!咱们赢了!"

一问清楚,才知道是沈鸿国那边,自动地把十二个俘虏放回来了。

大伙儿得意洋洋地以胜利者自居,主张把这边扣留的俘虏也放还给沈鸿国。

俘虏一放,"总指挥部"从此没有人来,一了百了,巷战不结束也结束了。

一九三一年"九·一八"事变,日本帝国主义侵占我东北三省。全国沸腾,上海十万群众举行反日大示威,八十万工人组织抗日救国联合会。接着,国民党军警向各地示威的学生群众吹起冲锋号,南京学生流了血,广州学生流了血,太原学生也流了血。一批一批奔赴南京请愿的学生被强押回去⋯⋯

九月二十三日,中国共产党发出宣言,号召全国武装抵抗日本侵略。宣言发出的第二天,蒋介石在南京市国民党党员大会演讲说:"这时必须上下一致……暂取逆来顺受态度,以待国际公理之判决。"

吴坚在《鹭江日报》发表社论,响应全国武装御侮的号召,同时抨击国民党妥协政策的无耻。

过了四个月又十天,"一二·八"淞沪抗战爆发,厦门这个小城市的人民又怒吼起来;到了淞沪撤退的消息发出那一天,示威的群众冲进一家替蒋介石辩护的报馆,捣毁了排字房和编辑室,连编辑老爷也给揍了。

吴坚在这一天的《鹭江日报》上发表一篇《蒋介石的真面目》的时评。报纸刚一印出,就被群众抢买光了。

这一年三月间,吴坚加入了共产党;八月间,剑平也加入了共青团。

"我们到现在才摸对了方向。"吴坚在剑平入团的那一天,对剑平说,"我决定一辈子走这条路!"

"我得好好研究理论!"剑平天真地叫着说,"我连唯物辩证法是什么,都还不懂呢,糟糕!糟糕!……"

"我家里有一本《辩证法唯物论》,一本《国家与革命》,你要看,就先拿去看吧。"

从此剑平像走进一个新发现的大陆。他天天读书到深夜,碰到疑难问题,就走去敲吴坚的门。有一夜,已经敲了十二点,他照样把吴坚从被窝里拉起来。

"睡虫!这么早就睡啦?"他叫着。对他来说,十二点当然还不是睡眠的时间,"来,来,来,解答我这个问题:到底真理是相对的还是绝对的?你说,我搞不清!"

他翻开《辩证法唯物论》,指着书上画红线的一节叫吴坚看。

吴坚揉揉蒙眬的眼睛,望着剑平兴致勃勃的脸,笑了。看得出,吴坚像一个溺爱弟弟的哥哥,对这一位深夜来打扰他睡眠的朋友,没有一点埋怨的意思。

吴坚引譬设喻,把"无数相对真理的总和即绝对真理"解释给他听。剑平还是闹不清,开头是反问,接着是反驳。两人一辩论,话就越扯越远,终于鸡叫了。

"睡吧,睡吧,明天再谈。"吴坚说,一面催着剑平脱衣、脱鞋、上床,又替他盖好被子。

灯灭了,剑平还在黑暗里喃喃地说:

"我敢说,你的话有漏洞!……一定有漏洞!……赶明儿我翻书,准可驳倒你!你别太自信了。……"

吴坚装睡,心里暗笑。

"怎么,睡了?"剑平低声问,"再谈一会好不好?……嗐,天都快亮了,还睡什么!干脆别睡吧……我敢说,你受黑格尔的影响……不是我给你扣帽子,你有唯心论倾向!……对吗?……我敢说!……"

吴坚还没把下文听清,剑平已经呼呼地打起鼾来了。到了吴坚觉得瞌睡来时,剑平还在支支吾吾地说着梦话:

"不对不对!……马克思不是这么说!……不对!……"

天亮时吴坚起来,剑平还在睡。吴坚蹑手蹑脚跑出去洗脸,怕吵醒他。

"啊!……"剑平忽然掀开被窝,跳了起来,"吴坚,你太不对了!"

吴坚大吃一惊:

"怎么?"

"九点钟我还有课!"剑平忙叨叨地穿着衣服说,"你先起来,干吗不叫我?太不对了!"

吴坚微笑:

"快洗脸吧,等你吃早点。"

吃早点时,吴坚问剑平:

"下午你来不来?"

"不,"剑平说,"下午我要翻书找材料,准备晚上再跟你开火。"

"好了,好了,该停一停火了,昨儿晚上才睡两个钟头呢。"

"决不停火!晚上十二点再见吧。"剑平顽皮地说。

吴坚哈哈地笑了。

"说正经的,下午五点钟你来吧。"他收敛了笑容说,"我约一位同志来这儿,我想介绍你跟他认识。他是个排字工人,非常能干的一个同志。"

剑平点头答应,拿起破了边的旧毡帽随便往头上一戴,匆匆走了。

下午五点钟,剑平赶到吴坚家,一推门,就看见吴坚跟一个穿灰布小褂的青年坐在那里谈话。

"来来,剑平,我给你介绍,"吴坚站起来指着那青年说,"这位是李悦同志……"

剑平愣住了。

瞧着对方发白的脸,他自己的脸也发白了。不错,是李悦!七年前他用树枝打过的那个伤疤还在额角!剑平一扭身,往外跑了。

"剑平!……"仿佛听见吴坚叫了他一声。

他不回头,急忙忙地往前走,好像怕背后有人会追上来似的。

他心绪烦乱地随着人流在街上走,不知不觉间,已经走出喧闹的市区,到了靠海的郊野。

顺着山路,爬上临海的一个大岩石顶,站住了。天是高的,海是大的,远远城市的房屋,小得像火柴匣。近处,千仞的悬崖上面,瀑布泻银似地冲过崎岖的山石,发出爽朗的敞怀的笑声。

"是呀,道理谁都会说……"剑平拣一块岩石坐下,呆呆地想,"可是……可是……如果有一个同志,他就是杀死你父亲的仇人的儿子,你怎么样?……向他伸出手来吗?……不,不可能的!……"

海风带着海蜇的腥味吹来,太阳正落海,一片火烧的云,连着一片火烧的浪。浮在海浪上面的海礁是黑的。成百只张着翅膀的海鸥,在"火和血"的海空里翻飞。"世界多么广阔呀。……"他想。海的浩大和壮丽把他吸引住了。

岩石下面,千百条浪的臂,像攻城的武士攀着城墙似的,朝着岩石猛扑,倒下去又翻起来,一点也不气馁……

忽然远远儿传来激越的吆喝的声音,他站起来一看,原来是打鱼的渔船回来了。一大群渔民朝着船老大吆喝的地方奔去,一下子,抬渔网的,搬渔具的,挑鱼挑子的,都忙起来了。……这正是一幅渔家互助的木刻画呢。

剑平呆看了一阵,天色渐渐暗下来,远远城市的轮廓开始模糊;灯光,这里,那里,出现了。

走下山来,觉得心里宽了一些,到了嚣乱的市区,又在十字路

口碰到吴坚。吴坚正要到《鹭江日报》去上班。他过来挨近剑平,边走边说:

"我知道了,李悦刚跟我谈过。……"

剑平不做声。

"刚才你为什么一句话不说就跑了?"吴坚又问,"你跟他还有什么不能当面谈的?"

"我不想谈。"

"不想?"吴坚微笑。"感情上不舒服,是吗?"

"当然也不能说没有。"

"瞧你,谈理论,谈别人的问题,样样都清楚,为什么一结合到你自己,倒掉进了死胡同,钻不出来了?"

"没什么,感情上不舒服罢了。"剑平喃喃地说,觉得委屈。

"感情是怎么来的呢?要是把道理想通了,还会不舒服吗?刚才李悦跟我说,他很想跟你谈一下。"

"跟我谈?唔……我从前打过他,他没提起?……"

"提了。他还觉得好笑呢。依我看,他这个人非常开朗,不会有什么个人的私怨……"已经到了《鹭江日报》的门口,吴坚站住了,"我得发稿去了。明天下午,你来看我好吗?咱们再谈。"

"好吧,明天见。"

剑平一路回家,脑子里还起起伏伏地想着那句话:

"他这个人非常开朗,不会有什么个人的私怨……"

第二天,剑平一见到吴坚,就从口袋里摸出一封信来说:

"这是我给李悦的信,请你替我转给他,信没有封,你可以看看。"

吴坚把信抽出来,看见上面这样写着:

……昨天,我一看见你就跑了。我向你承认,倘若在半年前,要我把这些年的仇恨抹掉是不可能的;但是今天,在我接受无产阶级真理的时候,我好容易明白过来,离开阶级的恨或爱,是愚蠢而且没有意义的。

不爱不憎的人是永远不会有的。我从恨你到不恨你,又从不恨你到向你伸出友谊的手,这中间不知经过多少扰乱和矛盾。说起来道理也很简单。然而就是这么一个简单的道理,要打通它却不是一件简单的事。

正因为打通它不简单,我们家乡才有年年不息的械斗,农民也才流着受愚和受害的血。他们被迫互相残杀,却不知道杀那骑在他们头上的人。

谁假借善良的手去杀害善良的人?谁使我父亲枉死和使你父亲流亡异邦?我现在是把这真正的"凶手"认出来了。

父的一代已经过去,现在应该是子的一代起来的时候了。让我们手拉着手,把旧世界装到棺材里去吧。

我希望能和你一谈。

剑平

第四章

　　从此剑平和李悦成了不可分离的好朋友。到了李悦的父亲从南洋荒岛上回来又被大雷打死了后，他们两人的友谊更是跟磐石一样了。不久李悦因为原来的房子租金涨价，搬家到剑平附近的渔村来住，他们两人往来就更加密切了。

　　七年前，李悦比剑平高，现在反而是剑平比李悦高半个头了。这些年来，剑平长得很快，李悦却净向横的方面发育。他的脑门、肩膀、胸脯、手掌，样样都显得特别宽。初看上去，他似乎有点粗俗，有点土头土脑，但要是认真地注意他那双炯炯的摄人魂魄的眼睛，聪明的人一定会看出这是个不同凡响的人物。——李悦的确不同凡响，他才不过小学毕业，进《鹭江日报》学排字才不过两年，排字技术已经熟练到神速的程度。别人花八个钟头才排得出来的版，他只要花三个钟头就够了。党的领导发现他聪明绝顶，便经常指导他钻研社会科学，他又特别用功，进步得像飞似的快。他涉猎的书很多，但奇怪的是人家从来不曾看见他手里拿过一本书或一支笔，他一点也不像个读书人的模样。

　　他们和吴坚常常借吴七的家做碰头的地点。有时候，党的小组也在那里开会。吴坚背地告诉他们：他有好几次鼓励吴七参加他们的组织，吴七不感兴趣……

　　"俺是没笼头的马，野惯了，"吴七这样回答吴坚，"叫俺像你们那样循规蹈矩的，俺干不来。"过后吴七又换个语气说，"俺知道，你们净干好事。你们干吧，什么时候用到俺，只管说，滚油锅俺也去。"

剑平听说吴七不乐意参加组织,心里恼火;吴坚却说:

"别着急,总有一天他会走上我们这条路来的。咱们得等待,耐心地等待。"

接着,吴坚便把吴七的过去简单地讲给他们听:

吴七是福建同安人,从小就在内地慓悍的人伙里打滚,练把式,学打枪,苦磨到大。乡里有械斗,当敢死队的总是他。他杀过人,挂过彩。乡里人管他叫"神枪手"又叫"铁金刚"。因为他身材长得特别高大,人家总笑他:"站起来是东西塔,躺下去是洛阳桥。"①

八年前,他一拳打死一个逼租的狗腿子,逃亡来厦门。

一个外号叫"老黄忠"的老船户钱伯,疼爱这个小伙子的刚烈性,收留他在渡船上做帮手。从此吴七从当撑夫、当艄公到当接骨治伤的土师傅。他力大如牛,食量酒量都惊人,敞开吃喝,饭能吃十来海碗,土酒能喝半坛子,三个粗汉也抵不过他。

不久,吴七的慓悍名声终于传遍了厦门。人们用惊奇的钦佩的眼睛瞧着这一个"山地好汉"。有一年,西北风起,到鼓浪屿去的渡船给刮翻了,吴七在急浪里救人,翻来滚去像浪里白条,一条船四个搭客没有一个丧命。又有一年,火烧十三条街,吴七攀檐越壁地跳上火楼,救出八个大人和两个孩子,火里进火里出,灵捷像燕子。

吴七有一套接骨治伤的祖传老法。穷人家来请他,黑更半夜大风大雨他都赶着去。碰到缺吃没烧的病人,就连倒贴药费车费也高兴;但不高兴听人家说一句半句感恩戴德的话。这么着他交了不少穷哥们,名气也传得老远。街坊人唱道:"吴七吴七,接骨第一。"有钱人家来找他的,他倒摆架子,医药费抬得高高的,有时还别转脸说:

"你们找挂牌的大夫去吧,俺是半路出家,医死人不偿命!"

---

① "东西塔"和"洛阳桥",系福建泉州有名的古塔和古桥。

他从来不找人拜年拜寿,也不懂得什么叫寒暄,听了客套话就腻味。有人说他平时饿了不进浪人开的食堂,病了不进日本人开的医院,又不喝三样酒:太阳啤酒、洋酒、花酒。本地的流氓个个都不敢跟他作对,背地里骂他、恨他,可是又都怕他。

一九三三年春天,福建漳州的《漳声日报》,派人来请吴坚去当总编辑。组织上决定让吴坚去,同时由他介绍孙仲谦同志代替他在《鹭江日报》原有的工作。

吴坚决定到漳州去的一个星期前,吴七知道了这消息,心里不好过。这天夜里,月亮很好,他特别约了吴坚、剑平、李悦去逛海,说是吴坚要走了,大伙儿玩一下。

七点钟的时候,吴七自己划着小船来,把他们载走了。船上有酒,有茶,有烧鸭和大盆的炒米粉。海上是无风的夜,大月亮在平静的海面上撒着碎银。四个人轮流着划,小木桨拨开了碎银,发出轻柔的水声。

月光底下,鼓浪屿像盖着轻纱的小绿园浮在水面。沿岸两旁和停泊轮船的灯影,在黑糊糊的水里画着弯曲的金线。

四个人边吃边谈,一坛子酒喝了大半,不觉都有点醉。李悦说起上个月沈鸿国生日,公安局长亲自登门拜寿的事。吴坚报告一些报纸上不发表的新闻:一条是红军在草台冈打败了罗卓英部,国民党五十二师和五十九师的师长都前后被俘;一条是蒋介石三月九日赴河北,对请求抗日的部队下命令说:"侈言抗日者杀勿赦!"……

吴七酒喝得特别多,一肚子牢骚给酒带上来,便骂开了。他从蒋介石骂到沈鸿国,又从内地地主豪绅骂到本地党棍汉奸,什么粗话都撒出来了。

过了一阵,李悦拿出琵琶来弹。转眼间,一种可以触摸到的郁怒的情绪,从那一会急激一会缓慢的琵琶声里透出来。李悦用他带

醉的、沙哑的嗓子,唱起老百姓常唱的"咒官"民谣来:

> 林换王,
> 去了虎,
> 来了狼;
> 王换李,
> 没有柴,
> 没有米。

剑平一边听着,一边划着,桨上的水点子,反射着月光,闪闪的像发亮的鱼鳞片。猛然,蓝得发黑的水面,啪的一声,夜游的水鸟拍着翅膀,从头上飞过去了。

琵琶声停了的时候,剑平问吴坚,要不要带些印好的小册子到漳州去分发……吴七没有听清楚就嘟哝起来:

"俺真闹不清,老看你们印小册子啊,撒传单啊,这顶啥用?俺就没听过,白纸黑字打得了天下!"

剑平连忙郑重地向他解释"宣传"和"唤起民众"的用处。吴七一听就不耐烦了。

"得了得了,"他截断剑平的话说,声音已经有些发黏了,"要是俺,才不干这个!俺要干,干脆就他妈的杀人放火去!老百姓懂得什么道理不道理,哪个是汉奸,你把他杀了,这就是道理!"

剑平哈哈笑了。

"怎么?俺说的不对?"

"不对。"剑平说,"你杀一百个,蒋介石再派来一百个,你怎么办?"

"俺再杀!"

"革命不能靠暗杀,你再杀他再派。"

"再派？他有脖子俺有刀,看他有多少脖子！"

剑平又哈哈笑了。

"干吗老笑呀！"吴七激怒了说。

"好家伙,你有几只手呀？"剑平冷笑说,"人家也不光是拿脖子等你砍的呀,你真是头脑简单,莽夫一个！"

吴七涨红了脸说：

"后生家！往后你再说俺莽夫,我就揍你！"

剑平顽皮地叫道：

"莽夫！莽夫！"吴七刷地站起来,抡着拳头,走到剑平面前,望着那张顽强的孩子气的脸,忽然噗嗤地笑了：

"好小子！饶你一次！"

吴坚微笑地拉剑平的衣角说：

"你跟他争辩没有用,他这会儿醉了,到明天什么都忘了。"

"谁说俺醉呀？呶,再来一坛,俺喝给你看看。"

吴七说着,抓起酒坛子,往嘴里要倒,吴坚忙把它抢过来,和蔼地说道：

"不行,够了。"

"够了？好,好,好,"吴七笑哈哈地摸着后脑勺,好像一个顽皮的孩子在爸爸跟前不得不乖顺似的,"俺说呀……你们都是吃洋墨水的……俺可跟你们不一样,俺吴七呀,捏过锄头把,拿过竹篙头……你们拿过吗？……俺到哪儿也是单枪匹马！你们呀,你们是秀才造反,三年不成……"

剑平想反驳,看见吴坚对他使眼色,便不言语了。

"该回去了,我也有点醉了呢。"李悦说,把剑平手里的小木桨接过来。

小船掉了头。海面飘来一阵海关钟声,正是夜十一点的时候。吴七靠着船板,忽然呼噜呼噜地打起鼾来。吴坚脱了自己的外衣,轻轻地替他盖上……

第二天晚饭后,吴坚在《鹭江日报》编好最后一篇稿子,李悦悄悄地推门进来,低声说:

"听说侦缉处在调查你那篇《蒋介石的真面目》,说不定你受注意了。"

外面电话铃响,吴坚出去听电话,回来时对李悦说:

"仲谦来电话,说侦缉队就要来了,叫我马上离开。……我看漳州是去不成了。"

吴坚把最后一篇稿子交给李悦,就匆匆走了。

半个钟头后,十多个警探分开两批,一批包围《鹭江日报》,一批冲入吴坚的住宅,都扑了个空。

就在这时候,海关口渡头一带悄无人声,摆渡的船只在半睡半醒中等着夜渡鼓浪屿的搭客。阴暗中,吴七带着吴坚跳上老黄忠的渡船,悄声说:

"钱伯,开吧,不用搭伴了。"

钱伯把竹篙一撑,船离开渡头了,划了几下桨,吴七忽然站起来说:

"钱伯,我来划吧,你歇歇。咱们要到集美去,不上鼓浪屿了。"

钱伯眨着惊奇的眼睛说:

"吴七,你做啥呀,黑更半夜的?"

吴七把双桨接到手里来说:

"咱有事……别声张!"

船一掉头,吴七立刻使足劲儿划起来。这时船灯吹灭了。船走得箭快,拨着海水的双桨,像海燕鼓着翅膀,在翻着白色泡沫的黑浪上一起一伏。山风绕过山背,呼呼地直灌着船尾,仿佛有人在后面帮着推船似的。吴七的头发叫山风给吹得竖起来了。

两人在集美要分手时,吴坚头一回看见那位"铁金刚"眼圈红

了,咬着嘴唇说不出话。吴坚说:

"暂时我还不打算离开内地,我们迟早会见面的,总有一天,你会来找我……"

泪水在吴七眼里转,但他笑了。

"我很替你担心,"吴坚又说,"你这么猛闯不是事儿……我走了,你要有什么事,多找李悦商量吧。"

"李悦?他懂得什么!……"

"别小看人了,老实说,我们这些人,谁也没有李悦精明。"

"算了吧,看他那个鸡毛小胆儿,就够腻味了。"

"不能这样说,"吴坚语气郑重地说,"李悦这人心细,做起事来,挺沉着,真正勇敢的是他。往后,你还是多跟他接触吧。"

吴七像小孩子似的低下头,揉揉鼻子……

第五章

吴坚出走以后,党的小组每个星期仍旧借吴七的家做集合的地点。

剑平每天下午腾出些时间,跟吴七到附近象鼻峰一个荒僻的山腰里去学打枪。他进步很快,没三个月工夫,已经连左手也学会了打枪。吴七高兴地拍着他的肩膀说:

"小子,你也是神枪手呀。"

剑平倒脸红了。

枪声有时把树顶上的山乌吓飞了。有一回,吴七就手打了一枪,把一只翻飞的山乌打下来,剑平圆睁了眼说:

"嗨,七哥,你才真是神枪手!"

他们有时就坐在山沟旁边的岩石上歇腿,一边听着石洞里琅琅响着的水声,一边天南地北地聊天。吴七说他小时候在内地,家里怎样受地主逼租,他怎样跟爷爷上山采洋蹄草和聋叶充饥,有一天爷爷怎样吃坏了肚子,倒在山上,好容易让两个砍柴的抬下山来,已经没救了。……

"俺忘不了那些日子。"他说,眼睛呆呆的还在想着过去。

吴七很喜欢听红军的故事。有一次,剑平告诉他,民国十八年那年,江西的工农红军第四军从江西开进闽西,各地方的农民像野火烧山般的都起义了。八十万农民分得了土地,六万农民参加了赤卫队……

"我可是闹不清,"吴七插嘴问道,"庄稼汉赤手空拳的,拿什么东西起义呀？"

"起初使的是砍马刀、镖枪、三股叉、九节龙……"

吴七听了像小孩似的笑得弯了腰说：

"那怎么行！人家使的是洋炮……"

"怎么不行？有了红军就有了办法。"剑平说，"红军是穷人自己的军队，越打人越多。当时龙岩、上杭、永定、长汀这些地方都是农民配合红军打下来的。前年红军还打到漳州来呢。"

"要是红军能打厦门，那多好啊。"吴七说，"不客气说，俺们要起来响应的话，就不是使什么三股叉、九节龙的，俺们有的是枪杆。"

吴七越扯越远，好像红军真的就能打到厦门来似的。

"真有那么一天的话，"吴七接着说，"俺要把沈鸿国那狗娘养的，亲手砍他三刀！……"

入夏那天，有一个内地民军的连长，小时候跟吴七同私塾，叫吴曹的，经过厦门到吴七家来喝酒。老同学见面，酒一入肚，自然无话不谈。

"七哥，俺要是你，俺准造反！"吴曹带醉嚷道，"厦门司令部，呸！空壳子！有五十名精锐尽够了，冲进去，准叫他们做狗爬！……"

吴七也醉了，醉人听醉话，特别对味儿。

"七哥，俺当你的参谋吧，咱一起造反！"吴曹又嚷着说，"你出人，俺出枪。枪，你要多少有多少，你说一声，俺马上打内地送一船给你！"

吴曹第二天回内地去了。吴七知道吴曹好吹牛，自然不把他的醉话当话，可是"造反"这两字，却好像有意无意的在吴七心里投了一点酵子，慢慢发起酵来。他想起从前内地土匪打县城时，乒乒乓乓一阵枪响，几十个人就把县府占了。多简单！他又想起现在他管得到的角头人马，真要动起来，别说五十个，就是再五个五十个也有办法！……

接着好几天，吴七暗中派他手下去调查厦门海军司令部、乌里山炮台、保安队、公安局和各军警机关人马的实情，他兴奋起来了：

"他妈的，吴曹说'空壳子'，一点儿不假！"

这天星期日，他到象鼻峰时，就把他全盘心事偷偷跟剑平说了。他要剑平把他这个起义的计谋转告吴坚。

"你替我问问他看，"吴七态度认真地说，"到时候他是不是可以派红军到厦门来接管？"

剑平万万想不到吴七竟然会天真到把厦门看做龙岩，并且跟农民一样的也想来个起义。

剑平用同样认真的态度，表示不同意他那个干法，并且也不同意把这些事情转告吴坚。

这一下吴七恼火了。

"好，别说了！"他说，"这么现成的机会不敢干，还干什么呢！俺知道'，你当俺是莽汉，干不了大事，好，哼，好，好，没说的！……"

"我没有那个意思。"

不管剑平怎么解释，吴七总觉得剑平的话里带着不信任他的意思。

"咱们问李悦去，看他怎么说，"吴七气愤愤地说，"要是李悦说行，就干；说不行，拉倒！没说的。你们都不干，光俺一个干个什么！"

"跟李悦谈谈也好。"

"可话说在头里，到李悦那边，不管他怎么说，你可不许插嘴破坏。……"

"好吧，好吧，好吧。"剑平连连答应，笑了。

这天晚上，吴七便和剑平一同来找李悦。

吴七慎重地把房门关上。他那轻手轻脚的样子，似乎在告诉李悦,他是个懂得机密和细心的人,人家拿他当莽汉是完全错误的。

三个人坐下来,吴七便压低嗓门,开始说他的计划。他一直怕李悦顾虑太多,所以再三说明他自己怎样有办法,对方怎样脓包。他说海军司令部是豆腐,公安局也是豆腐,水陆军警全是豆腐!他又说,东西南北角,处处都有他的脚手,他全喊得动!三大姓也全听他使唤!他郑重地重复地说道:

"这桩事不是玩儿的,不干就算了,要干就得加倍小心,先得有个打算,马马虎虎可不行!"

接着他便说出他要攻打司令部和市政府的全盘计划。他说,只要把司令部和市政府打下来了,其他的像乌里山炮台、公安局、禾山海军办事处,都不用怎么打,他们准缴械,挂起白旗!……

他又对李悦说:

"只要你点头说:'行,干吧!'俺马上可以动手!不是俺夸口,俺一天就能把厦门打下来!目前短的是一个智多星吴用,吴坚不在,军师得由你当,你要怎么布置都行,俺们全听你!你们手里有工人,有渔民,好办!……可话说在头里,俺吴七是不做头儿的,叫俺坐第一把交椅当宋公明,这个俺不干,砍了头也不干!俺要么就把厦门打下来,请你们红军来接管,俺照样拿竹篙去!……"

吴七越说越起劲,好像他要是马上动手,就真的可以成功似的。

李悦静静地听着,看吴七把话说够了,就拿眼瞧着剑平问道:

"怎么样,你的意见?……"

"你说你的吧,我是听你的意见来的。"剑平回答。

李悦开始在屋里徘徊起来。吴七瞧瞧剑平又瞧瞧李悦,着恼了,粗声说:

"别这么转来转去好不好?干吗不说话啊!"

"好,我说,"李悦坐下来,"可是话说在先,我说的时候,你不能打岔。"

"说吧,说吧!"吴七不耐烦了。

李悦一开头就称赞吴七,说他一心一意想闹革命迎红军。吴七暗地高兴,瞟了剑平一眼,好像说:

"瞧,李悦可赞成哪……"

"可是我得先让你明白一件事,"李说接着又说,"现在我们还不是在城市里搞起义的时候,因为时机还没来到。"

李悦停顿了一下,打抽屉里拿出一小张全国地图叫吴七看;吴七一瞧可愣住了:他妈的厦门岛才不过是鱼卵那么大!

李悦把厦门的地理形势简单说了一下,接着便把"不能起义"的理由解释给吴七听:

"第一,厦门四面是海,跟内地农村联接不上,假如有一天需要在城市起义的话,也决不能挑这个海岛城市;第二,目前红军的力量主要是在农村扩大根据地,并不需要进攻城市。"李悦又加强语气说,"拿目前的形势来说,敌人在城市的势力比我们强大,我们暂时还打不过他们……"

吴七听到这里就跳了起来,打断李悦的话说:

"不对,不对!你别看他们外表威风,撕破了不过一包糠!俺敢写包票,全厦门水陆军警,一块堆儿也不过三五百名,强也强不到哪里!"

"你怎么知道是三五百?"李悦问。

"顶多也不过五七百!"

"五七百?三五百?到底哪个数准?"

"就算他一千吧,也没什么了不起,喊也把它喊倒!"

"可也不能光靠喊啊。"李悦说。

剑平两眼一直望着窗外,好像这时候他即使是瞟吴七一眼都可能引起对方的不愉快似的。

"不客气说,"吴七继续叫道,"厦门这些老爷兵,俺早看透了!全是草包,外面好看里面空,吓唬人的。……你知道吗?从前俺领头跟日本狗打巷战的时候,俺们也没让过步!……现在俺要是喊起来,准比从前人马多!"

"你能动多少人马?"李悦故意问道。

"六七百个不成问题,包在俺身上!"

李悦知道吴七说的都没准数,就不再追问下去。他告诉吴七,据他所知道的,眼前厦门水陆军警、海军司令部、乌里山炮台、禾山办事处、保安队、公安局、宪兵,总数至少在三千四百名以上。他又指出,最近三大姓为着占地面,又在闹不和,可能还会再械斗;还有那些角头人马;也都是糟得很,流氓好汉一道儿混,有的被官厅拉过去,有的跟浪人勾了手……

吴七一声不响地听着,心里想:

"奇怪,干吗李悦知道的这么多,俺不知道的他都知道……"

"好,就不干了吧。"吴七有点难过似的喃喃地说,两只大手托着脑袋,那脑袋这时候看上去好像有几百斤重似的。

"可俺还是不死心,干吗人家拿三股叉、九节龙的能造反,咱们枪有枪人有人,反倒不成啦?……嗐,就不干了吧。"他抬起头来,望望剑平,又说,"你们俩是一个师傅教出来的,想的全一样。"

过了一会,李悦向剑平使个眼色,微笑着走过去,拿手轻轻搭在吴七肩上,温和地说:

"七哥,有件事要你帮忙一下,我们有一位同志,被人注意了,打算去内地,你送他走好吗?明儿晚上九点,我带他上船,你就在沙坡角等我……"

吴七一口答应了。他站起来,似乎已经忘了方才的难过,倒了一大碗冷茶,敞开喉咙喝了个干。

第六章

　　李悦和剑平接到上级委派他们的两项任务：一项是办个民众夜校；一项是搞个地下印刷所。

　　剑平利用渔民小学现成的地点，请校内的同事和校外的朋友帮忙，招收了不少附近的工人和渔民做学生，就这样把夜校办起来了。

　　李悦请剑平做他的帮手，在自己的卧房里挖了个地洞，里面安装了各式各样的铅字、铅条、铅版、字盘、油墨、纸张。上面放着一张笨重的宁式床。他们就这样搞了这个完全属于他们自己的印刷所。碰到排印时铅字不够，李悦就拿《鹭江日报》的铅字借用一下，或是拿木刻的来顶替。

　　剑平很快的跟李悦学会了简单的排字技术。他们的工作经常是在深夜。李悦嫂帮他们裁纸调墨。这女人比李悦大三岁，长得又高又丑，像男子，力气也像男子；平时，满桶的水挑着走，赛飞，脾气又大，说话老像跟人吵架。李悦却很爱她。他总是用温柔的声音去缓和她那火暴暴的性子。表面上看去，好像李悦样样都顺着她，事实上，她倒是一扑心听从李悦的话。

　　这个平时粗里粗气的女人，到了她帮助丈夫赶印东西的时候，就连拿一把裁纸刀，说一句话，也都是轻手轻脚，细声细气的。

　　李悦和剑平一直过着相当艰苦的日子。剑平一年只拿三个月薪，连穿破了皮鞋都买不起新的。李悦虽说每月有四十二元的工资，大半都被他给花在地下印刷和同志们活动的费用上面；那当儿正是党内经费困难到极点的时候。

附近是渔村,鱼虾一向比别的地方贱,但对他俩来说,有鱼有虾的日子还是稀罕的。他们也跟祖祖辈辈挨饿受冻的渔民一样,租的是鸽子笼似的小土房。

渔村,正像大都会里的贫民窟一样,眼睛所能接触到的都是受穷抱屈的人家。渔民们一年有三个海季在海上漂,都吃不到一顿开眉饭。打来的鱼,经一道手,剥一层皮,鱼税剥,警捐剥,鱼行老板剥,渔船主剥,渔具出租人剥,地头恶霸剥,这样剩下到他们手里的还有多少呢。渔夫们要不死在风里浪里,也得死在饥里寒里。

四月梢,正是这里渔家说的"白龙暴"到来的日子。

这一天,天才黑,对面鼓浪屿升旗山上已经挂起了风信球。渔村里,渔船还没有回来的人家,烧香、烧烛、烧纸、拜天、拜地、拜海龙王爷,一片愁惨。入夜,天空像劈裂开了,暴雨从裂口直泻,台风每小时以二十六里的速度,袭击这海岛。

海喧叫着,掀起的浪遮住了半个天,向海岸猛扑。哗啦!哗啦!直要把这海岛的心脏给撞碎似的。

大风把电线杆刮断,全市的电灯熄灭。黑暗中的海岛就像惊风骇浪里的船一样。远处有被风吹断的哭声……

就在这惨厉的黑夜里,李悦和剑平打开了地洞,赶印着就要到来的"五一"节传单。两岁的小季儿香甜地睡在床上,火油灯跳着。

十一点钟的时候,他们把传单印好。李悦嫂刚把铅字油墨收拾到地洞里去,忽然——

"砰!砰砰!砰砰!"一阵猛烈的敲门声。

李悦嫂脸吓白了,望着李悦颤声问:

"搜查?……"

李悦微笑说:

"不是。"

风呼呼地刮过去,隐约听得见被风刮断了的女人的叫声:

"悦……嫂……悦……"

"把传单收起来!我去开门……"李悦说,急忙往外跑,剑平也跟着。

门一开,劈面一阵夹雨的暴风,把两个灰色的影子抛进来,厅里的凳子倒了,桌子翻了,纸飞了,坛坛罐罐噼里乓啷响了,李悦颠退好几步,剑平也险些摔倒。风咆哮着像扑到人身上来的狮子。

进来的是邻居的丁古嫂和她十七岁的女儿丁秀苇。

好容易李悦嫂赶来,才把那咆哮着的大风推了出去,关上门,插上闩,再拿大杠撑住。

"吓死我啦!……"丁古嫂喘吁吁地说,"我家后墙倒了,差点儿把我砸死!……悦嫂,让我们借住一宿吧!……"

李悦嫂用一种男性的豪爽和热情把母女俩接到里屋去,随手把房门关上。她让她们把淋湿的衣服脱了,换上她自己的衣服。

李悦和剑平留在外面厅里,他们重新把火油灯点亮,把被风刮倒的东西收拾好。风刮得这么大,看样子剑平是回不去了。

剑平听见她们在里屋说话,那做母亲的好像一直在诉苦、叹气,那做女儿的好像哄小孩似的在哄她母亲,话里夹着吃吃的笑声。那样轻柔的笑声,仿佛连这暴风雨夜的凄厉都给冲淡了。

过了一会,秀苇穿着李悦嫂给她的又长又宽的衣服,挥着长袖子,走到厅里来。她笑着望着李悦说:

"悦兄,瞧我这样穿,像不像个老大娘?"

李悦和剑平看见她那个天真的调皮劲,都忍不住笑了。

一听见剑平的笑声,秀苇这才注意到那坐在角落里的陌生的男子,她脸红了,一扭身又闪进房里去。

这一晚,李悦嫂、丁古嫂、秀苇、小季儿,四个睡在里屋,李悦和剑平铺了木板睡在厅里。整夜的风声涛声。火油灯跳着。

天一亮,风住了。

大家都起来了。剑平到灶间去洗脸时,看见秀苇也在那里帮着李悦嫂烧水。他记起了那轻柔的、吃吃的笑声,不由得把这个昨晚在灯底下没有看清楚的女孩子重新看了一下:她中等身材,桃圆脸,眼睛水灵灵的像闪亮的黑玉,嘴似乎太大,但大得很可爱,显然由于嘴唇线条的鲜明和牙齿的洁白,使得她一张开嘴笑,就意味着一种粗野的、清新的、单纯的美。她那被太阳烤赤了的皮肤,和她那粗糙然而匀称的手脚,样样都流露出那种生长在靠海的大姑娘所特有的健壮和质朴。

秀苇的母亲显得格外年轻。开初一看,剑平几乎误会她俩是姊妹。特别是那做母亲的在跟她女儿说话的时候,总现出一种不是三十岁以上的妇人所应该有的那种稚气,好像她一直在希望做她女儿的妹妹,而不希望做母亲似的。

大门一开,外面喧哗的人声传进来。剑平、李悦和秀苇,三个年轻人都朝着海边走去了。

海边人很多,差不多整个渔村的大大小小都走到这里来。

海和天灰茫茫的一片,到处是台风扫过的惨象。海边的树给拔了,电灯杆歪了,靠岸的木屋,被大浪冲塌的冲塌,被大风鼓飞的鼓飞。从海关码头到沙坡角一带,大大小小的渔船、划子,都连锚带链的给卷在陆地上。礁石上面有破碎的船片。

远远五老峰山头,雨云像寡妇头上的黑纱,低低地垂着。太阳不知躲到哪里去了。

潮水退了。昨晚被急浪淹死的尸体,现在一个个都显露出来,伏在沙滩上,浑身的沙和泥。死者的亲人扑在尸体旁边,呼天唤地地大哭……

听着前前后后啼呼的声音,剑平和李悦都呆住了,望着铅青色的海水,不说一句话。

秀苇偷偷地在抹泪,当她发觉剑平在注意她时,就把脸转过去。接着,似乎抑制不住内心的难过,她独自个儿朝着家里走了。

这时候,就在前面被台风掀掉了岸石的海岸上,大雷和金鳄两个也在号哭的人堆里钻来钻去。

"好机会!大雷。"金鳄两眼贼溜溜地望着前前后后哭肿了眼睛的渔家姑娘,低声对大雷说,"那几个你看见了吗?怎么样?呃,好哇!都是家破人亡的,准是些便宜货,花不了几个钱就捞到手!怎么样?不坏吧。……刮这一阵台风,咱'彩花阁'不怕没姐儿啦……"

"五四"十四周年纪念这一天,剑平组织了街头演讲队,分开到各条马路去演讲。傍晚回来,他到李悦家里去,听见房间里有人在跟李悦嫂说话,声音很细,模糊的只听到几个字:

"蒋介石不抵抗……把东三省卖给日本人……"

"谁在里边?"剑平问。

"秀苇。"李悦回答,接着又告诉剑平:秀苇在女一中念书,学校的教师里面,有一位女同志在领导她们的学生会,最近学生会正在发动同学们进行"街坊访问"的工作……

"这女孩子很热心,只要有机会宣传,她总不放弃。"李悦说。过了一会,他又问剑平:"你知道她父亲是谁吗?"

"不知道。"

"她父亲从前当过《鹭江日报》的编辑,跟吴坚同过事。现在在漳州教书,名字叫丁古。"

"丁古?我知道了,我看过他发表的文章,似乎是个糊涂家伙。"

"是糊涂。他还自标是个'孙克主义'者呢。"

"什么'孙克主义'?我不懂。"

"我也不懂。我听过他对人家说:'孙中山和克鲁泡特金结婚,可以救中国。'大概他的孙克主义就是这么解释的……"

听到这里,剑平不由得敞开喉咙大笑。

不久,秀苇的"街坊访问"发展到剑平家里来了。田老大和田伯母也像李悦嫂那样,听着这十七八岁的女学生对他们讲救国大道理。也许是秀苇人缘好的缘故吧,老两口子每回看见她总是很高兴,特别是她叫起"伯母""伯伯"来时,他们更美得心里开花。

秀苇很快就在剑平家里混熟了,熟得不像个客人,爱来就来,爱走就走,留她吃点什么,也吃,没一句寒暄。有时她高兴了,就走到灶间帮田伯母,挽起袖管,又是洗锅,又是切菜,弄得满脸油烟,连田伯母看了也笑。

"秀苇这孩子人款倒好。"田伯母背地里对田老大说,"不知哪家造化,才能有这么个儿媳妇。"

田老大猜出老伴的话意,只不做声。

六月的头一天是伯母的生日,秀苇早几天已经知道。上午十一点半的时候,她悄悄地来了,剑平不在,田伯母和田老大在里间。厨房里锅清灶冷,火都没生哩。她正心里纳闷,忽地听见田伯母跟田老大在里间说话:

"……怎么办,掀不开锅拿这大褂去当了吧,……冬天再赎……"

秀苇悄悄溜出来,一口气走到菜市场,把她准备订杂志的钱,买了面条、蚝、鸡子、番薯粉、韭菜、葱,包了一大包,高高兴兴地拿着回来。

"伯母!"她天真地叫着,把买来的东西搁在桌子上,"今天我给你做生日……"

田伯母一时又是感动,又是不好意思,哆哆嗦嗦地把秀苇拉到身旁来说:

"这合适吗?孩子,你……你……"就哽住,说不下去了。

灶肚里火生起来了。秀苇亲自到厨房去煮蚝面。她跟田伯母抢着要掌勺,加油加盐,配搭葱花儿,全得由她,好像她是在自己家里。

蚝面煮熟了时,剑平也从外面回来了。他还不知今天家里差点掀不开锅呢。

秀苇和他们一起吃完了生日面,就跟剑平谈她最近访问渔村的情况;接着她又说前一回她看了风灾过后的渔村,回来写了一首诗,叫《渔民曲》;剑平叫她念出来给他听,秀苇道:"你得批评我才念。"剑平答应她,她就念道:

　　风暴起哟,
　　天地毁哟;
　　海上不见片帆只桅哟,
　　打鱼人家户户危哟。
　　爹爹渔船没回来哟,
　　娘儿在灯下盼望累哟。
　　门窗儿惊哟,
　　心胆儿碎哟。
　　爷爷去年风浪死哟,
　　爹爹又在风浪里哟。
　　狗在吠哟,
　　泪在坠哟。

"怎么样?请不客气地批评吧。"秀苇说。心里很有把握的相信自己的诗一定会得到称赞。

"你这首诗,"剑平沉吟了一会说,"最大的缺点是缺乏时代的特征。如果有人骗我说,这是一百年前的人写的诗,我也不会怀疑;因为它只写了一些没有时代气息的天灾,而没有写出今天的社会对人的迫害。——今天,我们的渔民是生活在这个半封建半殖民地的海岛上,他们所受的苦难,主要的还不是天灾,而是比天灾可怕千百倍的苛政。这一点,在你的诗里是看不到的。也就是说,你漏掉了主要的而抓住了次要的……"

"得了,得了,加几句标语口号,你就满意了。"

"我不是那个意思。"剑平说,"不要怕批评,既然你要人家不客气地批评你……"

"谁说我怕批评呀!说吧,说吧。"秀苇忍着眼泪说。

"再说,"剑平又坦然地说下去,"既然是渔民曲,就应当尽可能地用渔民的感情来写,可是在你的诗里面,连语言都不是属于渔民的……"

"对不起,我得补充一句,这首诗,我是试用民歌的体式写的。"

"可惜一点也不像,千万不要以为用一些'哟哟哟'就算是民歌体式了,那不过是些皮毛。依我看,你这首诗,还脱不了知识分子的调调……"

"知识分子的调调又怎么样?"秀苇涨红了脸说,"神气!你倒写一首来看看!……"

剑平哈哈笑起来,还想说下去,却不料秀苇已经别转了脸,赌气走了。

秀苇回到家里,越想越不服劲。忽然记起她父亲说过白居易的诗老妪能解的故事,就又走出来。她在渔村里找到一位大嫂,便把《渔民曲》谱成了闽南小调唱给大嫂听。她唱的时候心里充满了激情,那大嫂也听得入神。

"怎么样?"秀苇唱完了问道。

"好听,好听。"大嫂微笑地回答。

秀苇满心高兴,又问道:

"唱的是什么意思,你听得出来吗?"

大嫂呆了一下,忽然领悟过来似的说:

"听得出来,听得出来,你不是唱'卖儿葬父'吗?"

秀苇失望得差点哭了。她跑回家来,把《渔民曲》撕成碎片,狠狠地往灶肚里一塞。

到六月底,秀苇搬家了。

原来前些日子丁古从漳州回来,接受了《时事晚报》的聘请,当了编辑,便决意搬到报馆附近的烧酒街去住。

搬家后整整一个月,秀苇没有到剑平家来。

"好没情分的孩子!人一走,路也断了。"田伯母老念叨着,实在她老人家心里是在替侄子懊恼。

可是侄子似乎不懂得世界上还有懊恼这种东西,人一忙,连自己也给忘了。白天有日课,晚上有夜校,半夜里还得刻蜡版或赶印小册子,平时参加外面公开的社团活动,免不了还有些七七八八的事儿;对剑平来说,夜里要有五个钟头的睡眠,已经算是稀罕了。

第七章

　　不久以前，日本外务省密派几个特务，潜入闽南的惠安、安溪、德化这些地方，暗中收买内地土匪，拉拢国民党中的亲日分子，策动自治运动；同时，华南汉奸组织的"福建自治委员会"，也就在鼓浪屿秘密成立了。这自治会的幕后提线人是日本领事馆，打开锣戏的是沈鸿国。

　　沈鸿国成为法律圈外的特殊人物：日籍的妓馆、赌馆、烟馆，全有他暗藏的爪牙；日本人开的古玩店和药房，都是他的情报站和联络站；在他的公馆里，暗室、地道、暗门、收发报机、杀人的毒药和武器，样样齐全。公安局通缉的杀人犯，可以住在他公馆里不受法律制裁，公安局长跟他照样称兄道弟。内地土匪经过厦门，都在沈公馆当贵宾。大批走私来的军火鸦片，也在他那边抛梭引线地卖出买进。在他管辖下，各街区都设有小赌馆，开"十二支"。对厦门居民来说，这是一种不动刀枪的洗劫。

　　这种斯文的洗劫是通过这样的"合法"手续干起来的：

　　赌场派出大批受过专门训练的狗腿子，挨家挨户去向人家宣传发财捷径，殷勤地替人家"收封"。所谓"收封"，就是人家只要把押牌写在纸封里，连同押钱交给狗腿子带去，就可以坐在家里等着中彩了。赌场的经理把所有收进去的封子，事先偷开来看，核计一下，然后把押注最少的一支抽出来，到时候就这样公开合法地当众出牌。于是，中彩的，狗腿子亲自把钱送到他家去报喜；不中彩的，狗腿子也照样百般安慰，不叫他气馁。

这么着,全市大户小户人家的游资,就一点一滴地被吸收到赌场的大钱库里去。"十二支"很快地成了流行病似的,由狗腿子传布到渔村和工人区来。听了狗腿子的花言巧语而着迷的人家,一天比一天多。疯魔了的女人卖尽输光,最后连身子也被押到暗门子里去。负了债的男人坐牢的,逃亡的,自杀的,成了报纸上每日登载的新闻了。

剑平向夜校学生揭发"十二支"的欺诈和罪恶,叫他们每人回家去向街坊四邻宣传。不用说,他们跟狗腿子结下了仇。最后,拳头说话了,不管狗腿子上哪一家收封,他们一哄上去就是一顿打。

金鳄这一阵子做狗腿子们的大总管,也弄得很窘,轻易不敢在这一溜儿露面。

一天下午,剑平从学校回家,路上,有个十三四岁模样的孩子从后面赶来,递给剑平一个纸皮匣子,只说了一句"土龙兄叫我交给你",就扭身跑了。纸皮匣子糊得很紧,把它一层一层地剥开来看,原来里面是一把雪亮的攮子,贴着一张纸,上面写道:

姓何的,你要不要命?井水不犯河水。你敢再犯,明年今日是你周年。

乌衣党

剑平四下一瞧,那孩子已经不知哪去了。他一转念头,便带着攮子到吴七家来。

他把他碰到的经过说了一遍,同时向吴七借了一把左轮,带在身上。

"得小心,剑平。"吴七送剑平出来时说,"这些狗娘养的,什么都干得出来。我陪你回家吧。"

"不用,不用。"剑平把吴七拦在门内说,"他们不敢把我怎么样的,吓唬吓唬罢了,有了这把左轮,我还怕什么!"

"不能大意,小子!"吴七把剑平拉住,摇着一只龟裂而粗糙的指头,现出细心人的神气说,"听我说,要提防!小心没有坏处,'鲁莽寸步难行',还是让我做你的保镖吧。"

一听到保镖,剑平浑身不耐烦。

"不,不,你放心,我会提防的。"剑平说,"你千万别这样,免得我伯伯知道了,又得担惊受怕。"

剑平离开吴七,自己一个人走了。他一边走,一边想起那个大大咧咧的吴七今天竟然也会拿"鲁莽寸步难行"的老话来劝告他,心里觉得有点滑稽。

到了家门口,正要敲门,碰巧一回头,看到一个高大的背影在巷口那边一闪不见了。他这才知道原来吴七暗地里一直跟着他。

狗腿子成了过街的老鼠,到处有人喊打。喊打成了风气,一个街区又一个街区地传着。人们一发现可以自由使用拳头,都乐得鼓舞自己在坏蛋的身上显一下身手。狗腿子到了知道众怒难犯的时候,就是再怎么胆大的也变成胆小了。

赌场收到的封子一天一天少下去,最后只好把"十二支"停开。于是沈鸿国又另打主意,改用"开彩票"的花样。

沈鸿国自己不出面,却让一些不露面的汉奸替他拉拢本地的绅士、党棍和失意政客,做开彩票的倡办人。报纸上大登广告。钱庄、钱店,挂起"奖券代售处"的牌子。有倡办人的名字做幌子,彩票的销路竟然很好。有钱的想更有钱,没钱的想撞大运,都拿广告上的谎言当发财的窍门。其实真正拿这个当发财窍门的是沈鸿国。他有他整套的布置:头一期,先在本市试办;第二期,推行全省,一月小效,半月大效。万水千流归大海,钱一到手,"自治会"有了活动费,就可以使鬼推磨。只要多少给倡办人一些甜头,再下去,还怕他们不下水当"自治会"委员吗?

头期彩票销了十多万张,沈鸿国越想越得意。

这天晚上,李悦和剑平一同参加党的区委会。在会上,上级派来的联络员向同志们报告最近华南汉奸策动自治运动和沈鸿国开彩票的阴谋,大家讨论开了,最后决定在"九·一八"二周年各界游行示威这一天,发动群众起来揭穿和反对这个阴谋。

开完会,已经是午夜了。李悦回家把老婆摇醒,叫她帮着赶印后天的传单。剑平就在李悦家里赶写"反对开彩票"的文章,写好了又抄成六份,到天亮时,就骑上自行车,亲自把文章送到六家报馆去,打算明天"九·一八"可以同一天发表。

可是第二天,发表这篇文章的只有仲谦同志主编的《鹭江日报》一家,其他五家都无声无息。那位所谓"孙克主义"者丁古,本来当面答应剑平"一定争取发表",结果也落了空。

早晨八点钟,剑平从家里出来的时候,马路上已经有大大小小的队伍,拿着队旗,像分歧的河流似的向中山公园的广场汇集过去。这里面有学生、有工人、有渔民、有商人、有各个阶层各个社团机关的人员,黑压压地站满了广场。

开完纪念大会,人的洪流又开始向马路上倾泻,示威的队伍和路上的群众会合一起,吼声、歌声、口号声、旗帜呼啦啦声,像山洪暴发似地呼啸着过来。群众经过日本人开的银行、学校和报馆的门口时,立刻山崩似地怒喊起来:

"打倒日本帝国主义!"

"滚蛋!东北是我们的!"

那些日本的行长、校长、社长都不知躲到哪里去了。好些"日本籍民"的住宅也都拴紧了大门,没有人敢在楼窗口露面。

马路上的交通断绝了。警察赶过来想冲散队伍,但群众冲着他们喊:

"不打自己人!不伤老百姓!"

"停止内战,枪口对外!"

"欢迎爱国的军警!"

警察平时也受日籍浪人的欺侮,这时听见群众这么一喊,心也有些动,有人冲到他们面前向他们宣传抗日,他们听着听着倒听傻了。

十一点钟的时候,在靠海马路的另一角旷地上,出现了年轻的演讲队,剑平和秀苇也在里面。秀苇穿着浅灰色的旗袍,站在一座没有盖好的房架子旁边的石栏上面,向旷地上的群众演讲。她嘹亮的声音穿过了旷地又穿过了马路,连远远的一条街也听得见。热情的群众不时用暴风雨般的掌声和口号去响应她。在她背后,灿烂的阳光和浅蓝色的天幕,把她整个身段的轮廓和演讲的姿态都衬托得非常鲜明。

"想不到她倒有这么好的口才……"剑平想,不自觉地从人丛里望了秀苇一眼。不知什么缘故,他觉得自从认识秀苇以来,仿佛还没有见过她像今天这样美丽。

群众里面混杂着自己的同志和夜校的学生,都分开站着,彼此不打招呼。传单一张一张传着……对面街头忽然出现了警察的影子。一个夜校学生打了一声唿哨,警察赶来的时候,散发传单的人像浪头上钻着的鱼,一晃儿就不见了。

一向讨厌参加群众示威的吴七,今天例外的也在人堆里出现。他远远地望着剑平,用狡黠的眼睛对他眨了一下。李悦在人家不注意的一个墙角落站了一会,又慢慢走进人丛里去,他经过剑平身旁时,瞧也不瞧他一下。

秀苇演讲完了下来,剑平接着跳上去。他从纪念"九·一八"讲到反对汉奸卖国贼,很快地又讲到彩票的危害……这时人丛里有人喊着:

"我们要退还彩票!""不要上奸商的当!"一喊都喊开了。喊声

从每个角落里发出,在场的夜校学生手里挥着彩票嚷:

"退票去!马上退票去!"里面有个二十来岁的高个子,拿着长长的一连彩票,大声嚷道:

"同胞们,我们大家都退票去!谁要退票的,跟我来!……"

立刻有一大群人跟着他走,剑平跳下来也跟着走,吴七闷声不响地也跟上去。

十五分钟后,代售彩票最大的一家万隆兴钱庄,门里门外都挤满了退彩票的群众。掌柜的望着黑压压的人头,吓白了脸,连连点头说:

"照退!照退!这不干我们的事。请挨个来!……"

一家照退,家家都照退了。

有一家拒绝退彩票的小钱庄,被嚷闹的群众把柜台砸烂了。砸烂是砸烂,退还得退。

全市十多万张的彩票,这一个下午就退了五万张,钱庄收市的时候声明"明天再退",大家才散了。

拿到退彩票的钱的人们心安理得地回到家里去吃晚饭。吃不下晚饭的是沈鸿国,他呆呆地坐在太师椅上一直到深夜,想着,想着。……

第八章

九月二十一日下午,剑平口袋里带着前天没有发完的传单,到大华影院去看首次在厦门公映的新影片。电影快完的时候,剑平离开座位,把七十多张传单掏出来,在黑暗里迅速地向在座的观众传送过去,观众还以为是戏院里发的"影刊"呢。

趁着电灯没亮,他溜出了电影院。这一刹那,他为这种来无影去无踪的行为感到愉快。

马路上白蒙蒙地下着大雨,披着油布雨衣的警察站在十字路中指挥车辆,行人顺着马路两旁避雨的走廊走,剑平也混进人堆里去。走了十几步,听到喧哗的人声,回头一看,电影院已经散场,一堆一堆拥出来的观众被雨塞在大门口,有的手里还拿着自以为是"影刊"的传单呢。剑平认出有个暗探在人丛里东张西望,不由得暗暗好笑……

"剑平!"

浅绿的油纸伞下面,一张褐色的桃圆的脸,露出闪亮的珍珠齿,微笑着向他走来。

"没有伞吗?来,我们一块走……"秀苇说。她的愉快的声音,在这黄昏的恶劣的天气中听来,显得格外亲切。从屋檐直泻下来的大股雨水在伞面上开了岔,雨花飞溅到剑平的脸上来。

剑平飞快地钻进雨伞下面去。他仿佛听见走廊上传来急促的脚步声,便闷声不响地拉着秀苇走了。

伞面小,剑平又比秀苇高,得弯着背,才免得碰着伞顶。这样,两人的头靠得近了。

"我正想找你,"秀苇说,"我父亲叫我告诉你,你那篇反对彩票的文章,本来已经排好了,谁知被总编辑发觉,临时又抽掉了。"

"没关系,彩票的事早过去了。"

"还有呢,我父亲要我通知你,说外面风声很不好,叫你小心。——我可不信这些谣言!"

"什么风声?"

"他说有人要暗杀你。——真笑话,这年头什么谣言都有!"

"谁告诉他的?"

"他没说,大概是报馆的记者吧。"

"你再详细问他一下,到底谁告诉他的?"

"怎么,你倒认真起来啦?都是些没影的话,理它干吗?我告诉你,前天我参加了演讲队,我父亲还跟我嘀咕来着。剑平,要是我们把谣言都当话,那真是什么都别想干了。"

秀苇的语气充满着年轻的热情和漠视风险的天真。剑平喜欢她的热情却不同意她的天真。他想,起码他何剑平是不能像丁秀苇那样,把世界想得如此简单的。人家吴七都还懂得讲"鲁莽寸步难行"呢。

经过金圆路时,雨下得更大,水柱子随着斜风横扫过来,街树、房屋水蒙蒙的一片,像快淹没了。雨花在坑坑洼洼的石子路上泛着水泡儿,滚着打转。冷然飕的一声,一阵顶头风劈面吹来,把伞打翻个儿,连人也倒转过去。这一下,油纸伞变成降落伞,两人紧紧地把它拉住,像跟顽皮的风拔河。秀苇高兴得吃吃直笑,一个不留神,滑了个趔趄,剑平急忙扶她一下,不料右手刚扶住了秀苇,左手却让风把伞给吹走了。两人又手忙脚乱地赶上去追,伞随着风转,像跟追的人捉迷藏,逗得秀苇边追边笑。好容易剑平扑过去抓住了伞把儿,才站住了;可是伞已经撞坏了,伞面倒背过去,还碰穿了几个小窟窿。

"差点把我摔倒!"秀苇带笑地喘着气说。

"瞧,连伞条都断了!"剑平惋惜地说。

"不用打伞了,这么淋着走,够多痛快!"

"不行,看着凉了。"

剑平忙撑着破伞过来遮秀苇,两人又顶着风走,这回破伞只好当挡风牌了。

"靠紧点儿,瞧你的肩膀都打湿了。"秀苇说。

剑平觉得不能再靠紧,除非揽着她肩膀走,可这怎么行呢?他长这么大也没像今天这么紧靠地跟一个女孩子走路!……当他的腮帮子不经意地碰着她的湿发时,他好像闻到一股花一样的香味,一种在雨中走路的亲切的感觉,使他下意识地希望这一段回家的道儿会拉长一点,或是多绕些冤枉路……

"好久不上我家来了,忙吧?"剑平问道。

"忙。你把伞打歪了。过两天我看伯母去。"

"搬了新地方,好吗?"

"倒霉透了!我们住的是二楼,同楼住的还有一家,是个流氓,又是单身汉,成天价出出进进的,不是浪人就是妓女,什么脏话都说,讨厌死了!前天玩枪玩出了火,把墙板都给打穿了。我母亲很懊悔这回搬家。"

"懊悔?她不是怕台风吗?"

"是呀,我也这么说她,可是这回她说:'刮风不可怕,坏邻居才可怕呢。'她还惦念着悦嫂,总说:'行要好伴,住要好邻。'我们还打算再搬家,可是房子真不好找!"

"我们夜校附近也许有空房子,我替你找找看。"剑平说,"秀苇,你能不能帮我们夜校教一点课?最近我们来了不少罐头厂的女工,需要有个女教师。"

"我只有星期六晚上有时间,我们最近正考毕业考。"

"行,你能教两点钟课就好,这星期六你来吧。我问你,你毕业以后,打算怎么样?想不想当教员?"

"我想当女记者,当记者比当教员有趣。"

"记者的职业容易找吗?"

"不清楚。"

"我想不容易找。现在失业的新闻记者多极了,哪轮得到咱们新出猛儿的。听说前天《鹭江日报》登报要用个校对,报名应试的就有一大批。"

"要是叫我当校对,我才不干。"

"先别这么说吧,好些个大学毕业生、留学生,还争不到这位置呢。"

"要是当不了记者,我就天涯海角流浪去。"

"别作诗了,扎实一点儿吧。"

"那么,你告诉我,我干什么好——留神!那边有水洼子。"

"我说,记者也好,教员也好,不管当什么,还应当多干些救亡工作。你的口才真好,前天听你演讲,把我都给打动了。"

秀苇臊红了脸说:

"你不知道人家一上台就心跳,还取笑!——汽车来了,快走,别溅一身水!……"

到了剑平家门口时,两人下半截身子全都湿透了。秀苇拿起淌水的旗袍角来拧水,笑吟吟的,仿佛这一场风雨下得很够味儿。她说:

"我不进去了,过两天我来吧。"

剑平站在门槛下瞧着她打着破伞,独个儿走了。路上是坑坑洼洼的,她的灌饱了水的布鞋,在泥泞的地面吃吃地发声;那跟暮色一样暗灰的旗袍,在水帘子似的雨巷里消失了。前面,潮水撞着沙滩,哗啦,哗啦。

第九章

　　第二天，秀苇的外祖父做七十大寿，派人来请秀苇全家到他那边去玩几天，他们便高兴地去了。

　　到了晚上，秀苇要温习功课时，发觉少带了一本化学笔记，忙又赶回家去拿。她一进门，屋里黑洞洞的，好容易摸到一盒火柴，正要点灯，忽然听见一阵嘈杂的脚步声沿着楼梯上来，一阵对恶邻的憎恶和女性本能的自卫，使得她一转身就把房门关上了。

　　"一个鬼影儿也没有！"那位叫黑鲨的邻居走上来说，"到我房间去谈吧。"

　　秀苇听见好几个人的脚步走进隔壁的房间。她屏着气，不敢点灯。

　　虽然隔着一堵墙板，秀苇照样模糊地听见他们说着刺耳的肮脏话。当她听到那些话里还夹着"剑平"的名字时，她惊讶了，便小心地把耳朵贴着墙板，听听他们说些什么。这一下她才弄明白，原来这些坏蛋正在谈着怎样下手谋杀剑平。

　　他们争吵了半天，商量好这样下手：地点在淡水巷；巷头，巷中，巷尾，每一段埋伏两个人。他们知道每天晚上剑平从夜校回家，准走这一条巷子。他们打算，剑平走过巷头，先不动手；等他走到巷中，才开枪；要是没打中，他跑了，就巷头巷尾夹着干……

　　"他就是插起翅膀，也逃不了咱们这个！"黑鲨说。

　　"要是过了十一点钟他还不出来，干脆就到他学校去！"又有一个说，"你看吧，老子就是不使一个黑枣儿，光用绳子，勒也把他勒死！……"

秀苇伏在墙缝里偷看一下,里面有六条影子,都穿着黑衣服。他们谈一阵,喝一阵,快到九点钟时,就悄悄地走出去了。

秀苇随后也走出来,一口气朝着夜校跑……

这边夜校正好放学。最近这几天晚上,剑平每次回家,吴七总赶来陪他一起走,不管剑平乐意不乐意。今天晚上不知什么缘故,九点已经敲过了,吴七还没来;剑平急着要回去帮李悦赶印小册子,就打算先走了。

他戴上帽子,刚跨出校门,忽然望见对面路灯照不到的街屋的阴影底下,一个模糊的影子迅速地向他走来,似乎是穿着裙子的女人……

"秀苇!"剑平低声叫着,走上去迎她。

"你不能走!"秀苇喘着气说,粗鲁地拉着剑平往校门里走,她的手是冰凉的,"你不能走!外面有坏人!……"她说时急忙地把校门关上了。

剑平疑惑了。他问:

"到底怎么回事呀?"

秀苇急促地把黑鲨他们的暗杀阴谋告诉了剑平。

"怎么办?"她忧愁而焦急地说道,"他们过了十一点就会到这儿来!"

剑平望一望壁上的挂钟,九点二十分。他正在考虑要怎么样才能脱身,外面忽然咚咚咚地响着猛烈的敲门声。

秀苇脸色变了,说:

"来了?这么快!……"

老校工从门房里赶出来正要去开门,急得秀苇跑过去拦住他,压着嗓子说:

"别,别,别,别开!"

剑平也忙向老校工摆手。他跑进门房里去,跳上桌子,从一个朝外的小窗户望出去,校门口,一个高大的影子站着,是吴七。

剑平赶忙去开门。吴七一跨进来就嚷:

"敲了这半天!俺还当你走了。"

剑平拉了吴七过来,把秀苇方才说的情形告诉了他。

"俺早不是跟你说过吗,这些狗,狗——"吴七瞥了秀苇一眼,咽下了两个字:"什么都干得出!……呃?淡水巷?对呀,俺刚从那边经过,黑鲨站在巷口,一看见我就闪开了……呃?这孬种!……剑平,你的枪还有几颗子弹?"

"八颗。"

"八颗?好。"吴七从腰边抽出手枪来说,"我这儿也有八颗。二八一十六颗,够了!"他高兴起来,"剑平,把你的枪给我!我现在就到淡水巷去,我要不把这些狗,狗——拾掇了,我改姓儿!"

剑平没想到前几天还在说"鲁莽寸步难行"的吴七,现在竟然想单枪匹马去过五关斩六将,话还说得那么轻便!

"那不成!"剑平说,"他们人多,有准备,又是在暗处,暗箭难防……"

吴七挥着手不让剑平说下去。

"那,等他们来吧。"吴七说,一转身跑进了门房,跳上桌子,靠着小窗户口朝外望,一边又叫着:

"好地方!就在这儿等他们来好了,一枪撂他一个!……"

"犯不上这样。"秀苇拉着剑平低声说,"都是些流氓歹狗,咱们跟他们拼,不值得。咱们还是走吧,回避一下好……"

"剑平!上来瞧吧,……这地方很好,一枪撂他一个!……"吴七还在那里叫着。

剑平赶忙走过去,摇着吴七的腿说:

"你下来,我有话跟你说。"

吴七只得跳下来。

"听我说,七哥,"剑平说,"这学校后面,有个小祠堂,那看祠堂的老头儿跟我很熟,我们可以从祠堂的后门,穿过后面的土坡子,绕个大弯就到观音桥……"

"不用说了!"吴七不耐烦地说,"你要跑,你跑好了,我在这儿等他们!"

"观音桥离你家不远,"剑平只管说下去,"今晚我要到你家去睡,你得带我去。"

一听剑平说要睡在他家,吴七又觉得没理由反对了。

"好,走吧,走吧。"他气愤愤地说,好像跟谁生气似的。

剑平对老校工交代了几句,便和吴七、秀苇一起穿过小祠堂后门,沿着土岗子的小路走。他在观音桥那边和秀苇分手,嘱咐她捎带到他家跟他伯伯说一声。

第二天,快吃午饭的时候,李悦赶来吴七家找剑平。昨晚的事他到今早才知道。他对剑平说,那些坏蛋,昨晚十点钟提枪冲进夜校,搜不到人,把老校工揍了,又赶来敲剑平家的门,田老大不敢开,门被踢倒了,田老大的脊梁叫枪头子顿了一下,今天起不来床……

剑平气得脸发青,跳起来要赶回去。李悦好容易把他按住,安慰他说:

"瞧你急的!他老人家躺一天两天不就没事啦。你这么赶回去,反倒多叫他担心了。"

李悦接着又说:他已经向上级报告,上级认为照目前这情况,剑平最好暂时离开厦门到闽西去,因为那边正需要人……

"离开?"剑平一时脑子磨转不过来,"那些坏蛋会以为我是怕他们才逃了的……不,咱们不能让步,咱们得回手!趁这个机会收拾他一两个!……"

"喏,又是个吴七。"李悦微笑说。

剑平脸红了。

"你想想看,"李悦继续说道,"这些不三不四的狗腿子,值得我们拿全副精神来对付吗?应该往大处看,暂时离开还是对的。过了这一阵以后再回来吧,这跟刮风一样,一阵就过去的。聪明的艄公绝不跟坏天气赌,他只把船驶进避风塘,休息一下。何况你到闽西并不是去休息,你不过是转移一个阵地罢了。那边的斗争比这儿还剧烈呢。"

"夜校搞了一半,怎么办?"

"组织上自然会找人代替你的,你放心走好了。"李悦回答道。

就在这天夜里,吴七把去年秋天载过吴坚出走的那只渡船划来,把剑平载到白水营去。第二天,剑平找到联络的关系,就离开那边到长汀去了。

第 十 章

一九三六年二月二十四日,剑平从福建内地回到厦门。

伯母和伯伯看到离家两年多的侄子回来,都年轻了十岁。伯母的两只脚颠出颠进地忙着,亲手给剑平做吃的,煮了一碗金钩面线。田老大也喜欢得合不拢嘴。他一边看着剑平吃面线,一边跟剑平谈着家常。

"你叔叔……你叔叔……"谈到半截,田老大忽然脸沉下来,声音发颤地说,"没想到……他……他给人暗杀了……"

"唔。"剑平望望伯伯的脸,照样吃面线,顺嘴又问,"什么时候给暗杀的?"

"两个月前……"田老大说,喉咙叫眼泪给塞住了,"不知道跟谁结的仇,落了这么个下场!……"

剑平不乐意看见伯伯为了大雷的死那样悲伤。他撂下筷子,抹抹嘴,往里间走。

"伯母!"他叫着,"帮我找那件蓝布大褂,我要看李悦去。"

田老大一个人坐在厅里,心里暗暗难过:

"唉,这孩子也真心硬……好歹总是你叔叔,竟没一点骨肉情分……"

剑平穿上蓝布大褂,满心高兴地往李悦家走。他把大雷的死撂在一边了。

一推门进去,就看见李悦弯着腰,手里拿着一把锯,正在锯一块木板,锯末撒了一地。一只没有钉好的木箱子,搁在板凳的旁边。

瞧见剑平进来,李悦直起腰,怔了一下。

"你回来了。"李悦呆呆地说,"坐吧,我把这个赶好……"

李悦没有过来跟剑平握手,没有显着见面的快乐,甚至手里的锯也没有放下来。他照样弯下腰去,又锯那块木板。

"钉这木箱子干吗?"剑平问。

"不是木箱子,是棺材。……"李悦回答。一种被掩藏起来的哀伤在他阴暗的脸上现了一下,又隐没了。

里边传出哽塞的、抑制的哭声。

剑平心跳着,走进里间去。李悦嫂坐在床沿,拿一条手绢,捂着嘴,伤心地、窒息地哭着。床上小季儿躺着,小脸发紫,眼珠子不动,硬挺挺的像一个倒下来的蜡像。

剑平难过得说不出话。他明白这一对夫妇内心的哀痛。记得李悦对他说过,李悦嫂前些年害过一次大病,已经不能再生育,也许因为这缘故,才使他们平时把小季儿疼得像命根子。

李悦把木箱子钉好了。他静静地把小季儿抱在怀里,然后轻轻地放进木箱子里,轻轻地盖上木盖,仿佛怕惊动他心爱的孩子。他拿起锤子和钉子,忽然手发抖,额角的汗珠直冒。他一下一下地钉着,脸也一阵一阵地绷紧,好像那咚咚响着的锤子,正敲在他心坎上似的。

李悦嫂突然哭出声,扑过去,两手痉挛地掀着木盖,但木盖已经给钉上了。

李悦扔下锤子,叫剑平帮他把木箱子抬起来搁在肩膀上。他一手扶着,一手拿着锄头,对剑平说:

"我得先把这埋了。回头你来半山塘找我,我有话跟你谈……"

李悦歪歪地低着脑袋,似乎那看不见的悲哀压着他,比那压在他肩膀上的小棺材还要沉重。他一步一步地迈出了大门,如同一个扛着闸门走的人。剑平望着他微斜的肩膀和微弯的脊背,不由得联

063

想到珂勒惠支石刻中那个低头瞧着孩子死亡的父亲……

剑平赶快追上去,替李悦拿锄头,跟着走。

两人在半山塘野地里刨了个土坑,把小季儿埋了。

半山腰传来女人哭坟的声音。李悦拉着剑平,急忙离开坟地,仿佛有意不让自己泡在悲哀的气氛里。剑平问起小季儿害病的经过时,李悦用手擦着脑门,像要擦去上面的暗影,呼一口气说:

"别提了……是我看顾得不好……唉,别提了……咱们谈别的。——我派人捎去的信,你接到了吗?"

"接到了。"

"你回来得正是时候,大伙儿都在等着你。"

"我们在区委会讨论你的信,大家都赞成我回来。"

"吴坚有什么嘱咐吗?"

"他有信给你,大概后天郑羽来时,会带给你。"

山风绕着山脊奔跑,远远树林子喧哗起来。他们沿着挡风的山背面走。李悦说:

"我们早替你安排好位置了,你明天就得上课去。"

"哪个学校?"

"滨海中学附属小学,"李悦说,"这个位置,是陈四敏介绍的,他认识薛校长。"

"陈四敏?"

"对了,你还不认得他,他是我们的同志,两年前从闽东游击区来,去年在滨海中学当教员,掩护得很好。他也学会了排字。你走了以后,这一阵都是他帮着我搞印刷……"

"薛校长是个怎么样的人?"剑平问,"为什么我们要让他当厦联社的社长呢?"

"我正要把这些关系告诉你,坐下来吧!"

李悦拉着剑平在一座古坟的石碑上面坐下,山脚传来山羊咩咩的声音。

"薛校长名字叫嘉黍，"李悦开始说，"他是我们统战工作中主要争取的对象。首先，他比较有民主思想，社会声望高，有代表性；其次，他今年六十八，胡子这么长，起码人家不会怀疑他是共产党员。在厦门这样复杂的环境里，有这样一个人来当厦联社的社长，正是我们今天所需要的。听说，他从前在法国念书的时候，受了当时马克思主义思想的影响，参加过旅欧学生组织的工学互助社，后来，大概是他本身的阶级局限了他吧，他没有再继续上进……据我们所了解的，他父亲是吉隆坡的一个有名的老华侨，相当有钱，二十年前死了。薛嘉黍从法国奔丧到南洋，把他父亲遗留下来的一个椰油厂拍卖了，英国的殖民政府向他敲去一大笔遗产税，他很生气，可是有什么办法呢，那是在英国的殖民地啊。他把剩下的遗产带回厦门，就在海边建筑这座滨海中学。不到五年工夫，他把遗产花得干干净净。有钱的亲戚都骂他，说他没出息，不会继承父业，把家毁了，但也有些人，倒喜欢他这个傻劲。他有点固执，还有点书呆子气，有时候进步，有时候保守。你说他戆直吧，他做事可一点也不含糊；你说他手头大吧，他自己可是节省得赛个乡巴佬。——滨海中学的校舍你也看过，全是现代化建筑，教职员和学生的宿舍，也都相当讲究；可是你要是跑进薛嘉黍的住宅，你会以为你跑错了地方，那是一所又矮又暗的旧式小平房，他老人家甘心乐意地住在里面。……正因为这缘故，他受到尊重。我还记得，前些年，他领头揭发教育厅长的劣迹，教育界人士都响应了他，结果教育厅长只好自己滚蛋了。厦门的官老爷，没有一个不讨厌他，可也没有一个不怕他，因为他是华侨，又是个'毁家兴学'的热心家，又有那股戆直气——老百姓正喜欢他那股戆直气呢……"

"他跟陈四敏的关系怎么样？"剑平问道。

"很好。"李悦接下去说，"可以说，他相当器重四敏。他曾私下对四敏说:'让我来干吧,凡是你不敢干的,都由我来出面。我不怕他们——我这么大年纪了,他们敢把我怎么样!'……你知道,毛主席指示我们要承认争取一切可能的同盟者,我们通过薛嘉黍出面组织厦联社,正是为这个。我们就这样干起来了。厦联社组织社会科学研究会、文学研究会、木刻研究会、剧团、歌咏团,还开办业余补习学校,成立书报供应所,出版刊物;我们尽量利用各个学校、社团、报馆和各个文化机关团体来进行活动。现在我们已经有了七百多个社员,中间有一大部分是滨海中学的教员和学生。……"

"这回可以大干一下了!"剑平高兴地叫着。

"可是,不要忘记,这工作照样是艰苦而且复杂的。"李悦说,"前两天蒋介石颁布'维持治安紧急治罪法',你看见了吗?那里面明文规定,军警可以逮捕爱国分子,解散救亡团体……现在厦门的特务也多起来了,处处都有他们的眼线,这里的侦缉处长,就是南京派来的那个小头目赵雄。"

"赵雄?"剑平惊讶了,"是不是从前跟吴坚合演过《志士千秋》的那个?"

"就是他。从前他是吴坚的好朋友,现在他可是沈奎政的好朋友了。"

"沈奎政又是谁?"

"浪人的头子。"

"从前不是沈鸿国吗?"

"沈鸿国早完蛋了。对了,我还没告诉你大雷被暗杀的事。"

"我刚听我伯伯提过,我还没有详细问他。"

"我们该下山了,我还得去《鹭江日报》走一趟。"李悦站起来,边走边说,"这是两个月前的事:有一天晚上,大雷带了一个叫金花的女人,参加这里'十二大哥'的金兰酒会,沈鸿国也在场,都喝醉了。据说金花是大雷刚替她赎身的一个歌女,沈鸿国乘醉调戏了她,她哭了。大雷挂了火,仗着酒胆子,把沈鸿国揍了一拳。当晚回家的时候,大雷就在半路上,吃了谁一枪,倒了……"

"这准是沈鸿国干的!"

"你听着,从前不是有一个名叫黑鲨的要暗杀你吗?就是那家伙,在大雷死了的第二天,半夜里,被人用绳子勒死在烧酒街二楼上。据人家过后说,大雷的死,是沈鸿国指使黑鲨下的歹毒;黑鲨的死,又是大雷手下报的仇;但是也有人说,黑鲨的死是沈鸿国为着要灭口,才把他'铲'了的。"

"正是狗咬狗!"

"还没完呢。过了半个月,沈鸿国把那个披麻戴孝的金花强要了去。据他对人说,他不过是要'泄一口气'。那天晚上他喝得大醉,睡倒了。第二天,用人看他到晌午还不开门,就破门进去,这一下才发现,沈鸿国被菜刀砍死在床上,金花吃了大量的鸦片膏,也断了气……闹到这一步,事情不了也了啦。沈鸿国死了以后,福建自治会主委就换了沈奎政;沈公馆也由沈奎政接管了。他跟赵雄两人混得挺好……还有金鳄那家伙,从前是沈鸿国的一条看门狗,现在已经在赵雄的手下,当起侦缉队长来了。"

"这坏蛋!咱们跟他又是街坊,得当心。你看他会不会注意了你?"

"我这土包子样儿,谁还看上眼。"

剑平瞧瞧李悦,不错,李悦的确像个乡巴佬。

"这两年来,你就一直当排字工吗?"

"是的。"

"我觉得,你要是当个编辑,倒也是挺合适的。"

"不。"李悦淡淡地笑了,"拿掩护来说,再没有比排字更适合我的职业了。人家看不起排字的,不正是对我方便?再说,我要不干这个,谁来干这个呢?"

两人边走边谈,不知不觉到了山脚。剑平想打听一下秀苇的近况,不知怎的,忽然觉得脸上发烧,说不出口。

"你还有什么要问的吗?"李悦似乎觉察到了,问剑平。

"没有什么……"剑平支吾着,有点狼狈。

"那末,晚上见吧。我约四敏今晚八点在仲谦家里碰头,你也来吧。"

两人分手了。

"不中用的家伙!"剑平生气地骂着自己,"这有什么不好意思的?!……"

第十一章

晚上还不到八点钟,剑平已经到仲谦同志家里来了。

仲谦同志身材瘦而扁,戴着六百度的近视眼镜,看来比他四十岁的年龄要苍老。他有点口吃,平时登台讲不上两句话就汗淋淋的,拿起笔杆来却是个好手。自从吴坚出走以后,《鹭江日报》副刊一直由他接任。在报社里,他编,李悦排,彼此态度都很冷淡,像上级对下属,但在党的小组会上,仲谦常常像个天真的中学生,睁着近视眼睛听李悦对他进行严厉的批评。有不少回,国民党的猎狗把鼻子伸到《鹭江日报》的排字房和编辑室去乱嗅,却嗅不出什么。上一个星期日晚上,仲谦跟报馆的社长在吃晚饭,金鳄来了,社长倒一杯"五加皮"请他。可巧这时候,李悦拿一张校样从门口经过,金鳄问社长:

"他是不是叫李悦?我跟他是街坊。"接着又半真半假地开玩笑说,"你看他是不是个正货?"社长笑得连饭都喷出来了,金鳄瞟了仲谦一眼,也哈哈笑了。仲谦傻傻地只管吃他的饭……

仲谦同志见到两年多不见的剑平,欢喜极了,用着一种跟他年龄不相称的天真的热情去拥抱他。谈过别后的情况,他忽然从头到脚打量剑平,眨巴着眼睛,绷红了脸说:

"不行!……这,这,这,这,不行!……"

"老天爷!慢慢说吧,怎么回事呀?"

"这蓝布大褂不行。"仲谦好容易让自己松弛下来,缓慢地说,"你这样子打扮,要是上书店去翻书,狗准注意你!……"

随后仲谦拿他两年前穿的一套西装,恳切地要剑平先拿去穿。他还说了一套道理:

"北极熊是白的,战舰是海水色的,我们也一样,需要有保护色。"剑平看见他说得那么认真,也就接受了。

这时候陈四敏和李悦先后进来了。

叫剑平微微感到不舒服的,是陈四敏的外表缺少一般地下工作者常有的那种穷困的、不修边幅的特征。这两年来剑平在内地,从没见过一个同志像今晚四敏穿得那么整齐:烫平的深咖啡色的西装,新刮的脸,剪得贴肉的指甲,头上脚下都叫人看出干净。人长得并不好看,额顶特别高,嘴唇特别厚,眉毛和眼睛却向下弯,宽而大的脸庞很明显地露出一种忠厚相。他眯眼微笑着和剑平握手,剑平觉得他的手柔软而且宽厚,正如他的微笑一样。

四个人坐下来交谈。剑平报告闽西这半年来的工作概况。仲谦分析"一二·九"以后,抗日运动如何在各地展开。接着,李悦报告最近华北方面,日本密派坂垣赴青岛,土肥原赴太原,策动"冀察政委会";华南方面,日本外务省也派人赴闽南内地收买汉奸,组织秘密团体。又说,福建自治会沈奎政登台以后,极力拉拢赵雄,暗中交换"防共"情报……

四敏静静地听着大家说话,香烟一根连着一根地抽着,不时发出轻微的咳嗽。这时仲谦家里一只大猫,悄悄地钻到四敏的两脚间,他轻轻地把它抱到膝上,让它服服帖帖地蹲着,轻轻摩挲它。轮到四敏发言时,他说得很简短,很像拟电报的人不愿多浪费字句。他扼要地报告厦联社的工作,他说他们最近正在排练四幕话剧《怒潮》,准备下个月公演,同时还准备开个"新美术展览会"。……

"你来得正好,"四敏对剑平说,"希望会参加我们这一次的演出……"

正话谈完,大家便漫谈开了。仲谦一边起来倒茶,一边说道:

"今天我们又收到几封读者来信，都是要求多登邓鲁的文章，《论救国无罪》那篇短评，很受到欢迎。……"

"邓鲁是谁？"剑平问。

四敏不做声。李悦指着四敏笑道：

"就在你身边，你还不认识。"

"是他？"剑平用完全欣喜的神气说，"我们在内地的时候，厦门的报纸一到，大家都抢着要看邓鲁的时评。"

"这边也是一样。"李悦说，"《鹭江日报》最近多登了几篇邓鲁的文章，报份突然增加了不少。"

"外边人知道吗？"

"当然不能让他们知道。"仲谦回答剑平道，"好些读者以为邓鲁就是报馆的编辑，还有人说他是厦门大学的邓教授，听说有个学生走去问邓教授，邓教授倒笑而不答，好像默认的样子。"

李悦和剑平都听得哈哈笑了。李悦说：

"前几天，我排《论救国无罪》那篇稿子，'错排'了两个字，校对先生校出来，我没有给改上，事后主编还跟我大发脾气；其实所谓'错排'的那两个字，正是四敏通知我替他改的……"

李悦正说着，不知什么时候那只大猫已经从四敏怀里溜到地上去，用它的小爪子抓着李悦的脚脖子，李悦吓了一跳，恼了，踢了它一脚。大猫翻了个跟斗，哀叫一声，跳到四敏身上去了。

"不能踢它，它怀孕呢。"四敏用谴责的目光望了李悦一眼，不住地替大猫摩挲肚子。

"你瞧，"仲谦说，"我是它的主人，它不找我，倒跑到他身上去了。"

"他到哪儿也是那样。"李悦说，"小猫小狗总跟他做朋友。——我就讨厌这些东西！"

"不管你怎么说，幼小的生命总是可爱的。"四敏说，把大猫抱在怀里,让它舔着他的手指。

仲谦忽然联想到什么似的说:

"我问你,四敏,你敢不敢杀人?"

四敏觉得仲谦问得好笑,便笑了。

"我杀过人的。"他说,"我杀过的白军,至少在十个以上。"

"我看见四敏射击过,"李悦说,"他的枪法很好。"

"有一次,我们在闽西,"四敏接下去说,又点起烟来,"白军突然包围了我们红坊村,那天碰巧我没带手枪,我拿到一把砍马刀,躲在一个土坑里,一个白军向土坑冲来,我一刀砍过去,他倒了,脑瓜子开花,血溅了我一身。我看他半天还不断气,又砍了一刀。那天晚上,我们在另一个村子睡觉,我睡得特别甜……"

仲谦搔着后脑勺,眨巴着近视眼说:

"可是,四敏,我记得那一回我们野餐,你亲手做菜,我看你连拿着菜刀宰鱼,手都哆嗦呢。"

"是呀,老兄,那是宰鱼,那不是宰白军啊。"

四敏的回答,引得李悦和剑平又都哈哈笑了。

他们一直谈到夜里十一点才散。在回家的路上,剑平悄悄对李悦说:

"想不到四敏文章写得那么尖锐,看他的外表,倒像个好好先生。"

"唔。他是有点婆婆妈妈的。"李悦说,"一个人太善良了,常常就是那样……"

第二天,剑平由四敏带着去见了薛校长,便到"小学部"来上课。他把铺盖也搬到教员宿舍来了。他住的是一间通风敞亮的单人小房,和四敏住的单人房正好是对面。

下午,他在休息室喝茶时,看见墙上挂的"教职员一览表"上面有丁秀苇的名字,才知道秀苇也在这里初中部教史地课,不知什么

缘故,他忽然剧烈地心跳起来,但立刻他又恼怒自己:

"心跳什么呀!人家跟你有什么关系!"

散学后,剑平出来找吴七时,才知道吴七已经搬到草马鞍去了。找了半天,好容易才在一条九弯十八转的小巷子里找到吴七的新址。

吴七见了剑平很高兴,又是推,又是拉,简直像小孩子了。接着,他一个劲儿打听吴坚的情况;问得很琐碎,问了又问,好像回答他一次还不能满足似的。剑平从没看见这硬汉像今天这样啰唆过。

剑平在吴七那里吃了晚饭,回到学校,已经八点钟了,一个人来到宿舍,一进门,房间里月光铺了一地。写字台那边,青一块,黑一块,青光下面,一只破了嘴的瓷瓶出现了一束小白花,看去就像一团雾,瓷瓶底下,压着一张纸,开灯一瞧,纸上写着:

听说你回来了又没见到你,真急人哪。留一本油印的《怒潮》在你桌上,请读一读,我们正在排演呢。

把沿途采来的野花留在你的瓶里,不带回去了。明天下午四点再来看你,请等我。

秀苇下午六时半

剑平把灯又关了。一个人静静地坐在黑暗中,重新看着那水一般的月光和雾一般的花。花的清香,混合着温柔的情感来到心里……远远传来潮水掠过沙滩的隐微的喧声。他想起后面靠海的月色,便走出来了。

校舍外面,通到乌里山炮台去的公路像一条金色的飘带,月光直照几十里。

前面是厦门大学和南普陀寺。五老山峰在暗蓝的夜空下面,像人立的怪兽。月亮把附近一长列的沙滩铺上了银,爬到沙滩来的海浪,用它的泡沫在沙上滚着白色的花边。

剑平来到岸边一棵柏树下面,站住了,望着海。蓝缎子一样飘动的海面,一只摇着橹的渔船,吱呀吱呀摇过来,船尾巴拖着破碎的长月亮。夜风柔和得像婴孩的手指,轻轻地抚摸着人的脸。……

远远有人说话,声音由小而大,慢慢靠近过来:

"……我不当主角。……"

"我还是希望你当。这角色的性格,有点像你……"

"让柳霞当吧。她有舞台经验……"

剑平心跳着,控制不住自己地向说话的人影走去。

"秀苇!"他低低叫了一声。

人影朝他走来。

"剑平吗?"秀苇叫着,拉住剑平的手,像小鸟似地跳着,"你呀,你呀,找你三趟了。——看到我的字条吗?"

"看到了,谢谢你的花。"剑平说,有点害臊。

秀苇穿着全黑的夹旗袍。两年多不见,她变得高了,瘦了。庄重带着天真,和成熟的娇挺的少女风姿,使得她那张反射着月光的脸,显得特别有精神。剑平傻傻地让她拉着他的手,忘了这时候后面还有个人朝着他走来。

"是你啊。"四敏愉快地说,"我们刚提到你。……秀苇说你对戏剧很有兴趣,我们正打算请你帮我们排戏……"

"排戏我可外行。"剑平谦逊地说,"从前我搞的是文明戏,现在你们演的是话剧。"

"不妨试试。"秀苇说,"我们走走吧,月亮多好。"

三人并排着在沙滩上走。秀苇轻轻挽着剑平的胳臂,像兄妹那么自然而亲切。

"这一向你做什么?没有当女记者吗?"剑平问。

"呦,你还记着我的话。"秀苇不大好意思似的说,瞧了四敏一眼,"现在我在厦大念书,还在这儿初中部兼一点课,半工半读,不用让家里负担我的学费。"

"你父亲还在《时事晚报》做事吗?"

"还在那边。剑平,我可要怪你哪,干吗你一走,连个信儿都不捎,要不是我打听悦兄,我还不知道你是在上海呢。"

剑平和四敏交换了个眼色。

"我很少跟人通信,"他终于结结巴巴地回答,"再说,你又新搬了地方……"

"得了,得了,反正你把厦门的朋友都给忘了。悦兄也怪你没有给他信……你知道吗,从前要暗杀你的那个黑鲨,已经给人暗杀了,还有沈鸿国……"

"我知道,李悦已经跟我说了。"

"真是,'恶人自有恶人磨',天理报应!"

"你也相信报应?"剑平不由得笑了。

"怎么,我落后啦?哼,要是天理不昭昭,人理也是昭昭的。"

"原来你们还是老朋友……"四敏插进来说,微微咳嗽了一下。

"我们过去是老街坊。"秀苇说。

接着,她又带着天真的骄傲,对四敏谈她跟剑平从前怎样参加街头的演讲队……

沙滩上飘来学校的钟声。

"我得回去了,已经敲睡觉钟了。"四敏说。

"那么,你先走吧,"秀苇说,"我还想跟剑平走一会。"

"好,明天见。"四敏温和地微笑说,神色愉快地向剑平挥一挥手,迈开大步走了。

"四敏!"秀苇忽然叫了一声、追上去。

四敏转过身来。

"四敏!不好再熬夜了,把作文簿拿来,我替你改。"

"不用,今晚我再赶一下。"

"你还是早点儿睡吧,你咳嗽呢。"秀苇委婉地说。

"没关系。少吸几根烟,就不咳了。"

"你总不听医生的话,越熬夜就越吸烟。"秀苇声音隐含着温柔的责备,"还是把作文簿交给我吧,我跟你进去拿。"

"不,不,"四敏微微往后退,"已经熄灯了,你别进去。明天见,秀苇。"

四敏急忙忙地向校门走去,秀苇默默地转回来,像失掉了什么似的。

看到秀苇怅惘的神色,剑平隐微地感觉到一种类似铅块那样的东西,压到心坎来。

"我送你回家吧。"剑平说。

他们离开沙滩沿着一条通到市区去的小路走着,远远的夜市的灯影和建筑物模糊的轮廓,慢慢地靠近过来了。他们谈着过去,谈着厦联社,谈着四敏……

"据校医说,四敏的左肺尖有点毛病,可能是肺结核……"秀苇说,脸上隐藏着淡淡的忧郁。

"我看他身体倒挺好,不像有病的样子。"

"你没看他老咳嗽吗?——咳了半年啦。这个人真固执,医生叫他别抽烟,他偏抽;叫他早睡,他偏熬夜;叫他吃鸡子、牛奶、鱼肝油,他也不吃,嫌贵,嫌麻烦;厦联社的工作又是那么多,什么事情都得找他问他。我不知说过他多少回,可他不在乎。看也没看见过这样的人,真讨厌!……"

听着秀苇用那么爱惜的感情说出"讨厌"这两个字,剑平忽然感到一种连自己也意料不到的嫉妒。

"以后我来帮他吧,也许我能分他一点忙。"剑平说,极力赶掉自己内心的不愉快。

"我也这么想,要是你们能一起工作,你一定是他的好搭档。"

剑平想多了解一些四敏周围的群众关系,便尽量让秀苇继续谈着四敏。他意识到,秀苇的心灵深处仿佛隐藏着一种难以捉摸的秘密,那秘密,她似乎又想掩盖又想吐露,剑平也带着同样微妙的感觉,又想知道又怕知道。

剑平送秀苇回家后,回到宿舍,心里有点缭乱,久久静不下来,他在小房间里走来走去地想:

"不会吧?……唉……别想了。……不会的。……睡吧,睡吧。……"

看看对面,四敏房间里的灯还亮着,剑平又不想睡了。他把桌上的《怒潮》翻出来看。这是四敏用"杨定"的笔名写的一个以东北抗日为题材的四幕剧。剑平一幕又一幕地看下去,不知不觉被剧中的人物和情节吸引住。到了他看完站起来,才发觉自己因为激动,眼睛潮湿了。

已经是夜里两点了。整个宿舍又静又暗,都睡着了,只有他和四敏房间的灯还亮着。他关了灯,走到对面窗口,隔着一层玻璃窗看进去,里面四敏伏在桌子上,睡着了。毛笔摆在砚台旁,烟缸里塞满烟蒂和烟灰,一堆叠得高高的作文簿上面,一只小黑猫蹲伏在那里打盹……

剑平走进去把四敏摇醒,让他睡到床上去,又替他关了灯。黑暗中,他偷偷地把桌子上的作文簿拿出来,带回自己房间,重新开了灯,一个劲儿改到天亮。

第十二章

党领导的全国救亡运动,影响一天天扩大,厦门的救亡工作也由厦联社推动起来了。请求入社的青年越来越多,社员们散布到各个学校、报馆和民众社团里面去。救亡的刊物空前的多起来。本地的记者协会、美术协会、文化协会、诗歌会,为团结御侮与言论自由,都前后发表宣言。各地的读者纷纷写信给报馆,要求尽量多登抗日的文章。聂耳和冼星海的救亡歌曲,随着厦联社组织的青年歌咏队,像长了翅膀似的,飞过码头、工厂、渔村、社镇,传唱开了。遇到什么纪念日,这些歌曲又随着群众来到街头,示威的洪流一次又一次地冲过军警的棍子和刺刀……

厦联社的工作一天比一天繁重。剑平和四敏除教书外,几乎把全部精力都投入了工作。这是党在这个时期交给他们的主要任务。

在宿舍里,每晚把电灯亮到深夜一两点钟的,只有他们两个。有时候,四敏甚至工作到天亮。

秀苇每天见到剑平,总问:

"四敏昨晚几点睡的?"

剑平照实告诉她。她叹息了:

"天天熬夜,人就是钢打的,也不能这样呀。"

奇怪的是秀苇从来不问剑平几点钟睡。

秀苇每天一到下午上完了史地课,总一个人悄悄地到四敏的房间去改卷子,尽管四敏经常不在。这个混合着香烟味和男子味的房间,似乎对她有着奇异的吸引力。她一向讨厌人吸烟,但留在这房间里的烟味却有点特别,它仿佛含着主人性格的香气。

她常常替四敏整理写字台上的书籍和簿册,好像她就是这房间的主妇。有时候她走出来碰到了剑平,不由得脸红了,但一下子她又觉得很坦然。

年轻人在热恋的时候总是敏感的。剑平从秀苇的眼睛里看出异象,便有些忧郁。最初他是嫉妒,接着他又责备自己感情的自私。他想,他既没有权利叫一个他爱的人一定爱他,他也没有权利叫他的同志不让他爱的人爱。何况秀苇从来就不曾对他表示过任何超过友谊的感情。分别两年多,他不曾给她捎过一个字。假如说,秀苇爱的是四敏,那也没有什么可责备的。他,作为秀苇的朋友和作为四敏的同志,为什么不能用愉快的心情来替别人的幸福欢呼呢?他有什么理由怨人和自怨呢?

剑平终于摆脱了内心的苦恼。

可是不久,一个新的变化又使得剑平内心缭乱了。

不知什么缘故,每回,当四敏发见秀苇和剑平在一起的时候,总借故走开。在厦联社,遇到有什么工作需要两个人办的,四敏也总叫他俩一道去办。为什么他要这样做呢?

四敏是厦联社的骨干。各个研究小组都要他指导。文化周刊每期要他看最后一遍稿才付印。许多学习写作的青年,把成沓的稿件堆在他桌子上,等着他修改。每天有一大伙年轻人围绕在他的身旁,当然别人不会像秀苇那样敏感地注意他的咳嗽。大家一遇到什么疑难的问题不能解决时,总说:

"问四敏去,他是百科全书。"

四敏也的确像一部百科全书。他的博览强记到了叫人无法相信的程度。许多人都说他是"奇人",说他看书的速率比普通人快八倍,说他过目不忘。消息传到厦门大学那里,引起一位生物学教授特别来登门拜访。他拿一条布尺在四敏的头上量了半天,又在自己头上量了半天。他说他正在研究骨相学,但他找不出四敏的脑壳跟普通人有什么差别。

四敏每天把繁杂的社务料理得叫人看不出一点忙乱。奇怪的是他看书那么快,说话偏偏慢条斯理,如同小孩子背着没有熟的书;声音又是那么柔和,仿佛无论说什么激烈的言语都可以不必加上惊叹号。平时,他常常沉默地听别人说话,把香烟一根接一根地抽着,烟丝熏得他眯缝着眼睛,有时他长久地陷入沉思。爱说话而不爱抽烟的人,也许会惊奇这一位博学多才的人为什么既然那么吝惜他的发言,却又那么浪费他的香烟。

厦联社的社员多数是从各地各界来的知识分子,成分当然复杂一些。这里面有不同的阶级,不同的职业,不同的教育程度和不同的兴趣。不用说,好的有,不好的也短不了。剑平常常因此而感到对付人事的困难。他有时着恼了,对四敏说:

"我就讨厌知识分子,尽管我自己也是。你看他们,十个人十个样子,头真不好剃!"

"不能要求别人跟要求自己一样。"四敏回答剑平说,"你可以严格要求自己,但不能用同样的尺度要求别人。"

剑平一面觉得四敏的话是对的,一面又觉得四敏平时待人太宽,他感到不安。

四敏待人的宽厚,正如他溺爱一切幼小生命一样,成为他性格方面的一种习惯。很难想象,一个人可以溺爱小动物到那样的程度。学校里厨子养的小黑猫,每晚上总是悄悄地跑来睡在四敏的床上,甚至撕破他的蚊帐,他也不生气。他从来不打死那些爬过他桌面的蚂蚁、蟑螂、壁虎,或是从窗外飞进来的蛾子。他对它们最严厉的处分是用纸包着它们到校园里去"放生"。有时,就连花匠烧死那些残害花木的害虫,他也觉难受。有时,看见蜜蜂撞着玻璃窗,不管他怎么忙也得起来开窗让它们飞出去。他不喜欢看见人家把小鸟关在鸟笼里,也不喜欢看见小孩子用线绑着蜻蜓飞。

就是这么一个连蚂蚁也舍不得踩的人,他要和人吃人的制度进行无情的搏斗……

剑平刚入厦联社不久,社员们讨论要出版一个文艺性质的半月刊。社员柳霞是个剪男发、瘦削严峻的女教师,她主张刊物的名称用"海燕",秀苇反对,主张用"红星"。

"红星上有'红'字不好。"柳霞反对地说。

"好就好在'红'字!"秀苇回答。

"你想让人家封禁?"

"言论自由,他敢封!"秀苇说,有些轻蔑柳霞的胆怯,"他封一百次,咱们就出版一百零一次。一期换一个名,'红星'、'红火'、'红日'都可以!"

"好呀,你巴不得红出了面,好让人家来逮!"柳霞愤愤地说,"你这等于通知人家来消灭自己!"

"怕就别干,干就别怕!"

柳霞气得脸发青。社员中也有赞同秀苇的,也有赞同柳霞的,争辩起来,最后他们走来问四敏。

"我同意用'海燕'。"四敏眯着眼微笑地看看大家,又问秀苇,"干吗你非得有个'红'字不可呢?"

"红是强烈的颜色,代表反抗。"

"但重要的不在名称,而在刊物的内容。"四敏说,"名称淡一点好。应当从大处着想。"

四敏的答话永远是那么简短,平淡无奇,但不知什么缘故,听的人总自然信服,连好辩的秀苇也没有话说。

《怒潮》在大华戏院公演五天,场场满座,本来打算再续演三天,但戏院拒绝了。后来才知道,原来戏院经理遭到侦缉处的秘密警告。厦联社暂时不准备跟当局对冲,打算等到暑假的时候,到漳州、泉州各地去演出。

现在他们又忙着"新美术展览会"的筹备工作了。这次征集的展览品主要是侧重有宣传价值的。剑平和四敏都被选作展览品的鉴选人。

这天午后，剑平在厦联社的大厅里，把征集来的展览品重新选编。

周围很静，秀苇在屏风后面翻阅报纸。

一阵咯噔噔的皮鞋声从外面进来，把书柜的玻璃门都颤响了。剑平回头一看，一个胖胖的青年走进来，他方头大耳，小得可怜的鼻子塌在鼓起的颊肉中间，整个脸使人想起压扁了的柿饼，臃肿的脖子，给扣紧的领圈硬挤出来，一股刺鼻的香水味，从他那套柳条哔叽西装直冲过来。

"四敏兄在吗？"来人温文尔雅地问道，微微地弯一弯腰说，"我是他的朋友。"

"他刚出去。"剑平回答。

来人便向剑平说明来意，他说他要约四敏到他家去选他的画。他再三表示谦虚地说：

"哪一种画才算有教育意义的，我自己辨别不出。"他没有等剑平回答，立刻又问，"请问贵姓大名？"

"我叫何剑平。"

"原来是何剑平先生！"来人叫起来，和剑平握手，显出一个老练交际家的风度，"有空请和四敏兄一起上我家，你也是鉴选人啊……鄙人叫刘眉——眉毛的眉。前几天我在《厦光日报》发表的木刻'沙乐美'，你该看过了吧？……我已经参加社里的木刻组，最近我们学校成立了一个木刻小组，也是我领导的……"

"我最近也参加了木刻组。"剑平说，"以后希望多多联系。"

刘眉从西装口袋里掏出一个精致的蛇皮小皮包，抽出一张名

片来说:

"让我们交换名片。"

"唷,我没有名片。"

"没关系,没关系。"

刘眉用一种优雅的姿态把名片递到剑平手里。名片上面印着"刘眉。厦门艺术专门学校教授。厦门美术协会常务理事"。

"哪儿来的这么个宝贝……"剑平想。

"何先生,贵处是同安吧?"刘眉忽然又客客气气地问道。

"唔,是同安。"

"怪道呢,你说话还带同安腔,咱们是乡亲。家父也是在同安生长的。家父叫刘鸿川,是医学博士,家祖父是前清举人,叫刘朝福,你大概听过他的名字吧?"

"没有听过。"

"没有听过?"刘眉表示遗憾,"嗳,我不至于打扰你的时间吧?"他从口袋里掏出一束稿子,"这篇稿,请交给四敏兄,希望能赶上《海燕》的创刊号,我这篇文章是向艺术界扔一颗炸弹!我相信将来一发表,新的论战就要开始了……"

剑平把稿子翻开来看看,题目是《论新野兽派与国画》——怪别扭的题目!往下一看,一整句古里古怪的字句跳出来了:

"……新野兽派与国画的合璧,将使我国惊人的绘画突破艺术最高限度,且将以其雄奇之线条与夫大胆潇洒的姿态而出现于今日之艺坛……"

"怪论!原来是这么一颗炸弹……"剑平想,不再往下看了。

"怎么样?请指教。"刘眉表示虚心地问道。

"我外行。我不懂什么叫新野兽派……"

"你太客气了!你太客气了!"刘眉叫着,"何先生,你真老实!……"

083

剑平正闹不清刘眉为什么说他老实,突然,屏风后面传出一阵低低的笑声,秀苇走了出来。

"哦,秀苇,你也在?"刘眉有点尴尬,"我们正谈得投机……"

"得了,得了,"秀苇冲着刘眉不客气地说,"又是医学博士,又是前清举人,又是扔炸弹,够了吧?"

"秀苇,你真是,"刘眉显着庄重地说,"我跟何先生是初次见面,彼此交换些意见……"刘眉一边说一边看手表,"我得走了,我还有约会,对不起,对不起。"

不让秀苇有往下说的机会,刘眉礼貌十足地跟剑平和秀苇点头,就扭转身走了。

剑平暗暗好笑。

"你怎么会认识他?"

"他呀,从前在集美中学跟我同学,高我三级,后来听说到上海混了几年,回来竟然是'教授'了。"

"哦,原来如此。"剑平笑了。

第十三章

　　刘眉对这一次"新美术展览会"的筹备工作,十分卖力。他到处奔跑,鼓励美术协会的会员和艺专的学生来参加,征集了不少展览品。他每天到厦联社来好几回,跟剑平很快地就混得很熟了。

　　这天晚上,他特地来约四敏和剑平到他家去挑选他的画,秀苇也跟着去了。

　　刘眉的家在金圆路,是一座落成不久的新楼房。

　　他兴头十足地带着客人们参观他的新宅,一边走,一边指指点点地说:

　　"这里是客厅,两边是卧房,前面那间是我的书斋,后面是浴室……瞧瞧,这木板!"刘眉说时使劲地用脚后跟顿着地板,"菲律宾木料!上等的菲律宾木料!……这儿还有一间,请进来吧,这是我的'忘忧室',我常常坐在这沙发上听音乐。你瞧,这红纱灯多美!诗一样的。……对了,我还没有让你们参观我的'古冢室'呢,等一等,我去拿钥匙……"

　　刘眉兴冲冲地跑去了。

　　剑平满脸不高兴。

　　"这位仁兄蘑菇劲儿真大,"他咕哝着,"四敏,你跟他泡吧,我要先走……"

　　四敏微微地眯眼笑着,把他宽厚的、带着烟味的大手轻轻地搭在剑平肩膀上,低声问:

　　"怎么,腻啦?"

"讨厌死了！你不讨厌？"

"不讨厌。"四敏说，继续笑着。"这是莫里哀喜剧里面的人物，为什么你对他不发生兴趣呢？公道说，刘眉是个出色的演员，你看他表演得多精彩！你要是能从他的说白、动作，细细分析他的思想感情，你就会觉得我们平时读的唯物辩证法，在这里完全可以得到运用……"

刘眉一走来就把四敏的话打断了。他拿钥匙开"古冢室"的门，谦逊有礼地让客人们进去。

原来所谓"古冢室"不过是一间装置各种古董字画的暗室。刘眉把一百烛光的电灯扭亮，热心地指着那些历代的铜戈、陶瓿、人头骨、贝、蚌、雕花的木器、甲骨、断指的石佛，和一些擦得发亮的外国瓷器、杯盘，叫客人们观赏。可惜客人们缺乏欣赏家的兴致，只走马看花地过一下眼，就走出来了。刘眉暗暗叫屈。他重新去拉开玻璃柜，拿出一只又厚又亮的玻璃杯，用他软胖多肉的指头弹着杯沿，对客人们说：

"你们看，这是德国来的玻璃杯，摔不破的，我有两打。"

剑平瞧也不瞧。四敏拿着好玩的眼睛瞧一瞧那杯子，笑笑。秀苇天真地别转了脸，调皮地冷笑说：

"算了吧，摔不破？玻璃杯铺子得关门啦。"

"你不信？"刘眉认真起来了，"来，你摔吧，要是你摔得破，随便你要什么都行……"

"我才不摔。摔破了，赔不起。"

"不要你赔。"

"也不摔，准破嘛！"

"好，我摔给你看。"刘眉把玻璃杯高高举起来。

剑平厌烦地叫着：

"何必呢！何必呢！"

四敏也走过来劝阻,他说他的确看过一种不容易打破的杯子。
秀苇拉拉四敏的袖子说:
"你劝他干吗!他哪里敢摔,准破嘛!……"
一语未了,刘眉的杯子往地板扔下去了,咣啷一声,破成两片。
秀苇纵声大笑,四敏也忍不住笑了,只有剑平一个皱着眉头,嘟哝着:
"真无聊!"
刘眉气得脸发绿,跑去把佣人找来。
"你真是糊涂之至!"他用斯文人的语气责骂佣人给大家看。"干吗你把打得破的杯子跟打不破的杯子混在一起?呃?……你这是什么意思!……你这不是叫我丢人!……"

刘眉尽管把鼻子都气歪了,也还是保持着书香世家的风度,太撒野的话是不轻易出口的,特别是在尊贵的客人面前。他叫佣人赶快去把那些摔不破的玻璃杯搬出来,他要重新试验给客人看。这时四敏赶快过来拦他,秀苇也参加劝阻,但她劝到末了,不知怎么嘴里痒痒的,又说起俏皮话来了:

"够了,够了,刘眉,不用再试了,我完全相信你。"秀苇一本正经地说,没有一点嬉笑的样子,"这杯子百分之百是摔不破的。要怪嘛,只能怪你这菲律宾地板,要不是这上等的木料太硬,它决没有摔破的道理。并且,它也才不过破了两片,要是普通杯子,起码得四片。既然少破了两片,也足以证明这样的杯子确是难能可贵了!……"

四敏咬着唇不好意思笑,偷偷瞪了秀苇一眼。

刘眉下不了台阶,坚持要试,好像非如此不足以取信于天下。四敏忙劝他说:

"秀苇存心激你,你别上她的当。"

刘眉这才转了个口气说:

"我哪里会上她的当,我不过是逗逗玩儿。"

秀苇又想撩他两句,剑平忙拉她一下,她不理,看见四敏向她递眼色,这才不做声了。

四敏把话拐了个弯说:

"刘眉,你要我们选的画在哪儿?拿来看吧。"

一语提醒了刘眉,连忙又跑去拿"艺室"的钥匙。

四敏悄悄向剑平道:

"怎么样?表演得不坏吧?"

剑平笑了笑道:

"这是个出色的演员,又是个讨厌的角色。"

刘眉一来就把"艺室"的门开了。好大的一间工作室!看得出来,主人为着要使他的工作室带点一儿浪漫气味,有意不让室内的东西收拾得太整齐。在那柚木架、八仙桌和白瓷的窗台上面,横七竖八地放了一些石膏像、铜马、泥佛、骷髅、木炭笔、彩笔、颜料碟、画刀和供给写生用的瓶花、水果。绿丝绒的台布拖了半截在地板上,大帧小帧的世界名画,五颜六色的挂满了四壁,雕木框的、石膏框的、彩皮框的,样样都有,叫人不知眼睛往哪里搁。秀苇一看见刘眉的画高高挂在世界名画中间,不禁又格格笑起来,笑声公开地带着露骨的嘲讽。

"瞧呀,这是我们刘眉的大作品!"她高举一只手,指着壁上的画说,"他已经爬上世界的艺坛,可以和古今中外的世界名画,并驾齐驱了。"

刘眉装作没听见。他一张一张地搬出他的作品给四敏和剑平看,态度异常庄重。他说:

"我得声明一句,我的画可以分做两种:一种是艺术品,一种是宣传品。凡是我的艺术品,都不能当宣传;反过来说,凡是我的宣传品,也都不能当艺术看。"

刘眉觉得自己的声明是委婉而且谦虚,不料剑平一句话就顶

过来了:

"我不同意你的说法!一切艺术都是宣传,这是铁一般的道理!艺术离不开宣传,就跟宣传画也离不开艺术一样。"

刘眉带着敌意地按着肚子大笑。剑平铁青着脸,他憎恶那笑声。

"朋友,不能这样理解艺术,"刘眉停止了笑说,"这样理解艺术,艺术就死亡了,只能变成政治的工具……"

"一点也不错,艺术是政治的武器。"

"而且也变成政治的奴隶了。"

"不是政治的奴隶,而是为政治服务。"

"这是庸俗的功利主义的说法,对艺术是一种侮辱!"

"侮辱艺术的是资本主义的文明!"剑平说,脸色由青转红,像要跟人打架似的,"把艺术当色情的宣传,当侮辱女性的消遣品的,正是欧美资产阶级!"

"不,艺术没有什么阶级不阶级,它是超然高于一切的。"刘眉说,他那压扁的柿饼脸鼓起来了,"二十世纪的艺术不受理性的约束,它是纯粹感情的产物,所以我们主张发挥自我,主张恢复自然和原始。我们崇拜疯狂,我们相信只有疯狂才能产生伟大的艺术!……"

"怪论!照你这样说,所有艺术家都得变成疯子。"

"对不起,这有两种看法。"刘眉故意装作调皮的客气说,"在世俗的眼睛看来,后期印象派的大师梵高(VanGogh)是神经失常的,因为他把自己的耳朵割下来,献给他所爱的女子;但在我们艺术家看来,这正是他感情最辉煌的表现,这正是他性格的美!——"

秀苇吃吃地笑着,插嘴道:

"刘眉,赶快把你的耳朵拉下来吧,让我们也欣赏欣赏你性格的美。"

"我最讨厌的是那种装腔作势的艺术家!"剑平说。

"难怪,因为你不了解艺术家。"刘眉板着卫道者的脸孔说,"艺术家的性格就跟普通人不同!"

"刘眉,我闹不清你所说的,"四敏开始出声说,"请把你的意见说得明白一点。"

四敏和缓的声调,使刘眉鼓起来的脸稍稍恢复了原来的柿饼状态。

"我的意思是……"刘眉说,"作为一个艺术家,他要是拒绝作宣传画,这说明他不关心社会,是不对的,按理说,这种人应该枪毙!……"

"对!对!应该枪毙!"秀苇高兴地拍手叫着。

即使这半带讥笑的掌声也仍然鼓舞了刘眉。他满脸光彩地接下去说:

"可是话又得说回来,要是一个艺术家,他把宣传画也当艺术品看,那也是不对的。起码,他已经丧失了艺术的良心!……"

"对不起得很,我的艺术家。"剑平冷蔑地截断了刘眉的话,"一个人要是离开政治立场而空谈什么艺术良心,那就等于他对人开了一张空头支票;尽管这张支票印刷得怎么漂亮,也还是属于一种骗人的行为!"

"你让我说完好不好?——就拿我自己的画来说吧,你看我画的这张《浴后》,"刘眉指着壁上一帧裸女的油画说,"你说它是艺术品吗?是,它是艺术品。你说它宣传些什么呢?不,它什么也没有宣传。你能说它是宣传卫生,宣传洗澡吗?……"

"它当然也有它宣传的东西。"剑平冷冷地回答,"它宣传的是世界上最讨厌的东西:虚伪和颓废。"

"你说什么呀?"刘眉显出痛心和委屈地反问说,"我一生最痛恨的,正是虚伪和颓废,你倒拿这帽子来扣我。这是不公道的,剑平。拿这张《浴后》来说吧,你瞧它,这色调多强烈!这线条多大胆!

整个画面表现的,正是近代文明的暴力!我敢说,没有充沛的反抗精神,绝对画不出这样一张画!我是拿着彩笔向虚伪作战!——"刘眉慷慨激昂地挥起拳头,一看剑平在笑他,又停下来问:"怎么,你笑?我说得不对?"

"我笑你用的惊叹号太多了。"剑平收拾起笑容说,"我的看法正跟你相反。我认为,你这张画,色调是灰暗的,线条是软弱的,整个画面表现的是病态、堆砌、神经错乱。毫无疑问,你在宣传颓废这方面是起了些作用。你用幻象代替现实,这正是现代资产阶级艺术堕落的标志,破产的标志!"

"你可是说偏了,剑平。"刘眉稍稍变了脸色说,"你可知道,我画这样一张画不是简单的。我画它的时候,我浑身发抖,脸发青,手冰凉,我的感情冲击得自己都受不住了。我听见自己的灵魂在叫喊……"

"少叫喊吧,"剑平说,"你就是把嗓门喊哑了也没有用。装腔作势只能产生小丑,艺术需要的是老老实实的态度。"

"不对!"刘眉反驳道,"伟大的艺术就是伟大的说谎。'老实'是它最大的敌人。你看,二十世纪新兴的艺术,不正是超现实主义的艺术吗?"

剑平一揪住"超现实主义"这条辫子,激怒了,立刻向刘眉反攻,刘眉也不服输。于是双方又节外生枝地挑起新的争论,都面红耳赤,抢着要说,结果两张嘴谁也不让谁的同时发言,变成不是在较量道理,而是在竞赛嗓门了。这一场争论,要不是四敏半截插进来缓和局势的话,就不知要闹到什么时候了。

"让我说一说吧。"四敏不慌不忙的声调解除了双方紧张的肉搏状态,"今天你们争论的,正是两个不同体系的艺术观点。我虽然不同意刘眉所说的,但也不要求他立刻改变他的看法。等将来的事实替你们做评判员吧,地球是在运转,人的思想也不是一成不变的。拿刘眉这几张宣传画来说,只要它还带着爱国主义的倾向,对于我们今天的民众,也还是有益的。像这幅《拒运日货》,尽管它不是没有缺点,但我们照样承认它的价值。因为它通过码头工人的反抗,表现了今天人民对帝国主义的仇恨。这正是我们这一次展览会所需要的。这里还有十多张这样的作品,我们都准备选用。"

刘眉像一只被人给搔着耳朵,眯了眼的小猫,服服帖帖的,不再抗辩了。

四敏和剑平商量的结果,选了刘眉九张宣传画,三张漫画,两张摄影,一张风景油画。还有什么比这个更使刘眉高兴的呢。他带着贪得无厌的奢望,又搬出一大堆摄影图片来说:

"再请看看这些,是不是这里面还可以多选几张?"

四敏只好又翻看一下,觉得里面实在没有什么可取的。刘眉不死心,特别抽出他最得意的一张来说:

"瞧,我的代表作!我自己设计的……怎么样?"

大家一看,是一张刘眉自摄的放大的照片:背景是春天的田野,刘眉赤身裸体站着,腰围只扎一块小方格巾,光着脚,手里拿着一根树枝当拐棍,头发乱蓬蓬的,长得像女人;胸脯又胖又肿,也有点像女人……

三个人都同时给这奇怪的形象愣住了。

秀苇哼了一声说:

"鬼!男不男,女不女,真的把这个挂出来,观众准得吓跑了!"

剑平皱着眉头说:

"刘眉,我看你是裸体崇拜狂吧。还扎这条遮羞布做什么!……"

刘眉一本正经地说道:

"这是我比较满意的一张摄影,可惜曲高和寡。你们大概还不知道,当年高更(Gauguin)在塔希谛岛过原始人生活的时候,正是我这个打扮。"

"原来你是想做中国的高更。"剑平说。

"中国的高更多着呢,要是说一个人把头发弄乱了可以充艺术家,我看疯人医院有的是!"秀苇说。

刘眉不好意思地哈哈大笑着说:

"我不抬杠,你拿我没法子。"

四敏拍拍刘眉的肩膀说:

"刘眉,口可干了,有什么喝的没有?"

"哎呀,还没请你们喝茶呢,我差点给忘了。"

于是刘眉非常盛意地拿出上等的武夷茶和南洋寄来的榴莲果招待客人。十一点钟,客人起来告辞。刘眉送到大门口时,忽然从背后热情地紧抱着剑平说:

"剑平,我们真是一见如故。你真爽直!有什么说什么,这正是我们艺术家所要求的性格。我特别喜欢你这一点……"

刘眉似乎已经把刚才的争辩忘得干干净净了。他又紧紧握着四敏的手,用充满感情的声调道:

"四敏,我也非常喜欢你,我们四个人当中,就是你最有见识。我虽然不能完全同意你的意见,但我还是佩服你。你是了不起的人物!了不起,真的。我们三个,都是属于艺术家型的那种人,只有你,你呀,你又是艺术家型,又是政治家型。你说对吗?"

四敏微微笑着,耸耸肩。——每逢他不同意人家的话而又不想反驳的时候,他总是用这样的动作来代替回答。

"算了吧,刘眉。"秀苇说,"你还是自己当艺术家吧,我们都够不上'家'的资格。"

"好吧,孩子们,有空请常来玩儿。"刘眉摆起交际家的老练的态度说,"秀苇,什么时候再来抬杠?……"

第十四章

离开了刘眉的家,三个人绕过了没有路灯的僻巷,沿着静悄悄的深夜的马路走着。

"天晓得,"剑平边走边说,"这么一个宝贝,偏偏美术界的人都拥护他。"

"也不奇怪。"四敏说,"像刘眉这样的'艺术家',不知有多少,但像刘眉这样肯干的,倒是不多。"

秀苇说:

"他肯干什么,风头主义罢了。"

四敏说:

"风头主义也罢,爱国主义也罢,可他实实在在干出成绩来,这点不能抹杀。我们首先得看效果。"

剑平瞧一瞧秀苇,笑了说:

"四敏永远是那样:赏识人家的长处,原谅人家的短处。"

四敏说:

"刘眉总是刘眉,多少总得原谅他一点。要求他跟我们一样,办得到吗?"

秀苇说:

"不知怎么的,我一看见他那张柿饼脸,心里就有火。"

"不能拿相貌看人。"四敏说,"刘眉也不是一点长处都没有的,我们应当让他尽量发挥优点,要不是这样,厦联社的团结工作,就无从做起了。"

"你把刘眉估计得太高了。"秀苇说,"像他这种材料,有他不多,短他不少。"

"可是我们不能关门卖膏药呀。"四敏声调和蔼地说,"救国是全国人民的大事,光我们几个人干,行吗?"

秀苇说:

"我总觉得,刘眉这种人,不可能是跟我们一路的。"

"这要看将来了。"四敏说,"将来也许他跟得上,也许跟不上。可是今天,既然他赶向前了,我们就没有理由把他挡在门外。我们的门是敞开的,谁不愿意做亡国的奴隶,谁就有权利进来。"

"我看刘眉的群众关系倒不错,"剑平说,"他有他的处世哲学,有他待人接物的一套,不过,我讨厌的正是他那一套。"

"刘眉这个人很特别,"秀苇说,"你怎么骂他,啐他,他满不在乎,照样拉你的手,承认你是他全世界最好的朋友。你说他假装吗?也不一定,我从认识他到现在,他一直就是那个样子,他跟谁也不记仇。有时候,我看他吹气冒泡儿,损他几句,他也不生气。也许就是这缘故,他才受人欢迎吧?……"

"这点我可办不到。"剑平扬起头来说。

"我也办不到。人嘛,多少总要有点脾气……"

秀苇说时不自觉地瞧四敏一眼,四敏笑着不说什么。

三个人走了一大段路,慢慢的剑平掉在后头,四敏停步等他。又走了一会儿,变成四敏掉在后头了。秀苇发觉四敏是有意要让她跟剑平走在一块,她不舒服了,为什么四敏要这样做呢?生她的气吗?不,生剑平的气吗?也不。那么为什么呢?……女性的自尊心使她不愿意自动地停步。到了十字路口时,剑平站住了。

"四敏,"剑平等四敏赶上来了说,"你送秀苇回去,我打这边走。"

他正想往小巷拐,却不料四敏从背后拉住他。

"你送吧,我……我……"四敏轻轻地把剑平拉到秀苇身边,亲切地对秀苇说,"太晚了,让剑平送你回去。"

剑平踌躇了一会儿,结结巴巴地说:

"还是你送吧,你顺道儿……"

四敏说:

"不,我还想去看一个朋友……"

秀苇发觉这两个男子推来推去,伤心了。

"不用送了。"她颤声说,"我自己走。——明天见。"

她挺起胸脯,用快捷的步子,头也不回地向前走去。

"她生气啦。"剑平低声说。

"不能让她一个人走。"四敏说,"这几天流氓又多了,你还是陪她走一阵……"

四敏急促地把剑平推走了。

剑平默默地跟在秀苇的背后,秀苇走快,他也快,秀苇走慢,他也慢,心里怪别扭。他看出,适才秀苇希望的是四敏送她回去,偏偏四敏硬要拉他,作为一个男子,他觉得受伤了。

在街灯照不到的墙角,忽然秀苇站住,转过身来。剑平迟疑地走上去,看见秀苇乌溜溜的眼睛在微暗中闪亮地盯着他。秀苇自动地过来拉着剑平的肘弯,并排着走。二月的深夜的街头已经不冷了。剑平身上穿的毛线衣虽然足够暖和,但不知什么缘故,他只觉得好像在十冬腊月里,一股寒气直往他血管里钻,他发起冷抖来。

"你怎么啦,冷?"秀苇问。

"不……冷……"连声音也发颤了。

"你哆嗦呢。"

"唔。……"他感到狼狈。

越是想使劲遏制自己的冷抖,越是抖得厉害。当他从秀苇那只温柔的手上感染到一种比骨肉还亲切的感情时,开始内疚了……

他觉得,即使这种感情只埋在自己心里,也还是不应该有的,因为此时此刻,只有四敏一个人可以有这种感情,别人要是有,就算冒犯……剑平正想轻轻地摆脱那只紧拉着他的手,一刹那,他发觉那只手也跟他一样,微微地在发颤。他从一个男子应有的自尊,推想到一个女子可能的自尊,便踌躇着了,不行,一个男子在这时候推开一个女子的手,就是怎么婉转,也还是粗鲁的!……

两人静静地走了一阵,秀苇首先打破沉默道:

"前天《鹭江日报》,邓鲁有一篇《从袁世凯说起》,看了吗?"

"看了。那是影射蒋介石的。"剑平说,"文章写得挺好,又通俗,又尖锐,又能说服人。"

"我猜是四敏写的。"

剑平暗地吃了一惊。

"不,不可能是他写的。"他装作冷淡地说。

"不是他,别人写不出那样的文章。"

"你把厦门看得太没有人才了。"剑平说,极力想替四敏掩盖,"四敏的文章固然好,可是跟邓鲁的比起来,究竟两人的风格不同,看得出来的。"

"我告诉你,上学期,四敏曾经把辛亥革命的时代背景,分析给我听。我记得很清楚,他分析袁世凯,跟邓鲁的这篇文章,口气完全一样。"

"那有什么奇怪,见解相同,常常有的。"

"为什么那样碰巧呢?为什么连笔调、风格,都那么相同呢?……哎,我不是要跟你争论这个,我是替他担忧……"

"担忧?"

"是的。你不知道,有些话我不敢当面问他。"秀苇说,一种微妙的情绪使得她不自觉地把剑平的胳臂拉得更紧了。"剑平,咱们厦联社的工作一天比一天扩大,你说,四敏负的责任这么重,会不会有什么危险？"

"不会的。厦联社是公开的民众团体。"

"可是,我想……也许四敏是……干秘密工作的……"

剑平心里又一跳。

"瞎猜。不可能的。"他说时打了个呵欠。

"早先我也那么想,可是自从我发觉他是邓鲁以后,我忽然想,他一定是个了不起的人,他所以那样喜欢小动物,说不定就是为了掩护……"

"不,喜爱小动物是人的天性。"剑平说,"依我看来,四敏不过是一个热情的爱国主义者,一个没有摆脱书生气的、善良的好好先生。"

"我告诉你,昨儿晚上,我做了个梦。我梦见我跟柳霞闹翻了,我把《海燕》硬改成《红星》,结果警察来查封了,把你和四敏都逮了去。我哭醒了……"

"你真是想入非非了。"

"剑平,我们都是四敏的朋友,我们有义务来帮他作掩护……"

秀苇说时神色宁静,跟她刚才在刘眉家里那样的嬉笑调皮,正好是两个样子。

冷然间,一阵"噔噔"的金属的声音,随着一个矮矮的人影从左角的巷子走出来。那人影把手里的手杖在青石板的路上顿着。

"金鳄来了。"剑平悄声说,拉了秀苇一下。

金鳄经过他们身边时,用探索的眼睛瞅他们一下,又"噔噔"地走过去了。

远远传来卖唱瞎子的胡琴声。

第十五章

新美术展览会开幕这一天,下午四点钟的时候,剑平到展览会去。参观的人很多,他在人丛里碰到李悦,两人只会意地交换一下眼光,都不打招呼。

剑平来到木刻室,看见刘眉、秀苇、四敏三个人都在里面。四敏过来拉剑平和秀苇一起转入漫画室。刘眉一个人留着,他正为了他的作品不被挂在一个最显著的位置,在发愁呢。

四敏低低地对剑平说:

"你来得正好,我找你半天了。"

一群厦大的女同学拥进来,瞧见秀苇,恶作剧地把她"绑"到隔壁雕刻室去。她临走时无可奈何地瞥了四敏和剑平一眼,好像说:

"我回头就来。"

剑平心里纳闷:为什么秀苇一走,他竟然有点怅惘?他偷看四敏一下,四敏虽然眼盯着挂图,脸也像有点怅惘……

仿佛觉得四敏的怅惘是应该的,而他自己的是不应该似的,剑平对四敏说:

"我先走,我还有事。"

四敏似乎看出他"有事"的全部意义,把他拉住了。

"等等,我也走。"

"你待一会儿吧,回头秀苇找不到人。"

"不。一起走,咱们出去蹓蹓。"

"那么,你去跟秀苇说一声。"

"不用说了,走吧。"

离开嘈杂的会场,他们朝着郊外僻静的海边走去。这里是青石板筑成的一条长堤。海风很大,潮正在涨。海浪咆哮地攀着岸石,仿佛要爬到堤上来。太阳隔在轻纱一样的薄雾里面,像月亮。

这长堤过去是一个荒滩,叫望夫滩。相传古时候,有个年轻的渔夫在海上遇险,被海里的龙王招赘做驸马。他家里心碎了的妻子,天天来到这荒滩上,望着海和天哭。五十年后,她愁白了头发,哭瞎了眼睛,眼泪把滩上的礁石也滴穿了。她的坚贞终于感动了海里龙王,把渔夫放还给她。老夫妻重圆,相见的快乐使瞎了的眼睛复明,白了的头发复黑。他们像五十年前一样,重新开始青春美好的日子……从此以后,附近一带渔村,每逢台风刮过了后,这滩上就出现了年轻和年老的渔妇,对着海和天哭。她们痴信那滴在滩上的眼泪,能感动海里的龙王,让遇险的亲人平安回来。

四敏和剑平站在长堤上,静听着风声、涛声。海的壮丽把他们吸引住了。

沉默了一阵,四敏轻轻捏着剑平的胳臂,低声说:

"我有件事想跟你谈。过去我避免提起,现在不能不谈了。我觉得,这些日子,我们两个总像捉迷藏那样,你一看见我跟秀苇在一起,你就想溜,我一看见你跟秀苇在一起,我也想躲开。这样下去不行。特别是秀苇,她不能一直看着我们捉迷藏啊。我也知道,过去你本来就爱着秀苇……"

"不,你别误会,"剑平急促地说,脸红到耳根,"我跟她完全是朋友……"

"你不用解释,你听……"

"不,你让我说,"剑平又抢着说,他觉得这时候他要不让四敏明白他的心迹,就无法解开误会了,"我不否认,我对秀苇,过去有过一点好感,可是——慢慢,你让我先说……"剑平摆一摆手不让四敏截断他,"我得声明一句,我跟她始终是朋友!我们没有越过友谊的界限!你要是不信,从明天起,我可以永远不跟她见面,永远不跟她见面!……"

"我不是这个意思,你误会了——"

"我还没说完。——我很清楚,秀苇爱的是什么人,她心目中只有一个你。可是你,你老躲着她,这是不公道的,爱就说爱,为什么你净让人家猜谜呢?你要是没有勇气跟她说,我可以替你说去。我相信,她心里比你还着急……"

四敏不说话,望着海。

风吹过去,一个大浪掀起来,用它全身的力量撞着靠岸的礁石,哗啦,碎了。

"干吗你不说话?"剑平问,担心四敏在怪他。

"你净抢着说,我还说什么。"

"好,我不说了,现在听你的。——可是,我再声明一句,不管你怎么说,我跟秀苇,仅仅是朋友,如此而已。"

四敏从背后亲切地揽着剑平的肩膀。

"剑平,听我说,"他柔和地平静地说,"我已经有了妻子,我的孩子快两周岁了。"

这一下剑平傻了。

"她在内地工作,是我们的同志。"四敏接着说,"九年前,我跟她是同学,我们结婚已经三年了。"

"秀苇知道吗?"

"她不知道。这里除了李悦外,我跟谁也没提过。我跟她都是内地出过赏格要追捕的。"四敏的肩膀挨着剑平的肩膀,慢慢地沿着长堤走着,"我离开她两年了,也许今年年底,我能回去一趟。我真想念她,真想念!……过去有个时期,我对秀苇,实在说,我缭乱过,矛盾过。我责备自己:既然我全心爱的是我的妻子,为什么我又让别人在我心里占了位置呢?为什么我一天不见她,心里就闷闷不乐呢?不对,这样下去太危险了。长着青苔的路,就是最小心的人走过去也要滑倒的。……我要是不理智一点,毫无疑问,我一定会摔跟斗。事实很清楚:秀苇应当爱的是你,而不是我。我是站在你们中间,把你,把她,都给挡住了。我一个人抢夺了三个人的幸福,我没有权利这样做!我不能让我的同志、妻子、朋友为了我一个人的缘故,把他们的幸福都毁了。……这就是为什么这些日子,我一看见你和秀苇,就想走开……"

剑平困惑了,傻傻地站住。

"剑平,为什么你不说话呢?你应当责备我才对啊。"

"你不是已经责备你自己了吗?"剑平回答,眼睛呆呆地望着四敏。

白色的太阳不知什么时候隐没了。海风大了,冲着堤石的海潮飞起来的浪花溅到人的脸上。对面鼓浪屿已经升起风信球来了。

这些天,四敏一直看不见秀苇,虽然觉得奇怪,心里倒也平静。这天下午,他和李悦几个同志在虎溪岩山上会面,讨论今后如何继续展开厦联社工作。他回到宿舍时,天色已经晚了。开了灯,桌上墨水瓶下面压着一封信,拆开一看,是秀苇写的:

四敏:

我遇到一位被感情围困而不能自拔的朋友,我很替她难过。昨夜不眠,听一夜蛙声,我把她的懊恼写成诗。现在我把诗抄给你看,明知你看了要说这是"小资产阶级感情"。

假如这种感情应该受谴责,就谴责吧。任何你的谴责都要比你的沉默好些。

诗附在信的后面,只有短短九行:

> 为什么你不明说
> 你的沉默为我？
> 倘我猜的是错，
> 我愿远远走开，
> 不让你有一分难过。
> 假如冬花须入暖房，
> 我宁愿和霜雪一起；
> 假如离开你可免灾祸，
> 我宁愿入地狱跟着你。

四敏在卧房里徘徊起来，心乱得像一壶搅浑了的水。他仿佛听见自己心灵的风雨在呼啸，推开窗户，水一样的月光满院子，对面剑平卧房的灯光亮着。

一种不知哪里来的忧郁的情绪，混合着诗的旋律，在他心里回旋起来。旧的习惯抬头了，他拿起笔，想把那些有旋律的声音录成诗句。忽然，一阵厌恶的感情像一阵吹散了落叶的大风，把诗句都吹散了。他狠狠地把笔撂在桌上。

"去你的吧！你是谁？也想跟人家写无聊的诗句！"他生气地对自己说，站起来，拿凉水洗脸、擦身，走出去了。

他到书店买了几本新出版的杂志，回来时又赶写了几封用暗语代替的密信。十一点钟的时候，他脱了衣服；躺在床上，没有一点睡意。他两手压在后脑勺，想起了过去。

……一个扎着两股小辫子的十六岁姑娘向他走来，苹果脸，眼睛闪着稚气的、沉静的光。——可爱的人儿啊，头一次他看见她，心就暗暗地向着她了。她叫朱蕴冬，和四敏同在内地一个师范学校读书。那时候四敏才十八岁。

两人的家都在内地乡镇,相隔二十多里。据说,十九年前,朱族和陈族本来同住一个乡镇,后来,不知为什么两族结了仇,陈族就把朱族赶跑了。朱族人含愤地移到二十里外去垦荒,自己建立一个村落。从那时候起,两族的仇怨就没完没了,彼此誓死不相结亲。

陈四敏和朱蕴冬就在"不相结亲"的族规下面,偷偷地爱着。

师范学校毕业后,两人各回家乡,在族规的"禁令"下面,暂时断绝来往。工作使四敏离乡背井,到一个偏僻的乡村去当小学教员。这一年,他入了党,组织秘密农会。农民起来了,被打倒的豪绅、地主恨死这个外乡冲进来的危险人物,便勾结当地的民军(那时福建的所谓民军,就是半官半绅的土匪),准备捕杀四敏。

正当四敏情势危急的时候,朱蕴冬从家里逃出;因为她要不逃出,再过三天就得被绑起来,塞在花轿里,叫人给抬走了。男家是民军的一个营长。发下拘票要逮捕四敏的,正是他。

这天风大雨大,蕴冬跑了四十里泥泞的山路,秘密地来和四敏会面。四敏正准备逃亡,蕴冬要求他带她一起出走。

"可是,"四敏说,"我已经把我全部的生命献给工作了,我的处境非常危险。我现在走的,是一条最难走的路……"

"我知道你走的是什么路。我跑出来找你以前,我把什么都想过了。"蕴冬把脸靠着四敏的胸脯说,"你的路就是我的路。你到哪里,我也到哪里,我永远不回去了……"

这天深夜,才走了四十里泥泞山路的蕴冬,又跟着四敏一起逃亡。一个农会的农民带着他们走出危险地带……

从此,内地各处发出追捕四敏和蕴冬的赏格。

这一年腊月,他们到闽西红区。患难的夫妻也是患难的同志。到了四敏被派要来厦门时,他们已经有个满月的小娃娃了……

灯亮着。

"蕴冬……"四敏轻轻叫了一声,觉得这名字,这时候听来,特别温暖、柔和、亲切。

他心中像滤清了的水一样明净。蕴冬的影子,清清楚楚地映现在水里。他重新看见一对稚气的眼睛闪着沉静的光,那光,和他自己心里发出来的光交叉在一起。他沐浴在光里,周围一片安静……

第十六章

　　四敏很想跟秀苇谈,但接连几天,无论在什么地方,他一看见她,她总躲开。他找不到可以和她单独谈话的机会。

　　这天下午,四敏在阅报室里看报,外面起了风,抬头一望,窗外草场,一个浅蓝色旗袍的背影,在两棵驼背的古柏中间隐现着。吹绿了爬草的三月的风,把浅蓝色的袍角吹掀起来了。

　　四敏放下报纸,向草场上走去。头上是灰溜溜的天,远远是靛青的海。

　　"秀苇……"

　　浅蓝色的背影回过头来,看见四敏,似乎吃了一惊。他从来没看过她的脸色像今天这样苍白。

　　"还没回家?"四敏轻声问,走上去。

　　"唔。"她低下头。

　　不知什么地方飞来的一片杨花,挂着她的头发了。

　　"走一走吧?"四敏说,替她拿掉头上的杨花。

　　"不。我还有事——再见。"

　　她弯腰拿起那搁在树疙瘩上面的草提包,回转身走了。

　　尽管她那么冷淡,照样看得出她内心隐藏的怨恼。

　　他赶上去说:

　　"秀苇,我有话想跟你谈。"

　　她让他陪着她走,出了校门。他们经过南普陀寺门口,转到放生池的石栏旁去。山风绕着峭拔的五老峰的山脊,越过大雄宝殿的屋脊,飕飕地朝着放生池吹,古柏摇着苍郁的翠发,杨花像雪片,纷纷地扑面飞来。

"春天了。"秀苇掐了池旁一朵小黄花说。

"你的信,我看了。"四敏说,不敢望秀苇。

"唔。"

"我很对不起你……过去我一直没有把我的事告诉你,我……我已经结婚了。"

秀苇沉默。五老峰在面前转,大雄宝殿在面前转,古柏在面前转,四敏的脸也在面前转,心往下沉,往下沉。

远远有倦微的松声,听来如在梦里。

瞧着秀苇死白的脸色,四敏说不出话。

短暂的沉默过去。

"回去吧,"秀苇说,手拿着一块砖头,在石栏上画着,画着,"要下雨了。"她望望天,头上飞过一阵乌鸦。天没有要下雨的意思。……远远有人打锣,砸石工人正在爆炸岩石——轰隆!——轰隆!——梦吗?

"我希望我们永远是朋友……"半天,四敏才添了这么一句。

"本来就是朋友嘛。"她扭过头去。

她忽然想:为什么这两年来从没看过四敏离开厦门?他会不会是个旧式婚姻牺牲者?会不会不满他乡下的妻子?会不会……她抬起头来,直望着四敏的眼睛,问道:

"她在哪儿?"

"在,在上海。"四敏只好撒谎。

"是上海人吗?"

"唔……上海人。"

"在念书吗?"

"不,……在教书。"四敏说,心里有点不自在,"我跟她不但结

107

婚了,还有了一个孩子。"

秀苇俯下头,望着放生池水里灰溜溜的天、倒映的石栏和自己的脸。一片树叶子掉在水面,脸碎了。

"你瞧那鳖多大!"秀苇指着放生池里一只大鳖,笑着说。

望着她的笑容,四敏心里发痛。

鼓楼上传来暮鼓的声音。

"四敏,把我给你的信,还给我吧,我得烧了它。"

"我替你烧好了。"

"不,信是我自己写的,得我自己烧。我不愿意它落在别人手里,更不愿意它引起你们家庭的不愉快。"

"好吧,我明天寄还给你。"

"四敏,我能不能问你一句话?我希望你能真实告诉我,尽管事情已经过去了。"

"你说好了。"

"我问你,我猜的有没有错?"

四敏知道她问的是那首诗。他踌躇着:实说吧,会不会增加她感情的负担?不实说吧,唉,难道连这点也隐瞒她?……

"你没有错。"他终于这样回答。

她心里起了一阵酸辛的激动。她装作无意地转过身去,偷偷地拿手绢按住眼睛,抹去眼泪后,又回过头来望着四敏微笑。

"秀苇,我是应该受责备的。"四敏说,"我的心压着一块大石头,只有你的责备能减轻我。"

"唉,事情已经过去了,提它做什么。我感谢你给我的友谊。假如幸福永远属于过去,过去就是一刹那,一刹那也尽够了。"

四敏意味到秀苇话里的辛酸,便把话扯到别的方面去。他谈到友谊对于每一个人的珍贵,自自然然又扯到剑平。秀苇似乎不愿意这时候提到另一个人的名字,她把草提包夹在胳肢窝里说:

"该回去了。"

他们沿着南普陀路回去时,街上已经出现了黄昏的灯影。四敏一和秀苇分手,就赶到厦联社去找剑平,把他刚才跟秀苇谈的经过原原本本告诉他。

秀苇回到家里,她母亲第一眼看见她,就惊异了。

"唉,怎么你脸色这么难看啊?"

"妈,我大概着凉了。"

她没有吃晚饭就躺在床上,身子发冷,脉搏快,吃了两片阿司匹林又呕出来。人非常疲累,可又睡不着,翻转到大半夜,她又起来点灯,歪在床上给四敏写信。

四敏:

我拦阻自己一百次,仍然没法不给你写这信。

去年春天来得比今年晚,也不像今年春天这样忧郁。你记得吗,去年三月十五夜,我们在乌嘀角海滨听潮望月。我第一次领会到,当友谊使人幸福时,春月也如春日一般温暖。这日子,永远将成为我内心的节日,虽然这节日到现在只留下回忆给我。

啊,友谊,友谊,它要来和它要去一样不容易……

我永远纪念着那些到现在回忆起来已经是千金一刻的时间。有人过了一生,连"一刻"也不曾有过;也有人仅仅过了"一刻",已经是生命的永远。

我永远记着那勒住在悬崖上的友谊。为了你那崇高的理智,我尊敬你。我违背了我一向任性惯了的感情。我把收拾不起来的全都收拾起。纵马悬崖,我是敢的;要不是因为拖下去的不只是我一人,我又何惜做一次粉身碎骨的冒险……

现在,让我拿你的话来做我的座右铭:"假如幸福必须牺牲别人,就先牺牲自己吧。"

自己酿的苦酒,自己干杯吧,不要叫别人陪着。……四敏,我至诚地祝福你和你的爱人,你的孩子。

我也将永远记住,你曾经背诵给我听的那句恩格斯在马克思夫人墓前说的话:"如果曾有一个女性把使别人幸福视为她自己最高的幸福,那就是她。"

让最渺小的人向最伟大的人仿效吧。

(这里秀苇还写了一段,但后来又抹掉了。)

请把这一信和前一信都寄还给我。

苇

第二天秀苇热退了,起来梳理头发,望着窗外暖暖的春日,心境似乎宽舒了些。她接到一封不通过邮局送来的信,里面是四敏退还她的信和诗,还附一张字条:

秀苇:

我谴责不了你的诗,因为应该受谴责的是我自己。你的年轻纯洁,更加使我明显地看见自己的过失。我向你认错,希望我的认错能解除你由于我的过失而产生的感伤。

记得我十六岁时,很爱读颓废派的作品。它使我消沉、忧郁,有个时候我甚至试图自杀。把我从怀疑的病态中解救过来的,头一个是高尔基,虽然他年轻时也一样自杀过。读他的传记使我了解到感伤和颓废的可笑和可耻。我希望救过我的高尔基同样可以做你灵魂的良师益友。

在阶级没有消灭的社会里,善良和邪恶,黑白分明。生命原极可爱,但恶人却要把"可爱"变为"可悲",善人又要把"可悲"变为"可爱"。为着要变,志士就要流血了。

没有比这样流血更严肃的了。这样的流血,已经不是个人的悲剧,是广大的人群为着实现他们的愿望而演出的伟大史剧。每次当我想到我们是这伟大史剧的参加者和演出者时,我就觉得自己有理由像别人那样严肃,纵然是极细小的荒唐,也不能轻易原谅。

有一个人始终是我们最好的朋友,他就是剑平。你当然不会奇怪我为什么老喜欢提到他。老实说,一个人在他的一生中,能碰到像剑平这样纯朴、热情、绝少想到自己的朋友,究竟还是值得珍贵的。你曾说他有点粗戆气,而我倒觉得,粗戆气之于剑平,犹如天真之于幼童,毋宁说是可爱的。

请把我这信和你的信一起烧了吧。

第十七章

　　一个星期日的深夜,剑平在李悦家里排印小册子。十二点敲过了,李悦从外面回来,一进门就对剑平说:

　　"我刚送四敏走,他离开厦门了。"

　　剑平不由得一愣:

　　"干吗,他受注意了吗?"

　　"不,他有事去福州。他会再回来的。"

　　"什么时候回来?"

　　"还不知道。——怎么,你着急?"

　　"怎么不着急!厦联社一大堆事情,短他一个,样样都不好办。"

　　"你暂时代替他吧,还有郑羽同志也可以帮你。"李悦沉吟一会儿又说,"外面要是有人问起四敏,你就说他到上海去好了……"

　　两个星期过去了,四敏没有回来,厦联社的朋友都惦记着他。剑平这时才开始感到自己的工作能力和经验远远不如四敏。比方说,从前四敏编辑《海燕》周刊的稿件,花三四个钟头尽够了,现在剑平得忙一个大整天再赶一个大半夜,还要好些人帮着他。

　　有时碰到什么事情扎手了,有些人就会说:

　　"要是四敏在,该不至于这样了。"听了这一类的话,剑平一边觉得惭愧,一边却因为别人那样器重四敏,暗暗高兴。

　　剑平很少在人前提到四敏,背地里却常常跟秀苇一起怀念他。

　　"什么时候他能回来呢?"秀苇这样问,剑平答不出。

　　秀苇觉得,她已经没有必要再隐瞒那些剑平早就知道的事。毫无疑问,过去剑平所以会那样拘谨地对她插下友谊的界石,是因为他们中间有个四敏;现在事实既然如此,这界石该可以拔掉了。

终于有一天,秀苇遏制不住自己,向剑平坦率地说出她和四敏在放生池旁谈话的经过,虽然那一段经过剑平早已听见四敏说过了。秀苇把她写给四敏的那首诗,也念给剑平听。末了,她责备剑平不该在离开厦门那两年多时间,没有写过一个字给她……

剑平不加解释,只抱歉地紧握她的手。秀苇觉得,剑平那只男性的、指头节儿又粗又硬的大手,握得她从手上痛到心上,然而这痛是满足的。这时候,那好久以来积压在她心上的乌云,仿佛忽然化开了,喷射出灿烂而快乐的火花。当她从剑平的眼睛里也看出同样一种快乐时,便躲开他的注视,脸臊红了。她听见自己的心在怦怦地跳,跳得怪难过……

然而这一刹那,剑平却又显得非常之傻了。他站起来又坐下去,坐下去又站起来……她恼他,气他,甚至于恨他,又觉得他实在可爱。……她不得不用手遮脸,把又惊又喜的微笑掩藏起来。

现在,对剑平来说,工作的紧张已经不是负担,而是打胜仗的士兵冲过炮火的那种快乐。秀苇成为他这时候最密切也最知心的助手,她和工作连成一个整体,分不开了。

个把月后的一天傍晚,四敏忽然回来了。学校的同事和厦联社的朋友都高兴地传开这个消息。

四敏浑身上下满是从长途汽车带来的灰土。领带打歪了,衬衣的领子也脏得发黑。他那本来宽厚结实的脸庞,变得惊人的瘦了,尖了,颧骨和眉棱骨也特别突出。那套一个月前还穿得合身的西装,现在显得又宽又松,好像是借穿别人的。

"天啊,怎么他变得这样子!……"秀苇迎着四敏,暗暗地吃惊。

"你病了吗?"剑平问,过去和他紧紧地握手。

"没……没什么。打了几回摆子,真讨厌。"四敏回答,连连咳嗽,咳红了脸。等他缓过气来时,他望着大家微笑。他笑得跟平时一样温和、亲切,只有眼角透露出一种说不出的苦涩的味道。

四敏坐下来,态度仍然像往日那样平静、安详。他东谈,西问,不到十分钟,就问起厦联社一个月来的情况。他要剑平把明天应办的事情移交给他。

"你身子不好,"剑平说,"歇一晚吧,明儿再说。"

四敏不答应。他显得比素日还固执地要剑平把这一期收集好的《海燕》的稿件拿给他看。

这一夜,四敏寝室里的电灯又开始亮到午夜了。十二点半剑平熄灯上床的时候,听见对面寝室四敏在咳嗽,那发沙的声音好像从一只空桶发出,深夜里听来,格外叫人难受……

但是第二天,四敏还是跟从前一样,埋头忙着厦联社的工作。现在大大小小的事情开始又缠着他。年轻的社员们,又像铁片吸住磁石那样,重新环绕在他的周围。大家除了感到他瘦削和苍白外,并不觉得他有什么异样。

剑平和秀苇当然尽量分担四敏的忙。每次,四敏一咳嗽起来,两人总不约而同地交换着担忧的眼色。

四敏回来的第六天,病倒了,躺在床上,浑身发冷颤,脸潮红,神志昏迷。剑平赶快去把校医请来,校医诊断是恶性疟疾,替他打了针,嘱咐剑平每隔四个钟头给他服一次药。

四敏一直在发高烧的昏睡状态中,有时发谵语,脑袋不安地在枕头上转来转去。剑平守护着他,一边替他料理社里积压的文件。

半夜两点钟,四敏热度下降,睁开眼来。剑平连忙替他擦汗,换了湿透的汗褟,又让他服药。

"把灯关了吧,怪扎眼的。有月亮呢。"四敏眯着眼说,神志似乎清醒多了。

剑平关了灯,陪他坐在床沿上。月亮从后面窗口射进来,苍白得像一把发着寒光的钢刀。

夜风在瓦顶上吹哨子。远远有松声,附近有涛声,中间还夹杂着被风刮断了的犬吠声。

"我问你,"四敏缓慢地说,"我们打算吸收秀苇入团,你的意思怎么样?"

"我不反对。"剑平回答,"她呀,倾向还好,工作表现也热心,人也正直;就是有些缺点,有点骄傲,有点任性,还有相当浓厚的小资产阶级的意识……"

"那是长期改造的问题。"四敏说,"我的意思是,首先我们应当吸收她,让她在工作中磨练,不能等磨练好了才吸收……"

"我想她会加入的。是不是要我负责跟她谈?"

"不,组织上决定先让郑羽同志跟她谈,在她没有成为我们的同志以前,你不能暴露。"

"我从没对她暴露过什么。"

"那是对的。"四敏脸上掠过一抹柔和的微笑说,"我很高兴,她会成为我们的好同志,也会成为你最好的伙伴。过去我希望你们的,这回可以实现了。"

剑平一时觉得腼腆,不安,不知说什么好。

"该睡了。"他站起来。"早上六点,我再来给你服药。"

"你别走。"四敏阻止他,"我还有话要跟你谈。"

剑平重新在床沿上坐下来。

四敏拿手绢擦着额上和手背上的湿汗,微微咳嗽着。

"你不知道吧,蕴冬牺牲了。"他说,声音低得像耳语,脸一直是平淡的。

剑平呆了一下,呼吸也窒息了。

"我是接到她被捕消息,才离开厦门的。"四敏接下去说,"她本来住在闽东一个农民家里,被捕了,解到福州保安处,我一赶到福州,便托人营救。保安处要价八百元,同志们好不容易帮我凑足了款,但保安处把钱要了去,把人杀了……"

外面风一个猛劲扫过去,夜潮捣着滩岸,怒叫着,声音好像从裂开的地层底下发出来。

"人家告诉我,她是唱着《国际歌》就义的,身上中了五弹……"四敏继续说,左边的脸压在枕头上。"同志们不让我去看她的尸体,只让她的亲兄弟收埋了她……这些日子,她的影子一直跟着我……我一想到她,就好像看见她昂着头,唱着歌,向刑场走去……"

说到这里,四敏把盖在他身上棉被的线缝扯开,从里面谨慎地抽出一个小小的纸团来。

"这是她写给我最后的一张字。"他说,"就义那天,她设法叫人送来给我。我得保留它。剑平,你能不能想法子替我收藏?"

"行,交给我吧。"剑平把纸团接在手里说,"我可以把它藏在我家的墙壁里,什么时候你要,你就向我拿。"

"你可以看看她上面写的什么。"四敏说,把床头的手电筒按亮了,递给剑平。

剑平细心地把纸团摊开,拿手电筒照着,那上面写的是娟秀整齐的小字:

……我今天就要离开你了。这时候,你是唯一使我难过也是唯一使我坚定的人。我对我自己说,假如人死了可以复活,假如生命可以由我重新安排,而且,假如你像四年前那样再对我说:"我走的是最难走的一条路。"我仍然要回答你:"让我再走那条最难走的路吧,让我再去死一回吧。"

替我吻我们的苓儿。我把没有完成的愿望和理想,全交给你们了。不要为我悲伤,应当为我们的信仰,为广大活着的人奋斗到底。悲伤对你和对我同样是一种侮辱。特别是你,你是比我坚强的。

我衷心地希望,很快会有人代替我,做你亲爱的同志和妻子。而且,她也会像我一样的疼爱苓儿。(要是你拒绝我这最后的希望,我将永远不原谅你。)

另者:我还欠蔡保姆十二元,听说她已返龙岩,你应当设法寄还她。

剑平一边看,一边感动得眼睛直发潮,他极力忍着眼泪,好像害怕它滴下来会沾染了纸上的庄严和纯洁似的。

"多坚贞……"他关了手电筒,喃喃地自语。

松声和涛声又随着夜风来到屋里,月亮爬过床沿,照得半床青。

"我很惊奇,"四敏带着伤风似的沙声说,"她就义这一天写的字,跟她素日写的一样端正。"

"是的,这些字都是一笔不苟的。"剑平说,"可以想象她写的时候,一定是非常严正,同时又是泰然自若的。"

"她就是那样的性格。"四敏说,"表面上看她,她似乎激烈,而其实她是冷静的、沉着的。"

"四敏,我为我们有这样一个同志而骄傲!"

"我还记得,四年前,我们化装冲过白区的封锁线,她对我说:'要是我被捕,我一点也不害怕;但要是你被逮走了,我留下来,那我就宁愿和你死在一起。'她的话还在我耳朵里,想不到现在死的是她,留下来的是我。"

"不要难过,"剑平说,"她不会白白死的,你也不会白白留的。"

"对,她不会白白死的。我常常对我自己说,我不能光为她伤心,我应当昂起头来,顽强地活着,用双倍的精力来工作……"

月亮慢慢移到枕头边,照着四敏额上冒出来的湿汗,微微地闪亮。

117

"你的孩子呢？"沉默了半晌,剑平问。

"还留在农民家里。"

"妥当吗？"

"暂时只好这样,我又不能把他带在身边,那农民是个赤卫军,两口子都很疼他。"

剑平不由得想起刚才信里那句话:她也会像我一样的疼爱苓儿,便说:"四敏,我认为我们应当让秀苇知道这件事。"

"为什么要让她知道？"

"我们没有必要瞒着她。"

"不,不能告诉她。她究竟还是党外的人,尽管她和我们很接近。"

"我可以叫她不要告诉别人。"

"也不行!"四敏眼睛露出严峻的神情。"这是我们的秘密,我们不能让党外的人知道。"

剑平不做声。

"你得听我,绝对不告诉她!"四敏又叮咛着。

"好吧。"

四敏疲倦地微笑着,合上了眼睛。

剑平默默地坐了一会儿,看看四敏睡了,便替他盖好被,放轻脚步走出来,回到自己的寝室。

剑平躺在床上,整夜不能合眼,蕴冬同志的信,四敏的话,不断地在他胸里翻腾。

"干吗四敏不让我告诉秀苇呢？……"他反复地想;"对呀,他是有意的,明明是有意的……'假如离开你可免灾祸,我宁愿入地狱跟着你'。——秀苇的诗!这不说得很清楚吗？她爱的是四敏!矢志不渝地爱着!……过去她不得不跟四敏割断的缘故是因为有蕴冬,现在她可以没有这个顾虑了……要是他们能够恢复旧情,那一点也不奇怪……倒是我成了别人的绊脚石了……假如说，爱情的幸福也像单行的桥那样，只能容一个人过去，那么，就让路吧，抢先是可耻的……"

四敏躺了两天，热退了，他马上又起来工作，精神还是那样饱满。并且，他不再抽烟了。

他私下对剑平说："过去蕴冬老劝我戒烟，我不听，现在没有人劝我，我非得戒不可。"

剑平想说："谁说没有人劝你呀？秀苇不是劝过你吗？"话到唇边，又咽下去了。

使得秀苇和剑平暗暗欢喜的，是四敏戒烟以后，身体有了显著的变化：他改在夜里八点半睡觉，早晨三点半起来工作，饭量也增加，咳嗽也减少，脸色一天比一天红润。校医来检查他的身体，不再劝他吃鱼肝油，也不再提"肺结核"那个病了。

现在他们三个在厦联社一起工作，谁也不再回避谁了。秀苇在四敏面前，一直是坦然的，她从不掩饰她跟剑平的关系。她把从前由于感情的误会而引起的痛苦撂在一边，好像她相信四敏对待她是完全无邪那样，她也用完全无邪的心对待四敏。正因为彼此心中没留下任何渣滓，所以两人在一起，反而觉得比以前自然、亲切。

但不知怎的，剑平有时还不自觉地流露着不安。他不愿让四敏看见秀苇对他的亲密。好像这样的亲密，对一个第三者是一种抱歉，一种伤害似的。

一个强烈的意念常在剑平的心中起伏：

"把蕴冬的消息告诉秀苇吧。我怎么能装傻呀？"

但一想到他要是说出蕴冬的消息，秀苇就可能离开他，他又禁不住从心里战栗起来。当他意识到这种战栗是由于软弱的自私时，他又痛恨自己了……

第十八章

厦联社有一部分社员已经被吸收入党入团,党团的小组在社外秘密地成立。新加入的党员和团员,虽然在社里经常跟剑平四敏一起工作,却不知道他俩是他们的同志。

四月刚开头,《文化月刊》和《海燕》周刊忽然遭到封禁。接着社外的一些小刊物也先后被迫停刊。

公安局公开告示,禁止歌咏队在街头教群众唱歌。但是被查禁的救亡歌曲,反而越传越广。老百姓只要不是聋子和哑巴,耳朵和嘴总是封不住的。

社员里面,有一个在《新侨日报》当编辑,因为写文章抨击当局压迫救亡运动,当天《新侨日报》就被搜查;过两天,人也失踪了。还有一个记者,在记者协会的会议上痛斥"言论不自由,人身无保障"。第二天,侦缉处派人客客气气地把他"请"了去,从此不再回来。

搜查的事件越来越多。警探特务像散兵游匪,随时冲入人家住宅、社团、学校,翻箱倒柜,把值钱的细软往腰里塞,把手铐往人的手上扣,一场呼啸,走了。

才半个月,有一百多个青年被送进牢狱,连家属探监也遭到禁止。

这一百多个青年里面,有四十多个是厦联社的社员,其中有十四个是新近入党的同志。

奇怪的是搜捕的案件尽管多,但警探的手却始终没敢碰一碰那个作为厦联社社长的薛嘉黍。于是靠造谣吃饭的人便在外头风传，说薛嘉黍是受共产党利用，说厦联社和滨海中学是共产党的外围组织，说好些个社员、教员、学生都是危险分子，说他们家里都匿藏枪械武器，说他们勾串了工人和渔民，准备等待时机暴动……

有两个《中兴日报》的特务记者，几次想混进厦联社来，已经填好入社申请书，却被四敏暗地叫人回绝了。

现在再没有一家报馆敢发表邓鲁的文章了。那两个特务记者到处调查邓鲁的真姓名。有一次他们跑到《鹭江日报》的编辑部去打听仲谦，仲谦回答"不知道"。另外一个编辑却说："听说他就是厦大的邓教授呢。"

可是那位一向糊里糊涂不否认自己是邓鲁的邓教授，现在却到处向人咒死咒活地声明他不是邓鲁，声明没有使他摆脱了嫌疑，他终于被侦缉处"请"了去，坐了一个星期牢，解省了。

市国民党部新设了个图书杂志审查处。审查老爷把所有送审的稿件，凡是有反日倾向的，都认为"宣传反动"，删的删，扣的扣。六百七十六种社会科学书刊和一百四十几种文艺书籍被密令查禁。有个厦联社的社员开的书店，忽然有一天被暴徒捣毁，经理反而坐牢。大批新书从市图书馆里被不明不白地搬走、烧毁……

过去当《怒潮》女主角的柳霞，和她丈夫邹伦一同在启明小学教书，新近都加入了共青团。一个星期前，这一对年轻的夫妇在回家的路上，同时被捕。柳霞怀着两个月的孕。特务逼供时，把她灌凉水，然后拿脚踩，踩出了水再灌。到了她被抬回牢，已经奄奄一息，当天晚上，就流产了，死在牢里。

邹伦从看守口里打听到妻子牺牲的消息，痛苦得几乎发狂。第三天，他被一些暗探和特务押出来。半路上，他从他们的谈话里，知道他们是要把他押到启明小学去"认人"，他急了。恰好这时候从横街拐弯的地方闪过了郑羽同志的影子，邹伦便大声跟警探嚷闹：

"我不去启明小学！……我不去！我不去！……"

郑羽明白那嚷闹的用意,他飞步跑去报信了。

这边邹伦继续跟警探纠缠着不走,闹了半天,两个大块头的暗探硬把他夹着走,邹伦挣不过,就说:

"放手,我自己走!"他们果然放手让他走。邹伦没走上几步,就看见一辆汽车迎面驶过来,他猛扑过去,车轮轧过他的脑袋,他被抬到医院时断气了。

警探特务手忙脚乱一阵后,赶到启明小学,已经什么也搜不到了。有两个新近入党的教员,在二十分钟前得到郑羽的通知,早离开了。

环境一天比一天恶化。李悦召集内部有关的同志在马陇山一个荒僻的树林子里开秘密会议。

剑平头一个发言,他主张大规模地发动群众起来示威请愿,争取言论结社自由,要求无条件地释放政治犯,要是当局派军警弹压,就跟他冲……

"假如必须流血,就流血吧!"剑平说,"这是没有法子避免的,血绝不会白流,只有联合群众一齐起来斗争,才能冲破敌人的高压!……"他的主张得到大部分同志的支持。

李悦最后一个起来发言,他首先肯定剑平"联合群众一齐起来斗争"的这个主张,但他不赞成轻率地发动一个没有经过酝酿和计划的示威,因为那样做是得不偿失。他建议分开两个步骤来进行,头一步,先把厦联社一部分"红"出来的社员,提前从城市撤退,转移到福建内地去开辟新的基地;然后第二步,利用纪念日的游行集会,布置一个大规模的有计划的示威请愿,狠狠地干他一下……

李悦的意见首先得到四敏的支持。李悦又说:

"我们要到内地去开辟新的基地,完全有可能。我们可以通过厦联社个人的社会关系,和内地乡村的学校、农会取得联系。不要短视,不要以为我们非得死死盯住厦门这个小岛不可。刘少奇同志说过:在形势与条件不利于我们的时候,暂时避免和敌人决斗。我们应当好好领会这句话。我认为,我们没有必要把全部的力量集中在厦门跟敌人硬碰,更没有必要让我们党内的同志和党外的朋友,遭到可以避免而不避免的损失,人究竟是最宝贵的。所以在今天这个具体情况下,及时地、有步骤地撤退一部分同志,还是有必要的……"

李悦说完后,大家认为这些办法都是实际的、可行的、正确的。适才支持剑平的同志和剑平自己,也都一致同意李悦的主张。

最后大家决定:先派四位同志秘密到内地去布置,同时由四敏通过厦联社的关系,派八个跟内地村镇有关系的社员,直接到内地去接洽。

下午四点钟。在厦联社的阅览室外边,秀苇和几个社员围坐在晒台的石栏上面,听着四敏分析国际时局的变化。过一会儿,大家走了,剩下秀苇和四敏两个。

斜对过旷地上,传来"吭唷吭唷"打地基的声音。一座没有盖好的大楼的空架子上,好些个泥水匠正在那里搬砖砌墙。秀苇看见一个光着上身、瘦骨嶙峋的童工,提着一簸箕的泥灰,在一条悬空吊着的跳板上,吃力地走着,两只麻秆细的小腿在半空里不住地摇晃。

"危险呀!"秀苇担心地说,指给四敏看,"你瞧,么小的孩子,提那么大的簸箕……"

话还没落音,那跳板上的孩子,已经连簸箕带泥灰翻下来了。

秀苇惊叫一声,不由自主地把脸伏在四敏的肩膀上。

四敏也愣住了,拉住秀苇的胳臂,望着那伏在地上动也不动的悲惨的影子……

就在这时候,剑平悄悄从外面走进阅览室,正要坐下来看报纸,偶然一抬头,望见玻璃窗外晒台上两个人影:秀苇正从四敏肩膀上抬起头来,拿手绢抹眼泪,四敏的脸也透着忧愁……

剑平心里一沉,赶快走出来,好像他既怕看见他们又怕被他们看见似的。

他在热闹的大街上乱窜一阵,重新记起自己说过的话:

"假如说,爱情的幸福也像单行的桥那样,只能容一个人过去,那么,就让路吧,抢先是可耻的……"

他又反复地反问自己:

"我嫉妒吗?不,我没有权利嫉妒。我怕痛苦吗?不,我不是那样软弱……那么拿出勇气来吧,你就是把心捣碎了,也不能让别人为你有一点点难过……"

他想起李悦,便朝李悦的家走来。

他把全盘心事倒出来跟李悦谈,最后他说:

"帮我解决吧,我应当怎么做才对。"

"我很难提供意见。"李悦回答,"你这方面,我是明白的;但四敏和秀苇,他们究竟怎么样,我一点也不清楚。"

剑平焦躁地在屋里走来走去。

"不管他们怎么样,我自动的退让,总不会不对吧?"

"退让?"李悦冷冷地说,"什么话!完全是大男子主义的口气!"

剑平跳起来,连衣襟都飞起来了:

"大男子主义?我?"

"是的,你,你把女子当礼物,男权思想。"

"对不起,别给我乱扣帽子,我不承认。"

"谁给你乱扣帽子!请问,你有什么权利拿秀苇来退让?她又不是你的私有物。"

"我没有那个意思。"

"不管你什么意思,她有她自己的独立意志,你得尊重她。她不是商品,不能让人承盘,她也不是你的附属品,不能由你做主把她当礼物奉送……"

"啊呀呀呀,你把我说得那么坏!……"剑平苦恼地叫起来,生气地挥着一只手,"叫我怎么办呢!我要是不促成他们,他们就一定不会促成自己。无论如何,我没有权利妨碍别人的幸福。再说,这样下去,对组织,对个人,对四敏和秀苇,公的私的,都没有好处。还不如我自动地疏远了她,成全别人……"

"问题不在这个,你还是让秀苇自己做主吧,她有她自己的自由。"

"正因为这样,我才让她有重新考虑自己的机会。我相信,我推测的决不会错,她爱的是四敏。"

"那是你说的,不能算数,你还是重新考虑吧。"

剑平烦躁地拗着指头节儿,在板凳上坐下,说:

"我已经考虑一百遍了。我非得马上解决不可!这样拖下去,三个人都不好过。你不了解我。"

"我了解的,你怕的是引起误会、伤了友谊。其实哪里会这样呢,你跟四敏都不是那样的人。"

剑平又不安地站起来,来回走着。

"坐下来吧,"李悦说,"我问你,漳州派来的那两个漳潮剧社的代表,你见过了吗?"

"见过了。我已经同他们约好,今天五点半在厦联社会谈。"剑平瞧瞧桌上的小钟,一下子急忙起来说:"已经五点十分了,我得走了,明天见。"

他走出来,到人字路口,恰好碰到秀苇要回家。

"今晚有空吗?我想找你。"他站住了问。

"好,你来吧。"秀苇眼睛含着欢迎的微笑说,"我等你,几点你来?"

"八点。"

他一转身便急急忙忙地到厦联社去了。

第十九章

晚饭后,秀苇在后厢房的灯底下坐着看书。八点敲过了,剑平还没有来。

静悄悄的巷子里,仿佛有人从巷口那边一步一步走来,轻轻地敲门。她把手按着心,想去开门。仔细一听,什么声音也没有,只有心怦怦地跳,壁上的钟滴答滴答,像在嘲笑她。好容易,九点敲过了。

周围还是那样寂静。远处做戏的锣鼓声,被风卷着走,像在半空里,一会儿听出来了,一会儿又隐没了。

终于十点也敲过了,剑平还是没有来,她几乎恨起他来。忽然脑里一闪:会不会他被捕了?……这么一想,心立刻缩紧了。是呀,剑平一向不曾对她失过信,为什么今晚他会这样,莫非疑惧的变成了事实?……

一连串幻象出现在她脑里:绑架、失踪、酷刑、活埋……她越想越怕,仿佛不幸已经临头。壁钟指着十点十五分。

再也待不下去了,她跑出来站在大门口等,今晚一定要等他,就是等到天亮也等!

巷子里没有一点月影,巷口外面,大路上的街灯一片昏黄,来往的行人已经稀少了。

出现一个人影,从巷口那边走来了,走来了,是他吧?……

"剑平!"她低声叫。

没有回答。人影往西走,不见了。远远锣鼓声像风那么轻,飘过去。……又一个人影出现了,又走来了,走来了,……她屏住呼吸,不敢叫。人影走到她面前,站住了。

"秀苇!"

她松一口气,扑过去,拉住他,说不出一句话。忽然她伏在他肩膀上,哽咽起来。

剑平惊讶了。

"你怎么啦?"

"我……以为你被捕啦。"她害羞地说,抹去眼泪,又害羞地笑了。

"傻。"

"你不知道人家怎么样等你!"她气恼恼地说,"现在几点,你知道吗?"

"快十一点了吧。"

"对呀,人家打八点等你到现在。你真害人,怎么这么晚才来呀?"

这样的抱怨再多一点也不嫌的,剑平感到说不出的愉快和说不出的难过。

"真对不起,"他说,"会一讨论就没完,我不能中途退出……"

"我们进去吧。"

"不进去了,这么晚。我是怕你等,赶来跟你说一声。"

"唔,人家等你到这时候,你连进都不进来?"秀苇生气了,"好,去吧!去吧!明天见!"

"你赶我走?"

"你不是不进来吗?"

"实在不方便,深更半夜的。"

"什么不方便,"秀苇说,声音又缓和了,"我不是跟你说,在家里,我是'王'。我要怎么着就怎么着,我爸爸妈妈从来不管我。

——进来吧,老先生。"

剑平跟着秀苇进去,心里还是觉得怪不好意思的,总怕碰见秀苇的爸妈。秀苇倒大大方方,一进后厢房,就把火油灯的捻子旋高了。

剑平坐下来,秀苇问他今晚的会议讨论些什么。剑平告诉她:漳州的漳潮剧社派人来,邀请厦联社戏剧组利用暑期到漳属内地去巡回公演,大家都同意了,但打算不用厦联社名义;又说最近漳属一带的救亡运动,发展得很快,要求这边派人去指导,并且把这边的工作经验介绍给他们……

"这是个好机会!"剑平接着说,"到内地去,人下乡,工作也下乡。大伙儿堆在厦门,不是办法。"

"你想去吗?"

"我暂时还不能去。这边事情千头万绪,我走不开。我希望你能去。"

"我得考虑一下……剑平,我告诉你件事,你要绝对守秘密,我才说。"

"这么严重,你说吧。"

"我告诉你,我告诉你……"秀苇气喘喘的,"有人给我一本油印的小册子。"

"唔,谁给你的?"

"对不起,我不能告诉你。"秀苇严肃地回答,"你也没有知道的必要。"

剑平心里暗笑。

"好,不问你。"

秀苇忽然又紧张起来:

"剑平,我问你,要是我加入了,你要不要加入?"

"你真的想加入?"

"当然喽。你呢?"

"到时候再说吧。"剑平装作冷淡地回答。

这一下秀苇恼了。

"哼!"她说,"小资产阶级就是小资产阶级!平时说得挺漂亮,认真要你出来干,你倒又犹豫啦。"

剑平挨这么一刺,暗暗觉得痛快,要不是自觉的纪律的约束,他早对秀苇暴露自己了。

剑平避免再谈这件事,他走过去翻翻桌子上的书。一边翻,一边装作不经意地说道:

"秀苇,你知道吗,四敏的妻子死了。"

"哦!……"

沉默。剑平抬头,瞧着那在灯底下怔住了的秀苇的脸,微微发白。

"什么时候?"她问,极力平静自己。

"好些日子了。"

"是不是他去上海的时候?……"

"你怎么知道?"

"我猜的。他自从上海回来,简直变了一个人了。我总怀疑,也许他有什么不可告人的心事……"

剑平不做声。

秀苇轻轻叹息,过一会儿又说:

"他们夫妇感情一定很好,前天我看见他一个人坐着发愣。……"

"他就是太重感情了。"

"不能那样说。妻子死了,哪个不伤心?"她垂下长长的睫毛,带着感触似的说,"依我看,四敏这个人倒是挺理智的。……我不明白,为什么他不把这件事告诉我。"

"他不愿意让你知道,他也不让我告诉你。"剑平说,避开秀苇

129

的注视。

"唔？他不让？可你还是告诉我了。"

"是啊,我是应当告诉你的。他不告诉你,那是他的事。"

"他是个好人,太好了……"秀苇说,沉思起来。

这一刹那,一百句话涌到剑平唇边,但一句也说不出口。他明白过来:他不能就这样简单地对秀苇剖腹直言,好像他是在那里夸耀自己的宽宏、礼让似的。可以想象,一个耿直的人决不肯接受朋友的"让",尽管这"让"是出乎他自己的真诚……

"你在想什么？"秀苇瞧着发怔的剑平问,两只眼睛在灯底下乌溜溜地发光。

"没什么。"剑平答,脸微红。

夜风走过屋脊,锣鼓声又飘过来。

"哪来的锣鼓？"剑平问。

"观音庙演的布袋戏。"

又一阵风过去,锣鼓声远了没了。

"这屋子很静。香,哪儿来的花香？"

"院子里的晚香玉。"

"这味儿很好。你妈妈呢？"

"在前房睡。"

"你爸爸不在？"

"他到报馆上夜班,大概快回来了。"

"那我得走了,我不想跟他碰面。"

"坐吧,坐吧,我爸爸不是老虎,不会咬你的。"

"不是那个意思。太晚了,不好意思。"

"哎呀,什么话,孔夫子。"秀苇笑起来。笑声虽然低,但在静寂的、夹着晚香玉的夜气中,听来却格外清脆、悦耳。"你真不够大方,畏首畏尾。你看我,我到你家,是这样的吗？说实话,我家挺自由。你就是坐着谈到天亮,也不要紧。"

"唔……"剑平隐隐觉得眼前这灯、人、竹帘、静寂、锣鼓声……似乎这一切都带着惜别的情绪在挽留他。猛然,像从梦里被人摇醒,他站起来说:

"我还是走吧!"

他向秀苇伸出一只手。

秀苇觉得那只向她伸来的大手有点滑稽,便淘气地把它拨开了。

"不留你了。好像谁要扣押你似的。"她走过去,天真地把脸靠住那男性的、宽厚的胸脯,同时用手攀着他筋肉结实的肩膀。她清楚地听见他的心在跳,跳得比她的还快……

剑平完全傻了。他没有勇气拥抱她,也没有勇气推开她,他不自觉地拿手去轻轻抚摩她的头发。

她把眼睛闭下来,那在她头发上抚摩的手多么温和啊。她惊慌、缭乱、发抖起来了。

当他觉得她的发抖快要传染到他身上来时,他便带着自责的心情把手放下来。

她送他时经过黑暗的过道,拉着他的胳臂,怕他摔。"当心,台阶……"声音低得几乎听不见,她在黑暗里的手带着一种说不出的温厚和亲切。他的脚在看不见的台阶上探索着……

她站在大门口,瞧着剑平高高的背影在路灯昏黄的拐角不见了。她舍不得就进去,靠着门框,呆呆地想了一阵又一阵,心里似乎多了一件什么,又似乎短了一件什么……

第二十章

　　第二天上午,秀苇教完历史课,走进剑平的寝室,笑吟吟地对剑平说:
　　"剑平,我决定参加了,你也参加吧,咱们一起下乡去。"
　　"我不能去,我不是跟你说了。"剑平淡淡地回答。
　　秀苇想,剑平也许是假说"不去"的。
　　"嗯。我一个人去有什么意思!我要你去!"她用天真的命令口吻说,"去!无论如何,你得去!你不去我也不去!"
　　剑平心理早做好准备,他把秀苇的亲热只当没看见。
　　"我不去是有原因的。"他冷板板地说,"一切为了救亡,大家都是自觉自愿,又不是赶热闹,干吗非得我跟你去!哼,依赖性!小资产阶级!……"
　　秀苇登时脸黄了。
　　她扭身就跑,不让剑平看见她受屈的眼泪……
　　剑平早料到会有这么一个结局,起初也觉得过意不去,但立刻他又鼓励自己:
　　"勇敢起来,既然要疏远她……"
　　秀苇跑到没人看见的地方,越想越气。她长这么大,从没有碰见过一个人像剑平今天这样扫她的脸!虽然过去两人也斗过嘴,可那是怎样亲密的一种斗嘴啊……并且按照习惯,迁就的总是剑平,为什么今天受委屈的是她,剑平倒理也不理她呢?
　　她到厦联社时,看见剑平正跟四敏谈得很起劲,刚想躲开,却听见四敏在叫她,她只好装作没事儿走过去。四敏问她"要不要参加星期六的社会科学小组？"她回答"参加"。剑平耷拉着脑袋,看也不看她一眼,一会儿,他过去打电话,不再转回来了。

傍黑,她一个人回家,想着剑平对她的冷淡,心像铅一样沉重,晚饭吃得一点没有味道。夜里,壁钟敲了一点,她还躺在床上,睁着眼睛出神。

天亮后,她起来刚吃完早点,郑羽来找她谈话。他鼓励秀苇参加这一次的暑期巡回队,又郑重地对她表示:要是她有决心,他可以介绍她加入共青团。秀苇喜欢得心直跳,追紧着问：

"什么时候可以加入？明天行吗？"

"过两天我再通知你,但一定要严守秘密。"郑羽说。

这天她到厦联社,用双倍的热情料理社里的工作,自动报名参加暑期巡回队。她比平时话说得多,暗地希望剑平会看出她的快乐。

她走进办事室的时候,遇见四敏一个人埋头在写字台上整理一些文件。

"你不舒服吗？"四敏抬起头来看见她,问道。

她吃了一惊,支吾着：

"没有……"

"不用瞒我,准是有什么心事,瞧你的脸。"四敏说。

于是秀苇带着一半气恼和一半矜持,把她跟剑平闹的别扭说给四敏听。

"嘻,这算什么！"四敏好笑地说,"你们都是太年轻,生命力太旺盛,才会怄这些气。"

"不,你不知道,他从来不是这样的。"

四敏站了起来说：

"那么,我替你问他去！"

他转身要走,急得秀苇跳起来,拦住他说:

"你别去问他!千万别去问他!"

"怎么,我替你跟他解释,还不行吗?"

四敏执意要去,秀苇更急了,紧紧拉住他不放。

"不!你不知道!你不知道!"她低声叫着,"你一去问他,他就更来劲了,他会以为我屈服了,央告了你——你得对我发誓!你不去问他!永远不问他!"

这样的事闹到要发誓,是四敏万万想不到的,他笑了:

"干吗这样严重?"

"你不知道他多气人!"秀苇又是气急又是痛心地说道,"只有他进步,了不起,人家就是小资产阶级,就是依赖性——我偏不依赖他!将来看吧,看谁比谁进步!"

四敏差点笑出声来。

"瞧你怄的什么气!"他说,"为了一句话就闹别扭,多没意思。你跟剑平又不是别人,有什么不能当面谈呢?……"

四敏接着又说了半天道理,好容易把秀苇说得心宽了些。

"你不知道他那个粗戆气,谁都受不了。"她叹一口气说,觉得四敏的眼睛带着善意的嘲笑在注视她,便低下头去,脸微微红了。

"我就喜欢他那个粗戆气。"四敏说。

"对了,我问你,"秀苇掉了个话头说,"我已经参加了暑期巡回队,你也参加吗?"

"我还没决定。"

"我希望你也参加。"秀苇说,"我长这么大,到现在还不知道农民是怎样受穷吃苦的。我决心到内地去,跟农民生活在一起。"

秀苇把最近漳属一带救亡运动的情况,介绍给四敏听。四敏明知她谈的全是郑羽同志告诉她的,却照样耐心地、认真地听她把话说完。

"这是一个好同志。"四敏想,"昨天郑羽才跟她谈,今天她就想利用机会向我宣传了。说不定她还想争取我呢。"

最后秀苇提到前晚剑平上她家去的事。她带着感触地问四敏,为什么他不让她知道他妻子去世的消息?四敏给问愣了。他一边把话含糊地搪塞过去,一边心里纳闷着:

"干吗剑平要告诉她呢?……"

晚上七点钟的时候,四敏到李悦家来。李悦告诉他,那四个派出去的同志已经有消息来,说是他们已经跟泉属漳属好些个乡村学校取得联系,下学期准备尽量安插这边介绍去的人,那边的农会也可以重新组织……

"这是一个新开辟的工作。"李悦接着说,"组织上准备调你到漳州内地,那边需要你去主持。你走以后,这边厦联社的工作,就由郑羽代替你。"

"我也很想到内地去工作。"四敏说,又问,"剑平呢,是不是也需要把他调一下?我总觉得,他在厦联社工作,目标太大。"

"组织上也考虑到这一点,打算暂时调他去泉州。"李悦说,接着又态度认真地问道,"我问你一件事,你得老实告诉我,你们三个究竟是怎么回事?是不是秀苇爱了剑平,又爱上了你?"

"没有这回事。"四敏坦然回答,态度跟李悦一样认真,"剑平跟秀苇相爱是真的,我跟秀苇不过是朋友。"

"不这么简单吧?"

"事实如此,难道你不相信?"

"为什么剑平说秀苇爱的是你,他还想让出来呢?"

"什么话!"四敏急起来了,"他什么时候这样说?"

李悦便把前两天剑平跟他谈的全盘告诉了四敏。

"原来如此……"四敏又好气又好笑地说,"这傻瓜!我非跟他算账不可!"

于是四敏把秀苇跟剑平这两天闹的别扭也说给李悦听。末了他说：

"要是剑平硬是这么傻干下去，我情愿永远离开他们。"

"弄到大家分散，那有什么意思呢？"李悦说，"不错，剑平是有些戆气的，可是你得打通他。我希望，你能做到：一方面，你用不到离开他们；另一方面，你能好好处理你们三个人的关系，要处理得三个人都愉愉快快，没有一点疙瘩。你能做到这一点吗？"

"当然能做到。"

"你说当然？好，你回答得这么肯定，我非常高兴。我相信你一定会处理得很好。"

"不过，你得帮助我。"

"帮助你什么？"

"帮助我打通剑平。因为我要是直接跟他谈，他可能又要误会：'这一定是四敏有意要退让的。'那不是任说不清吗？所以这只有你才能说服他。他尊重你，你说的他相信。"

"好。"李悦带着自信地回答。"你回去先不跟他提起，让我明天跟他谈。——快九点了吧？我得上班去了。"

他们分手了。

李悦把四敏送走，自己便到《鹭江日报》来上夜班。到了早晨四点钟，他才回到家里来睡。太阳照到窗口的时候，他还没醒来，蒙眬间，仿佛听见有人在叫他：

"李悦！李悦！……"

睁开眼，仲谦同志正在摇着他：

"四敏被捕了！方才老姚来送信儿……"

李悦一骨碌翻身坐起来，登时感到事情严重。

"什么时候被捕的？"

"昨晚。"

"昨晚？昨晚他九点离开我这儿……"

"大概他就是九点以后在路上被捕的。周森把他出卖了！"

"周森？"

"是的。周森前两天被捕，叛变了，带着暗探出来认人。昨晚四敏在大学路上碰到他，他过来跟四敏打招呼，两个暗探就把四敏逮走了。"

"啊！"

"老姚还说，周森可能已经开出了名单，今天早上，警探和囚车都出动了。"

"咱们得提前防备。"李悦一边说，一边急忙忙地穿衣。"仲谦，周森是认得你的，你暂时得躲一下。"

"我现在还不能躲，我得先通知子春、大琪、任正，可是我又不知道他们住在什么地方。"

"让我去通知他们吧，你先躲你的。"

李悦又急忙忙地穿着鞋子。

"你呢，你不躲一下吗？"仲谦问，他那戴着近视眼镜的小眼睛睁得圆圆的。

"我不用躲，周森并不认识我。"李悦镇静地回答。"现在还是剑平最危险，周森认识他，知道他住在滨海中学。"

"那……那……"

"我现在就得设法去通知他。你打算往哪儿躲？"

"我想到沈越家去。"

"那地方好。明天我跟你联系，现在你马上去吧。"李悦说，看见仲谦那张满不在乎的带着书生气的脸，不声得又不放心地叮咛了一句，"躲就得好好地躲，不要出来乱跑，不要存侥幸心理。明天见。"

李悦一口气跑出来，到了十字路口。他瞧见一辆灰色的囚车朝着大学路开去,囚车前排坐着金鳄……

他立刻判断这囚车是开到滨海中学去的。他拐了个弯,走进附近一个咖啡馆去。里面一个顾客也没有。李悦向掌柜的借电话。他接通电话后,拿着耳机,焦灼地等待剑平来接。这时候,玻璃大门吱扭的一声推开了,走进来两个汉子,一胖一瘦,一看就认得出他们是侦缉处的暗探。

"来一瓶啤酒!"胖子神气十足地向柜台叫了一声,和瘦子一起坐在李悦对过的客座上,很官派地瞟了李悦一眼。

李悦犹豫了一下,本想撂下电话不打,但又镇定了自己。他计算那囚车可能在二十分钟内到达滨海中学。他细察那两个暗探的神色,很快就断定他们不是盯他的梢来的。

"喂!喂!……"耳机里忽然发声,听得出是剑平的口音。

李悦便从容地说道:

"我在咖啡馆借打电话……"

"是悦兄吗?"

"是。"

"我正想找你,四敏昨晚没有回来!"

"我已经知道了。我告诉你,三明得了传染病,进医院了。……"(隐语:"四敏被捕了。")

"你只管说吧,我这边没有人。"

"林木的病变得很坏,他把三明给传染了。"(隐语:"周森叛变,把四敏出卖了。")

"这犹大!我前几天还见过他!"

"你到兆华家里去吧,马上就去!"(兆华是另一同志的暗名。)

"马上?"剑平似乎在那边迟疑了一下。

"是的,我刚在大学路口看见中山医院的病车……大概十五分钟就会到阿土那边。"("中山医院的病车"即"侦缉处的囚车"。"阿土"是剑平的暗名。)

"那么……那么……"剑平又似乎迟疑了一下,"大学路不好走了,我想……我想……我得绕南普陀后山走……"

"对!我要告诉你的就是这个!你……"

"我马上就走!"

"对,马上!晚上见。"

李悦撂下耳机走出咖啡馆的时候,那胖子正朝着柜台叫着:"再来一瓶啤酒!"一边和瘦子碰杯,吹掉杯沿的泡沫,把整杯的啤酒往嘴里灌……

李悦一口气赶着来找郑羽,嘱咐他分别去通知大琪、任正和子春。

分手时,他又跟郑羽约好半点钟以后再碰头……

第二十一章

这边剑平撂下电话,定一定神。头一个闪过他脑子里的念头是:"跑!没有别的。"

腿才跨出电话室,猛然记起一件事,忙又转回来。他想:昨天晚上,他和四个同志约好今天上午十点钟在子春家里会谈。三年前周森曾经到那屋里开过会,既然周森会出卖四敏,也就不会对子春留情。现在是九点钟,倘若不赶快去报信,那他们准得受包围了。剑平痛恨自己刚才竟然糊涂到在电话中忘了告诉李悦这件事!

他赶紧打电话给郑羽,郑羽不在。接着又打电话给其他同志,也都不在。他急得浑身像火烧。想起四个同志的安全比他一个人重要,他便决定亲自到市区去通知他们。他把原定抄南普陀后山跑的打算放弃了。

一口气溜出校门,迈着大步走,他想,只要他能冲过这一段大路,就可以绕过僻巷通到市区……他边走边察看周围,突然他发觉到一个奇怪的脚步声就在他背后。他走快,脚步跟着快;走慢,脚步也跟着慢。——不大对吧?……往前一看,对面路口停着一辆囚车,车旁站着一个矮个子的背影,显然,是金鳄……

剑平赶紧闪入路旁的贴报牌去,假装看报。背后的脚步又跟上来。在那张反射出刺眼的阳光的报纸上面,出现一个歪歪的人头影子。

"剑平!"一个陌生的声音在背后叫他。

剑平装没听见,转过身准备跑,忽然背后有只手揪着他后领子,说时迟,那时快,他使劲一挣,脱开了,拔腿就跑……

叭!叭!……枪声连响。

一颗子弹从剑平腰旁边擦过去,前面一个光着上身的孩子倒了。剑平绊了他,也摔了,还来不及跳起,就被后面追的人抓住。他翻身起来蹲着。白斜纹的中山服红红的一大块,从小孩赤膊上涌出来的血沾到他身上了。

"我中弹了……"剑平双手按着腰说。

受伤的孩子惨厉地号着,中间又夹着女人惊骇的哭嚷。街上的人都围上来。

慌了神的警探撂下"走不动"的剑平,掉过身去看孩子。围看的人多起来,警笛声、哭号声,乱作一团……

剑平霍地从地上跳起来,钻进人丛,拐小路跑。背后又是一阵枪声。

他闪入小巷,直冲到尽头,才发觉是条死胡同。慌忙中又冲进一间虚掩着门的屋子,穿过走廊,穿过挂满了衣裳尿布的院子,肩膀撞倒一个瓦罐,滚到地上,碎了。一个老婆婆打里屋跳出来,凶狠狠地冲着他嚷:

"嗨嗨!你进来干吗!……出去!出去……"

剑平迅捷地跳过院子的矮篱笆,朝着一条又窄又长的暗巷跑去。忽然眼睛一亮,一片碧绿的田野连着一片陡峭的山坡,在面前呈现了。他直奔过去,一条宽阔的山沟子又挡住了他的去路。沟底下,水声叫得好热闹。水边有几个洗衣工人。来不及有一分钟踌躇,他一个猛劲儿就跳过去,脚刚踩到那边的沟沿,泥土往沟底下直掉……

"好险啊,后生家!你不怕摔断腿吗?"一个捶衣裳的老工人抬起头看一看剑平,晃着脑袋说。

剑平笑笑,跑了。

141

看看没有人跟上来。他爬上陡坡,找到一个长满了苇子的浅水塘,便钻到里面去。

太阳躲进云里,山风把苇子刮得刷刷地响,远远传来山庄的鸡啼和踏水车的声音……

他松了一口气,用浅水塘的水洗掉身上的血渍。忘了自己处境的危险,老挂虑着那四个可能落在警探手里的同志。

他打算等天黑以后越过山头,潜入兆华同志家。时间像日影移动那样慢,好容易太阳正中了,又歪斜了。他听见远处有人说话的声音,忙从苇子丛里往外望:那边山腰出现了两堆人影,四个朝北,五个朝南,拐过来又转过去。他听见零碎的、被山风刮断的说话声。

"……不出这山头……"

"……包围山……跑不了的……"

"……先搜山……"

声音远了。人也小了,不见了。

剑平想:与其躲在这儿让他们来搜山,还不如趁早冲出去……

他终于又从苇子丛里钻出来。为着避免在平坦的山道露头,他攀登悬崖爬过一个陡坡又一个陡坡。随后他发觉走迷了方向了,便来到山洼子,向一个放牛的孩子问路,孩子叫他往西走。他走了一阵,碰到一个在草堆里砍柴的小和尚,又过去问路。那小和尚又叫他往东走。这一下剑平呆住了。正拿不定主意,忽然左边山柏后面闪出一个人影,一看是个樵夫,手拿镰刀,身穿粗短衫,戴着破了边的草笠,草笠底下,露出一张只看得见鼻子和下巴的紫铜脸。

"俺带你去,俺也是到那边去的。"那樵夫走过来说。

剑平不大放心地跟着樵夫走了几步,樵夫忽然回过头来,把草笠往额角一推,小声说:

"记得吗?我是阿狮。李悦派我来找你。"

剑平欢喜得差点叫起来。是呀,是阿狮!——三年前阿狮加入共青团时,跟剑平是一个小组。他是冰厂的工人呢。

　　阿狮把剑平带到大岩石后面,告诉剑平,早上他经过大学路,听见枪声,瞥见剑平被侦缉队追着,随后打听,知道没有给追到。他赶快跑去报告李悦。李悦连打几次电话问兆华,知道剑平直到响午还没有到他那边。随后郑羽赶来,说是侦缉队已经出动搜山了。李悦便派老庞、老孔和阿狮三人,化装上山,想法子来救剑平……阿狮说,他们找了两个多钟头,人没找到,便衣队倒碰了几回。后来便改变办法,三人分开三路找……

　　阿狮身上穿着两套衣服。他把一套靛青的短衫裤,连同草笠草鞋,都脱下来给剑平换上。又把剑平的中山服和皮鞋扎成一包,扔进岩洞里去。

　　他们决定趁早冲下山去。

　　两人约好暗号,阿狮走前,剑平走后;要是阿狮碰到前面有什么险象,就拿手抓耳朵……

　　两人绕着荒僻的、疙瘩不平的山路走了一阵,忽然斜坡顶上有人叫着:

　　"喂喂,砍柴的!"

　　随着叫声跑来了两个穿乌油绸短衫的汉子。剑平镇定地站住了。

　　"喂,你打哪儿来?"

　　"白鹿洞脚。"剑平回答,手抓紧镰刀。——必要时镰刀也是武器。

　　"你看见一个穿白斜纹的小伙子吗?"那便衣比比划划地问,"个子这么高,脸长长……"

　　"没看见。"剑平简单地回答。他那让草笠遮着额角的脸微微地晃了一下。

　　两个便衣掉头跑了。

143

阿狮回头和剑平交换了个眼色。

他们越过迂回曲折的大山头,终于来到一个岩石重叠的峭壁上。阿狮指着分岔的山路说:

"那边大路小路都不好走。为了安全,咱们还是爬这岩石下去吧。我先下去,看看有没有埋伏,要是没有,我就在山下大声唱'一只小船二支篙',你听了,只管下来,我在底下等你。"

阿狮攀着长在岩缝里的常青树,一步一步地下山去了。

剑平躲在常青树的叶子丛里。他想,要是下面没有侦缉队,二十分钟后,他就能安安稳稳地到兆华同志家里了。

半天还听不见阿狮的山歌。天好像要下雨的样子。冷不防,一阵夹沙的山风打山嘴的豁口直吹过来,把剑平的草笠呼地吹飞了。剑平跳起来抓,抓个空。草笠像有意要捉弄他,沿着山腹,车轮子似的直滚。剑平刚要抓住,一阵风又把它吹走。待想不追,又怕自己"都市型"的头发跟樵夫的打扮不配称,只好又往前追……

草笠滚到山道口被一只大皮鞋踩住了。剑平远看过去,认出那穿大皮鞋的是个便衣。他便顺势拐到草堆里去,弯腰假装砍柴。

"站住!"前面出现两把手枪,对着他。

剑平转身要跑。

"站住!"又是一把手枪挡住他。

"举起手来!"提着手枪走过来的是金鳄。

剑平没有把手举起。那个被剑平的冷漠激怒了的便衣,朝空开了一枪。剑平冷蔑地看了金鳄一眼,连睫毛也不动一动,好像他没有听见枪声……

前后受围,跑是跑不了啦。他让他们扣上手铐,两个押他的警探紧抓着他的胳臂,好像怕他飞掉。……

这时候,他听见远远山脚传来"一只小船二支篙"的山歌……

第二十二章

剑平被押上囚车,来到侦缉处,给关在拘留房里。一个多钟头后,一个特务把他带到讯问室去。讯问他的正是侦缉处长赵雄。

剑平还记得六年前演过《志士千秋》的赵雄。现在他剪着平发,脸修得干净,过去那种激烈爱国的气概,已经看不到了。一道横裁眉毛的刀疤是新添的。尽管他还是跟从前一样魁梧、漂亮,但从他那鸷一般凶险的眼睛里面,总叫人觉得他的脸带着一些霸气。这使得他无论笑得如何和蔼可亲,也仍然透露一种难以捉摸的、非人性的东西。

他用着平常的礼貌让剑平坐在桌旁的椅子上。这时候,他那横裁眉尖的刀疤,仿佛和他的眼睛同时发亮,在打量剑平。他一句话也没说,皱皱眉头,按铃。一个警兵走进来,赵雄用一种不容答辩的声色,责备警兵为什么给剑平扣手铐。

警兵结结巴巴地说不出什么,瘟头瘟脑出去了。赵雄便亲自拿钥匙来替剑平开铐。

"我们见过的。你没忘记吧?"赵雄一开头就显得随便的样子,没有一点官场的气派,"过去吴坚常提到你……你不是在碧山小学教过书吗?"

"不错。"剑平回答。他想,他没必要对赵雄隐瞒这一段历史。

赵雄又重新打量剑平一下。

"呃,你哪儿来的这套衣服?"

"向一个砍柴的买的。"

"砍柴的？哪儿来的砍柴的？"

"山上碰到的。"

"他在哪儿？"

"在山上砍柴。"

"不，我是说，他住在什么地方？"

"那我怎么会知道。"剑平冷冷地回答。"我的目的是要他的衣服，不是要他的地址。"

"唔。你真有本事。"赵雄说，显然他是借着称赞别人来炫耀自己，"为了你，我们出动了多少人马，把虎溪岩山全包围了，别说你化装逃不了，就是再插上翅膀，也别想飞掉。……我命令过他们，不许向你开枪。这一点，你得感谢吴坚，为了你是他的朋友，我特别关照你……怎么样？近来还跟吴坚通信吗？"

"没有。"

赵雄并不注意那个简单的回答。他轻轻地叹口气，触动旧情似的接下去说：

"你说奇怪吗，你们的上级吴坚，正是我最知心的朋友。我们从小到大，都在一个学校念书。我敢说，真正了解他的，是我。这个人真高尚！尽管他走的路跟我不同，但动机是一样的，都是想把国家搞好嘛。……哎，假如今天抓到的是吴坚，我相信，我可以无条件地把他释放，就是受到纪律处分，我也干……"

剑平觉得赵雄两只眼睛在他脸上打转，好像在观察他是不是受了感动。

"你受伤了吗？"赵雄换个口气问。

"没有受伤。"剑平回答，"不过有个路旁的孩子替我挨了一枪。这得谢谢你，要不是有你特别'关照'，那一枪大概就不会打偏了……"

"那不能怪他们，如果你不抗拒，他们绝不会对你开枪。"赵雄解释地说,一边从抽屉里拿出一盒香烟来,"抽烟吗?"

剑平摇头。赵雄自己点上香烟,吸起来。

"我希望,为了吴坚的缘故,我们彼此都能拿出朋友的态度来结束这个案件。"赵雄和蔼地微笑着说,"让我们开诚布公地来谈吧,你当然知道怎么样做才对你有利。要是你愿意把你应当说的全说了,你立刻可以安安然然回去,以后你照样教你的书……"

"你们没有理由逮捕我。"剑平说。

"逮捕你的正是国家的法令。我问你,你们厦联社是个什么组织?"

"这你还问我。我们是依照合法手续注册的。"

"合法手续?少说了吧。"赵雄官派地冷笑了一声说,"你们真会钻空子。说老实话,你们的幕后是谁在指使的?"

"指使我们的是全国人民。"

"废话。我早知道了,厦联社是共产党的外围组织。"

"你要怎么说都行,反正在你们看来,所有干救亡工作的,都是共产党。"

"不。你们干得越轨了,先生。我们禁止的是非法的活动。"

"救国也算非法吗?你忘了你自己从前也组织过厦钟剧社,也演过《志士千秋》,也喊过'打倒卖国贼'……"

"情形不同了,先生。我们的厦钟剧社是纯粹的民众团体,你们厦联社只替共产党打宣传。你说吧,你们社员里面,哪几个是CP?哪几个是CY?你们的领导是谁?哪个叫邓鲁?哪个叫杨定?你们的印刷所在哪里?……"

"你真健忘,赵先生。"剑平截断他。

"健忘?"

"是的。你忘了你演过《志士千秋》那出戏,忘了你演到被捕的时候,那个演法官的怎么对待你。他演得跟你一样精彩。他审问你的口气,正跟你现在一样。"

赵雄登时脸红一阵,青一阵。这时外面有人敲门,他就势把脸掉过去说:

"请进来。"

进来的是金鳄,胳肢窝下面夹着一包东西。剑平认出那些东西是他自己的,便断定家里被搜查了。

金鳄把赵雄请到隔壁房间,不知谈了些什么。一会儿,赵雄转回来,手里拿着几本小册子和一块钢版,对剑平说:

"我们已经调查清楚,这些小册子是你刻的。你看,这是你的笔迹。"他不让剑平申辩又追下去问,"你说,这钢版是谁给你的?"

"我自己的。"

"撒谎。是李悦给你的吧?"

"不。"

"你跟李悦怎么认识?"

"我们是邻居。"

"还有?"

"就是邻居。"

"你们是同党,我知道。你们一起干地下印刷。"

赵雄用探索的目光看着剑平。

"不。"剑平迎着赵雄的注视回答,"这钢版,是我过去在碧山小学教书,写讲义用的。"

这时候站在剑平背后的金鳄,忙向赵雄递眼色,于是两个人又走到隔壁房间去密谈。

金鳄向赵雄献议用刑。赵雄不同意地摇摇头。

"依我看,对这家伙不能单靠用刑。"他说,"他跟周森不同……先别打击他。最好是把他说服了,拉过来,再利用他去搜索其他的……"

赵雄按铃叫警兵把剑平带走了。

剑平被关在一间小黑牢里。

小黑牢像个兽橱,一面是木栅,三面是矮墙,黑得如同在地窖里。墙壁潮得发黏,墙脚满是看不见的苔藓和蚂蚁。一股类似牲畜的恶臭,混合着强烈的尿味和霉腐味,冲得他脑涨。

这里看不见白昼,成团的蚊子在头上嗡叫,数不清的跳蚤在脚上咬。但这时候剑平整个神经只集中在一个问题上:如何通知李悦?

情势显然很不好,李悦一定是受注意了。难道又是周森告的密?不可能。周森并不认识李悦。……可是,干吗赵雄会问起钢版和地下印刷呢?……

喀嚓一声,木栅门的锁开了。一个麻脸的看守送饭来。他临走时,乱翻剑平的口袋,要把裤带拿走,剑平不让拿,麻子坏声坏气地说:

"这是狱规!没有裤带,吊死鬼就不会来找你。"

剑平本想买通麻子给李悦捎信,一看麻子满脸凶横,又不敢了。

他吃不下饭,肚子里堵一块大石头。

外面大概黑了,看守和警兵换了班,过道的电灯亮了。昏黄的光线把木栅的影子,倒印在草席上。

剑平一夜没有合眼,身上尽管累得像灰,脑里的火却一直在燃烧。夜从身边一分一分过去,不知什么时候过道的电灯灭了。牢里又是一片黑。也许这时候外面天正开始亮呢。

慢慢儿,过道有脚步走动的声音。看守过去……警兵过去……犯人过去……忽然,一个肩膀微斜的影子在木栅外面晃了一下。剑平心跳起来,定睛一看:天呀!是李悦……

他差一点叫出声来。

李悦掉转头,朝着剑平这边瞥了一眼,眉头动了一动,又过去了。

剑平跌坐在草席上,心好像要打心腔里跳出来。他感到有生以来没有体会到的那种不能自制的痛苦……他不明白这天是怎么过的。到了电灯亮时,才知道夜又到来了。

木栅外面出现一个瘦小的驼背的看守,在过道那边走来走去。

"你是何剑平吗?"那驼背的看守忽然靠近过来,悄声问。

"是。"

"我告诉你,李悦被捕了。"

剑平直望着对方发暗的脸和阴冷的眼睛,怀疑他是奸细。

"有一张字条要给你。"驼背说,迅速地扔进一个小纸团。接着又扔进一盒火柴。"看完了烧掉。我叫姚穆。"

他走开了。

字条是李悦的笔迹。上面写着:

> 昨夜被捕,与敏同牢。家被查,无证据。今晨初审,指钢版是我给你的,且说你已招认。我当然不会受骗。送此信给你的老姚是自己人。我的口供,你可问他。你的也请速告。

剑平把信烧了。一会儿老姚转来,照样在木栅外走来走去。这时候剑平才开始看清楚这个有点驼背的青年人,是个坏血病者,脸色苍白而暗晦,带着贫苦人的那种善良。这使得他即使竭力想装出看守人常有的那种作威作势的模样,也仍然掩盖不住他那个忠厚相。

剑平把身子藏在木栅旁边的暗影里,听着老姚转述李悦的口供和被捕的经过。老姚告诉他:周森这条狗,把所有他认识的名单全交上去了。昨天早晨,打九点半起,就有好些特务分批在子春的房子外面巡视。到十一点钟才冲进去搜人,可是一个也没搜到。那四个和剑平约好在子春家里会面的同志,都没有被捕,因为子春事先得到郑羽的通知,已经分头转告他们……

李悦是这样被捕的。

昨天下午,金鳄把剑平押到侦缉处后,又悄悄地独自赶到剑平家去搜查。田老大不在,田伯母不知道剑平已经被捕,瞧见金鳄进来,心里不高兴。原来她老人家一向就瞧不起这条街坊恶狗。二十五年前,当金鳄还是一个穿开裆裤掉鼻涕的孩子的时候,金鳄的妈就教他拜田伯母做干娘。田伯母没有生养过,有个干儿子倒也怪疼的。谁料这孩子长大了不务正,手又粘,连她老人家的东西也偷了。从此她讨厌这个干儿子。到了金鳄跟大雷勾手在街头称霸时,她对他更没好脸色了。没想到转眼间,竟是这条恶狗当起什么探长队长!……

金鳄翻箱倒柜搜查一阵,临了,把剑平一大包书和钢版拿了要走。田伯母不答应,一把拉着他说:

"书是我侄子的,不能拿走!钢版是李悦的,你拿了我得赔人家。"

"是李悦的?那不要紧,都是老街坊嘛。"金鳄干笑着,"田妈,不瞒你老人家,剑平让我们官长'请'去了,这些东西,我拿去让官长检查一下就送回来,不拿你的。"

听到"请"字,田伯母愣住了。

金鳄把袖子一甩走了。到六点钟时,田老大回来,才知道出了乱子。他一口气赶到李悦家,李悦不在,喘吁吁地又赶到《鹭江日报》,李悦又不在。忙又赶到李悦家,恰好李悦回来了。

听到田老大的报信,李悦立刻预感到"坏气候"。他安慰田老大:他一定设法营救剑平;又嘱咐说,要是金鳄再来追问那块钢版的事,叫田伯母改口说是剑平当教员用的东西,她因为舍不得给拿走,才说是别人的……

李悦戴上帽子走出来。走不上十几步,就劈面撞见金鳄和几个探员,正要闪开,已经来不及了……

剑平醒来的时候,已经是夜晚十二点。

斜对面的过道有月影,银色的光柱把台阶的石板照得条条青。夜静得很,两边木栅门开锁落锁和镣铐咣啷咣啷的声音,听得清清楚楚。

老姚驼背的影子又在木栅外面出现。

"醒啦?"老姚小声说,"李悦就要动刑了。你瞧,他给带出来了。"

他溜开了。

剑平从草席上跳起来,攀住木栅往外望。一溜儿月光,斜斜照着几个摇摇晃晃的影子,中间有一个好像是李悦,拐过去,不见了。

夜静得连自己急促的呼吸也听得见。剑平紧张地等着,如同受刑的不是李悦而是他自己。冷然间,一阵惨嚎,仿佛从一个裂开的心脏发出……不错,是李悦。这是被野兽撕着肢体挣出来的声音。剑平觉得自己的神经也给撕裂了。黑暗里,他似乎看见钢丝鞭子朝着一个宽阔的赤裸的身子抽过去,血沿着颈脖子、脊梁直淌……

"要是我能代替他!……"

他紧咬着口唇。号声渐渐嘶哑了,接着是静寂。

第二十三章

让我们先在这里追述一段过去。

四敏认识周森,是在一九三三年十一月。那时,十九路军将领在福建发动反蒋联共的政变,成立"人民革命政府",释放全省各地所有的政治犯。周森也是被释放的一个。他一出狱,立刻变为一个公开活动的政治人物,每天参加好些会议,对记者发表反蒋抗日的谈话。报纸杂志登着他各式各样的照片。他成了一个忙人:有会必到,到必演说,演说必激昂。台下群众对他鼓掌欢呼,他在台上也就满脸红光。政治舞台的热闹代替了牢狱的冷酷,他做梦似的觉得自己完全是个"叱咤风云"的人物了。

四敏和李悦这时候却一点也不惹人注意地照样做地下工作。负责和周森秘密联系的是四敏,他得经常把党的指示转告周森。他很重视周森的活动能力,认为他热情、肯干、会冲锋,懂得应付复杂场面,样样吃得开。奇怪的是李悦每次一提到周森总皱眉头。他觉得周森这个人,爱吹爱拉,风头主义,摆老资格,作风不正派。他要四敏经常对周森进行严厉批评。四敏却认为李悦有偏见,婉转地替周森辩护。他说周森所以会有那样的作风,是因为他应付复杂环境的缘故,不能求全责备。

有一次,四敏问李悦要不要跟周森直接会面,李悦拒绝说:"这个人太浮,我不能见他。"接着,他又嘱咐说,"记着,就连我的名字,也别让他知道。"

四敏觉得李悦对一个关系这么密切的同志也那样小心提防,

未免过分了点。

一九三四年一月,蒋介石动员海陆空军进攻福建的新政府,占领福州、泉州,接着,日寇汉奸和日籍浪人又帮助着蒋贼占领厦门。于是这个成立才两个多月的新政府很快的失败了。这时候,凡是黑名单上有名的同志,都准备撤离厦门。只有周森一个不乐意,说:

"死就死,不能临阵退却!"态度凛然,"事情到了这一步,我周森就是把脑袋抛了,也不可惜!"

周森的话传到李悦这边,李悦却非常厌恶地说:

"装腔作势罢了。"于是李悦买了船票,叫四敏拿去给周森说,"告诉他,必须服从组织,赶这趟船去上海,那边的同志正在等他。——有革命意志的,到哪里也是革命。"

当天下午,周森搭了开往上海的轮船,离开厦门。

隔了两年多,到今年三月,周森没得到组织上的同意,又偷偷地回到厦门来。最初,他躲在亲戚家里,渐渐耐不住寂寞,跟些熟人往来,终于觉得天下太平,便公开露面了。

他变得很爱喝酒,老跟些不伦不类的朋友胡混。酒一入肚,话特别多,啰里啰唆地净吹自己光荣的过去。有时疯疯癫癫地唱起《国际歌》,把在场的人都吓跑了,他才纵声大笑。

过了些日子,赌场、舞场、酒吧间,好些肮脏下流的地方都可以见到周森的影子。他整天价昏昏沉沉,醉了寻人打架,醒了向人赔错,痛骂自己,但第二天,原谅他的人照样又吃到他的拳头。同志们私下批评他,他不服气,板着脸说:

"别太书生气了吧,咱们是干地下的,不懂这一套,行吗?"

他对四敏表示愿意参加厦联社工作。四敏转问李悦,李悦认为"有害无益",叫四敏去劝阻。周森一肚子牢骚,逢人便骂厦联社是"新式官僚,文化恶霸"。

李悦对四敏说:

"周森开始堕落了,再不想法挽救,怕要不可收拾了。"

四敏也觉得伤脑筋。

于是四敏约周森来寝室谈话。周森听了四敏的指责,低头不吭声。半天,忽然伤心起来,颤声道:

"我错了,没说的。我受了资产阶级腐朽生活的引诱,可耻呀!可耻呀!我越想越不能原谅自己!"他很快地抹去滚出来的眼泪,好像他不愿意让人家看见,"把我痛骂一顿吧,四敏,不要原谅我!……谁要是原谅我,谁就是我的敌人!"他眼里重新溢满了泪水,"你是比较了解我的,四敏,你帮助我吧!我一定改,我再不改,我就完了……"他继续痛骂自己,一遍又一遍地做检讨,态度异常诚恳。

四敏感动了,便用婉转的话语勉励他,最后说:

"重新做人吧!以后怎么样,全在你自己。拿行动给人看,光说没用。组织上对每一个真正能改正错误的同志,是爱护的……"

周森高兴了。随后他向四敏借书,他说他正在研究费尔巴哈机械论的错误。四敏便从书架上抽了几本有关的参考书借给他。

过两天,周森又来找四敏,蹙着眉头,好像有什么烦扰的心事说不出口。四敏问他,他支支吾吾地说他七岁的小弟弟病了进医院,没钱缴医药费,四敏连忙拿钱借给他。

当天晚上,周森和一些朋友在暗门子里混了个通宵,把四敏借给他的钱玩了个光。第三天,他病了的弟弟死在医院里,他哭哑了嗓子,拿了一张伪造的医院清单来找四敏。四敏看了他红肿的眼睛,心里很替他难过,便拿钱给他去还账。

周森照样把骗到手的钱缴到鸨母的手里去。

从此以后,周森拿着四敏的名字当招牌,到处吹。他说四敏跟他曾经同过患难:

"我们是一个口袋,他的就是我的,我的也是他的……"说得口沫子乱飞。

155

有一次,周森赴一个在市府里当科长的酒友的婚宴,喝醉了,胡闹一阵,便瞎说开了:

"……喂喂,马克思理论专家在这里,老子周森就是!……喂喂,你们认识陈四敏吗?他是我的朋友,嘿!了不起的人!我的参考书是他给的,全是禁书!……他妈的,如今连研究学问都不自由,蒋介石不倒没天理!……当心,隔墙有耳!……喂喂,兄弟们,我说着玩儿的,别给我传出去!……谁敢传出去,老子揍他!……我周森脑袋不值钱,丢一个两个没关系,要是我的朋友陈四敏;我一千个脑袋也抵不了他一个!他是我们福建有数的革命家!……倒不是我替老朋友吹牛,这个人真是个大天才呀,《资本论》他能背得出,一字不漏!喂喂,……这里没特务吧?是特务的报名来,我操他祖宗!……"

最后他吐了,瘫了,让人家把他绑架似的抬回家去。

有人把周森闹酒的情况告诉四敏,四敏愣住了,立刻赶来找李悦。

"我知道你为什么来找我,我也正要找你呢。"李悦说,"周森的事我全知道了,我们得想办法。你太忠厚了,上了当还不知道。"

"我上当?"四敏圆睁着眼睛,有点支吾了。"可是……对一个同志,我们总算仁至义尽了……"

"仁义不能用在这种人身上!"李悦脸沉下来说,"照他这样荒唐下去,他可能被捕,我们也可能被他出卖……"

"出卖?"四敏惊讶了,"他会那样吗?"

"你想他不会?这种人,最没骨头,得意的时候,像英雄,一碰到威胁,就弯下腿去,跟狗一样。"

"你把他估计得这样坏!我总不忍往坏的方面想……现在怎么办?要对付这样一个人,究竟投鼠忌器啊。"

"我刚跟组织上谈过,"李悦说,"我们打算把周森调到内地去。也许艰苦的农村工作,能把他改造过来。……"

"好,我跟他说去。"

"跟他说,得当心。不要相信他的赌咒,不要因为他流了眼泪,你就心软。要看他真的到内地去了,真的在乡下工作了,才算数。"

四敏找周森谈的时候,周森果然又是跟从前一样,捶着胸脯,痛哭流涕地认错。他要求四敏再给他改过的机会。四敏困惑了,他实在看不出那张挂满真诚眼泪的脸,究竟哪一点是假的。他要不是记起李悦的话,差不多又要心软下来。最后,他恳切地劝告周森道:

"到内地好好工作吧。这是唯一给你改过的机会。"

"我听你的,四敏。"周森用完全受感动的声调说,"你是我的恩人,我最知心的朋友。你要我怎么做,你就使唤吧。……'士为知己者用',没说的。我明天早车动身。"

第二天,四敏一早赶到车站来送周森,他一直看到周森搭上长途汽车走了,才安心回来。

但周森并没有到内地去。长途汽车开出市区二十分钟后经过禾山站时,周森跳下车来,朝他姑母家走。他打算在姑母家住几天,然后想法子到上海去。他对自己说:

"死在城里,也强过活在芭里。"

周森照样在禾山吃喝玩乐过日子。自然,这样的日子不会给他太多的便宜。不到一个星期,金鳄在禾山秘密出现了,黄昏,周森一个人踏着醉步经过悄无人声的田垄要回家时,忽然听见背后有人低声叫着:

"不要动,你被捕了。跟我来,不许声张……"

周森就这样神不知鬼不觉地被绑走了。

四敏做梦也没想到,已经搭车往内地的周森忽然会在大路口出现;更没想到,那个几次用悔罪的眼泪感动过他的人,竟是带人捉拿耶稣的犹大……

第二十四章

接连五天,剑平被提讯五次。

赵雄渐渐地觉得要让这个又骄又倔的小伙子上钩,不是一件简单容易的事。他虽然还不是完全灰心,但到了第六次提讯的时候,究竟有些心烦了。

硬话说完说软话。赵雄话越多,剑平话越少;少到最后,干脆就沉默。

"别再固执了。"赵雄说到这里,渐渐觉得没有什么把握,"年轻人容易受骗,一时走错了路,是可以原谅的。像你这样的青年,我不知救了多少个。过去我在福州,也有不少共产党朋友,他们被捕,都是我出面替他们保释的。……我们这种人跟你们不一样,我们还讲一点义气……不过,像你,你要不对我老实,我就是要救你也没有法子……"

剑平继续哑巴似的一言不发。他的吊梢的眼睛冷厉地盯着那摆在赵雄桌上的案卷。

"你到底说不说呀?"冷场了一会儿,赵雄又说,声音有点变,听得出,他是在冒烟了,"告诉你,证据都在我们手里,赖是赖不掉的。你还是放明白一点。现在,两条路摆在这里让你挑:一条是,你照实说了,我立刻放了你;一条是,你不说,顽固到底,我就把你判罪,判个十年二十年……"

剑平觉得滑稽,冷冷地瞧了赵雄一眼。

"你瞧我干吗,你到底说不说呀?"赵雄又厉声地问。

"判吧！"剑平淡漠地回答，又是不做声。

赵雄狠狠地捏紧右手，要不是他拿《曾国藩治世箴言》来压制自己，他差不多要往剑平脸上揍过去了。

他站起来，朝着窗口走去，向窗外做了个暗示的手势。

一会儿，门槛那边，有个脑袋怯怯地探了一下，跨进来一个瘦长的青年，剑平抬起眼来一瞧：是周森！立刻，他觉得所有的血冲上来了。

"你不会不认得他吧？"赵雄带着调皮地问剑平。

周森迟疑地向剑平点点头，立刻又垂下眼睛，一绺头发掉下来，盖了他的额头。

"你们谈谈吧。"赵雄说，笑了笑。"这里可尽让你们自由畅谈，我不旁听。"他走出去了。

室里只剩下他们两人。剑平的眼睛一直利剑似的盯着周森。这个本来就缺乏脂肪的家伙现在显得更干更瘦了，腮帮子发暗，眼圈发黑，眼珠子失神，整个人露出极度疲倦和颓丧的狼狈相。穿在他身上的衬衣也是皱皱的，满是汗渍的黄斑。人一做了狗，什么都显得下贱！

"你进来多久啦？"周森惶惑不安地坐下问，不敢对剑平伸出手来，"你没有受刑吧？好运气。我一进来就挨打，可怕，那样的打！钢鞭子没死没活地抽……我晕死了两次。你瞧，你瞧……"他掀起衬衣要让剑平瞧他脊梁的伤疤。剑平别转了脸。"我真是想死哟。他们不让我死……你不要怕我，剑平。我是诈降的，我可以发誓……"

剑平愤怒得浑身发抖，咬着牙，压低嗓子骂道：

"你还敢说！……叛徒！出卖朋友！……"

周森震惊地顿住了。他瞧着剑平倒竖的两眉和带着杀机的、吊梢的眼睛，不由得从脚下直打冷战。

"你误解我了。……"他终于结结巴巴地说，"做人真难呀。……

应当承认事实,……咱们垮了……当然得随机应变……"

剑平冷峻地笑起来,走过去,望着那张可耻的苍黄的扁脸,忽然一拳打过去。周森向后一仰,连人带椅子翻在地上了。

"卑鄙!狗!……"

剑平尖声吼着,扑过去。一种无法自制的狂怒,使得他一抓住那颈脖子,就不顾死活地在砖地上砸。他想砸烂那只肮脏的脑袋,想咬他的肉,想把他撕得粉碎……

吓掉了魂的周森在地上翻滚,他拼命要挣脱那铁钳似的夹住他颈脖子的两手,过度的惊骇使他丧失了自卫的力气,他沙哑地喊叫起来。

两个警兵冲进来,费很大的劲才把剑平的"铁钳"掰开。

周森一翻身从地上爬起,立刻头也不回地往外溜跑了。

剑平喘着粗气,脸铁青,腿哆嗦,怒火一直往上冒……

赵雄和金鳄随后也赶到了。赵雄气得扭歪了脖子,脸涨得连眉棱骨的刀疤也变紫了。他对金鳄说:

"去,去把周森叫来!"

一会儿,周森跟在金鳄的屁股后头进来。他那又扁又平的脸,现在怪样地肿高了,牙缝出血。紧张的骇惧使得他忘记疼痛。他一只手扶着扭曲的左腭,躲在金鳄的背后,眼睛慌乱地张望着。

"站过来!"赵雄厉声叫着,乜斜着鄙视的眼睛,"你打不过他?过来呀!你不敢打他?你瞧我干什么!……过来呀!你是人不是?打啊!你也打他!打给我看看!……干吗不打啊?……"

周森呆住了。他觉得周围的眼睛都在看他:警兵的眼睛带着轻蔑……金鳄的眼睛带着幸灾乐祸……赵雄的眼睛像要吞噬人似的……剑平的眼睛像两把发出寒光的钢刀,直刺着他……周森不由得又浑身发抖,涌出泪水,一扭身,往外跑了。

"他妈的这软瘫子货!"赵雄咬着牙,暗地咒骂着,"要不是为着要利用他,我真是可以一枪把他打死!……"

但赵雄并不当面表露出来伤自己的面子,他装作平静,冷冷地对金鳄道:

"把他带去吧。'动手术'!……"

剑平被推到一间暗室里去。两个打手过来,把他剥光衣服,绑住双手,按倒在地上。一个独眼龙拿住竹扁担,没头没脑地往剑平身上打,才几下,脊背和屁股早隆起一道道紫条。再几下,皮裂开了,血一迸出来,竹扁担也红了。

他有生以来没有这么痛楚过,眼睛直冒金花。当他发觉赵雄就站在他身边时,他又咬紧牙关,把叫喊的声音往肚里吞。他想:就是给打死了,也不能叫哎哟……

赵雄以为剑平晕过去了,做个手势叫停打。他弯下身去一看,出乎意外,那淌着血的脊梁还在那里蠕动。

"怎么,该招认了吧?"他用带点拖腔的声调说,划一根火柴,把熄灭的吕宋雪茄点上,又弹弹身上的烟灰,好像这样一场拷打在他看来是极其轻松似的。

剑平忽然抬起粘着脏土的脸,两眼怒光直射,望着赵雄。这一刹那,赵雄明白过来了,对方并没有屈服。

"再打!打到他出声!……"赵雄重新发命令,喷出的烟雾在他冷酷到没有表情的脸上缭绕着。

竹扁担又挥起来,照样听不见叫喊的声音,只听见啪,啪,啪……一下又一下。

竹扁担打断了,换了新的再打。

剑平牙关一松,忽忽悠悠过去了。

一瓢凉水浇在他脸上,迷迷糊糊醒过来。睁开眼,赵雄已经不见了。

"妈的。没见过你这么别扭的,哼也不哼一声……"独眼龙蹲下来替剑平解绳子,嘟哝着,"嘴头子硬,皮肉吃苦,妈的。……好汉不吃眼前亏,干吗不叫哇？傻蛋！你不叫,俺们倒不好办……"

绳子解开了。独眼龙伸手要搀剑平站起来,剑平不让搀。他摇摇晃晃地自己爬起来,颠着步子走……

两个钟头后,过道的灯亮了。老姚站在木栅外,看见剑平身上乌的乌、紫的紫,不由得眼眶红了。他从口袋里掏出一个纸袋包儿,塞给剑平说：

"里面是药粉,敷几天,伤就会好的。"又问：

"你有什么嘱咐吗？"

剑平说：

"你捎个信儿给我伯伯,说我平安。我受刑,别告诉他。"

老姚抹一抹鼻子,走了。

就在剑平受刑的这天下午,厦联社遭到侦缉队第二次的搜查。搜了半天,搜不出什么。金鳄把四敏和剑平从前经手过的簿册文件全翻出来。偶然有张木刻画,脱落在地上,金鳄拾起来一看,是一张自画像,上面题着几个字："剑平同志雅玩。刘眉刻"。

"哪个是刘眉？"金鳄问。

没有人回答他。

临了,金鳄把社里两个干事和一个厨子都逮走了。

接着,金鳄又带四个暗探冲进艺术专门学校去。刘眉刚上完课要回家,他的发出香气的白哔叽西装和洋派的礼貌,使金鳄的态度和蔼了些。最后,他虽然受到"优待",不加手铐,却照样被客气地"请"上囚车。

到了侦缉处,刘眉又受到特别"照顾",随到随审。

他跟金鳄走进一间密室。一跨进去,就看见一个红鼻子跷着二郎腿坐在桌子后面。刘眉大摇大摆地走过去,弯一弯腰。

"你叫什么名字？"红鼻子没好声气地问。

"贱姓刘,小名眉——眉毛的眉。"刘眉态度谦恭而老练,"请问长官先生贵姓?"

"坐下吧。"

"谢谢。"刘眉大大方方地坐下来,脊梁往椅背上一靠,俨然是个派头十足的青年绅士。

红鼻子把金鳄拉到隔壁去密谈。

红鼻子说:"准是个正货!多怪的名字,普通人哪有叫刘眉的。"

"所以嘛。"金鳄说,"要不是正货;也准是个好货。你瞧他戴着什么样的手表!……"

两个唧咕了半天,随后红鼻子走进来,冲着刘眉喝:

"何剑平是不是你的同志?照实说来。"

"是,我们是木刻同志。"

"这张木刻是你刻的吗?"

"鄙人刻的。"刘眉摆着公子哥儿的傻劲说,"我很惭愧,这一张刻得不怎么好。我还有比较满意的作品,发表在今年一月二十日的《厦光日报》。你们当然看过啦?"

金鳄赶紧到资料室去把今年一月二十日的《厦光日报》找出来。红鼻子一瞧报纸上面现出一幅女人裸体图,登时睁大了眼睛,板起正人君子的脸来骂道:

"喝!你刻春宫?妈的,可见你……"

"这是艺术品,长官先生。这叫沙乐美,王尔德的。"

"王尔德?我知道他是谁!"红鼻子把桌子上的铅笔和纸推到刘眉面前,"来,你把他名字写给我看。"

红鼻子一面狡黠地瞧着刘眉写,一面轻轻拍着刘眉的肩膀,又加了一句:

"你把王尔德的地址也写出来。"

刘眉放下铅笔,敞开喉咙大笑。

"笑什么！"红鼻子变了脸。

"他是法国人。"刘眉忍着笑回答。

"胡说！法国人哪有姓王的。"

"我记不太清楚。也许是英国，也许是意大利，反正不是中国人。他是个唯美派的文学家，死了几十年了。"

"唔？"

红鼻子红了脸，立刻转个语气问：

"你住在哪儿？"

"我？我家在金圆路五十九号，电话五三二。"刘眉趁这机会赶快把自己的身份夸耀了一下，"家父是医学博士，耳鼻喉专家；家祖父是前清举人，叫刘朝福……"

"刘朝福？哦，我知道了。"红鼻子打断刘眉的话，忽然显得客气起来。"你父亲是刘鸿川博士，对吗？我请他看过病。——好，现在请你到隔壁房间坐一坐，等我请你的时候，你再进来。"

刘眉退出去后，红鼻子瞧着金鳄，眨一眨眼说：

"钓上金龟啦！嘿，我到过这家伙的家，好大排场，赛王府。"

"你看他是不是正货？"

"管他正货不正货，有这么一张玩意儿，够了！"红鼻子用指头弹一弹那木刻说，"他妈的，真正的正货有几个绞得出油水，三千年才逮了这么一头银牛！……"

"他老子才真是银牛呢！"金鳄说，"天天晚上在蝴蝶舞场，钱花得像打水漂儿。赶明儿他要是托人来替儿子讲'人情'，咱还得捞他一把，大阔佬嘛。……"

"对！"红鼻子兴奋得鼻子更红了，"先把这小子'腌'起来，要没有好盘价，咱不放手！……"

这时候刘眉正独个儿坐在隔壁的板凳上抽烟，望着走廊亮了的电灯发愁……

第二十五章

　　接连十来天,剑平又受了四次刑:灌辣椒水、压杠子、吊秋千、用竹签子刺指甲心。每回用刑时,他总听见独眼龙凑在他耳朵旁说:

　　"后生家,这一回得出声哇!你不出声,俺们交代不了……"

　　但剑平还是跟从前一样,紧咬着牙关,从晕过去到醒过来,不吭一声。

　　他几乎希望晕过去就永远不再醒来。最初当他被凉水浇醒,发觉自己还活着,甚至感到有些失望。这时候,一个带着亲切的鼓励的声音从记忆里浮上来:

　　"要顶住!如果活比死难,就选难的给自己吧。"

　　这是几天前李悦写给他的几句话,这使他重新恢复了勇气。

　　他仿佛看见一个肩膀微斜的影子走到身旁,凝视着他,那只曾经摸过千万粒铅字的粗糙的手,轻轻地摸着他灼热的脑门,好像他是个没有脱离危险期的、病重的孩子……

　　多么严厉又多么温和的李悦呀。

　　每次受刑回牢,总盼着能从老姚那边得到什么字条,即使是简短的几个字,对他都是珍珠般的宝贵。

　　李悦和四敏同样也受了刑。有一次,剑平同时接到两张字条,李悦的那一张说:

　　　　受了一次水刑和两次烙刑,他们一遍一遍折磨我,我对自己说,就是下油锅,我也这样。毁得了肉体,毁不了意志。

四敏的那一张说:

又荡了一次秋千,死了又活。李悦今天对我说:"世界上只有一种人,他能在暗夜预见天明,他的名字叫布尔什维克。"我也这样想。那相信毛泽东会胜利的,他也胜利了。

剑平默诵那些字句,忘了身上的伤痛。

老姚经常利用值班的机会替他们传递消息,从他口里,剑平听到里面和外面发生的变化:

这些日子,侦缉处一连逮捕好多人,牢里快住满了。

孙仲谦也被逮了进来,他是夜间出去不小心让暗探发现的。前天,他已经解到第一监狱去了。

李悦假扮一个"安分守己"的平民,他的口供永远是那样不着三不着四的。赵雄每次一审问他就冒火。据说有一次《鹭江日报》社长当面嘲笑赵雄:

"算了吧,要是你们把李悦那个土芭佬也当正货,那全厦门的平民都得逮起来了。"

四敏始终否认他是邓鲁,他被吊打两次,刚封口的伤痂烂了又烂,但精神却很好,每天就在那豆腐大的黑笼里,跟李悦一起打拳。

据说刘眉逮进来只关了八天就释放了。他父亲很生气,说是为了他花了不少冤枉钱。

厦联社现在是郑羽同志在幕后主持,暑期巡回队已经分成三个小队到内地去,黑名单上有名的都提前出发了。

一个月过去了。一天夜里,剑平在睡梦里被两个警兵拉起来,天气很热,他迷迷糊糊地瞧见老姚跟在金鳄的背后,金鳄鼓起嘴巴

子,冲他嚷:

"喂,起来!你快'过运'啦!"

"过运?……"剑平慢腾腾地翻身起来。

"你不懂?"金鳄扭歪下巴笑着,"要把你枪毙啦,后生家,是你自个儿弄糟的,本来不用死嘛。……家里有什么要交代的,我给你捎去。"

剑平一愣,神志全醒了,想到家,忽然一阵难过,不由得鼻子酸了,"不,"他狠狠地对自己说,"这时候不能掉泪。"他昂起头来,说声"走",跟着金鳄去了。

已经很晚了,赵雄还在审问室里翻阅案卷。

剑平被押进去时,最先刺到他眼睛的是桌上台灯的银罩反射出来的强烈的光线。

"你就要处决了。"赵雄冷冷地说,脸藏在台灯后面暗影里,"现在我再给你个机会,你要是从实招认,还可以免你死罪。你考虑吧,给你五分钟考虑,现在是十一点三十分,到十一点三十五分……"

"不用考虑了。"剑平截断他,脸反射着台灯的银光,傲慢地瞧着暗影里的赵雄,"我是无罪的,至于你们要怎么判决,那是你们的事……"

"你不承认你有罪?"

"不承认。"

"你呀,危害民国,企图颠覆政府。"

"那是加诬。"剑平说,"我承认,我反对的是日本强盗,反对的是汉奸卖国贼,我是为祖国的自由和幸福……"

"别演说了!"赵雄粗暴地挥一挥手说:"让我提醒提醒你的理智,人生最宝贵的是性命,你今年才不过二十二三岁,你总不能因为一念之差,就把命都不要了?"

"死只死我一个,但千万人是活着的……"

167

"都要死的！让我再提醒你,我们正在围剿,有一千杀一千,有一万杀一万！……"

"杀不完的,历史上从来没有被消灭的人民。"

"人民,人民,人民值得几个钱一斤？猪一样的！"赵雄厌烦地叫起来,"睁开你的眼睛吧,何剑平！今天是谁家的天下,你知道不知道？你们早完了。"

"等将来看吧,看完的是谁！"

"呃,呃,我是来判决你的,不是要听你抗辩的……"赵雄激怒地耸耸肩膀,"别绕弯了。一句话！你打算死呢,还是打算活？挑吧！"

剑平轻蔑地笑了：

"你把时间忘了,现在已经过了十一点三十五分了。"

赵雄刷地变了脸,狠狠地扫了剑平一眼,回身对金鳄道：

"把他押出去！"

警兵把剑平的两手反缚绞剪在背后,押走了。

经过静悄悄的走廊,经过一片泥沙和碎石铺成的旷地,夏夜的凉风吹着剑平的头发,把他身上的闷热也吹散了,这是一个多月来没有接触到的旷地的好风啊。

脚底下是水墨画似的树影。他挺起胸脯,庄严地向前走去,好像他要去的是战场而不是刑场。他清楚地听见警兵钉着铁掌的大皮鞋在泥沙的地面上喀嚓喀嚓地响着。他甚至闻到一股不知哪儿来的花香。

"我就要结束了,但工作是不会结束的。"剑平边走边想,血在脉管里起伏着,"同志们会继续干下去。……李悦有危险吗？四敏有危险吗？……啊,亲爱的同志,作为你们的兄弟,我是带着坚贞赴死的。我没有辱没布尔什维克给我的名字……"

远处卖馄饨的挑子从午夜的街头摇着铃铛响过去。大概这时快十二点了。

剑平忽然想起前些日子四敏唱过的一支歌,那歌词又来到他脑里:

把你手里的红旗交给我,同志,
如同昨天别人把它交给你。
今天,你挺着胸脯走向刑场,
明天,我要带它一起上战地。
让不倒的红旗像你不屈的雄姿,
永远鼓舞我们前进,走向胜利。

剑平被押到了一棵梧桐树下面,站住了,两个警兵把他绑在梧桐树旁。

剑平发觉离他五六步远近还有一棵梧桐树,也绑着一个人。那人秃头,脸被树影子盖住,脑袋弯弯地耷拉下来。

听着那些警兵喊喊喳喳地在那里议论,似乎那秃头是个绑票犯。

剑平抬起眼来。圆圆的月亮,挂在围墙的铁丝网那边。穿过铁丝网望过去,远远起伏的连山,在银色的月光底下仿佛睡着了。暗蓝的半山腰里,有烟斗那么大的一点火光,忽闪忽闪地发亮,大概是野草着火啦……

剑平奇怪自己这时候还有欣赏家乡夜景的心情。

"我是在星月皎洁的天空下面被杀害的……"他想,"我应当死得勇敢,死得庄严。我为祖国、为信仰交出我的生命,我可以自豪……"

前面有"喀哒"的声音,警兵在扳着枪机。

剑平昂起头来,面对着刽子手,等待着:

"蒋介石哟,今天你杀的是我一个人,明天到你完蛋的时候,你和你的集团都要一起完蛋……"

想到过去无数英勇就义的同志，想到这时候他能够傲慢地蔑视"死亡"，他不禁为自己的傲慢而微笑了。他仿佛听见千声万声壮烈的《国际歌》，随着黑压压的队伍朝他唱着走来。他又仿佛看见，在那辽远的西北高原，和山一样高的毛泽东同志，站在那最高的峰顶，从他身上发出来的万丈光芒，正照着他。

"亲爱的毛主席，"他默念着，"我在最后一分钟倒下去，我的心朝着你。……"

他仿佛听见空中有个声音在叫着：

"那相信毛泽东会胜利的，他也胜利了。"

两个警兵把枪端起来。那黑洞洞的枪眼正对准他。他鄙视那枪眼！鄙视那两个神气十足徒然显得可笑的警兵！

一秒、二秒、三秒。嘡！枪响了，远远山间微微起了回响。黑暗的树丛里，吃惊了的夜鸟拍着翅膀，穿过对面坟墓似的牢房的屋脊，"哇哇哇"怪叫几声，在银白的月光下不见了。

嘡！又是一声脆响。

剑平发觉自己的头还是抬着，子弹没有打中他。笨家伙！

嘡！嘡！

他照样站着。扭头瞧瞧旁边的秃头，秃头腿弯下去了。警兵走上来，围着中弹的秃头查看着。这一下他才弄明白，原来赵雄是拿他来"陪斩"，吓唬他的。

这时候从黑暗的树影里忽然喘吁吁地走来一个矮矮的影子，靠过来，原来是金鳄。他附在剑平的耳旁，诡秘地低声说：

"我跟处长说情来着，我说你年纪轻，让你缓些日子……"

第二天早晨，老姚暗地扔一个纸团给剑平，是李悦和四敏合写的：

昨夜你就义的消息传到这里，我们都震动了。我们听见远处的枪声,默默地在心里唱《国际歌》,没想到半个钟头后,你又回来了。看着你挺着胸膛的影子从木栅外过去,我们感到布尔什维克精神的不可侮。

只有用真理武装自己,他才能做到真正的不屈和无惧;他即使在死亡的边缘,也能为他所歌唱的黎明而坚定不移。

你的榜样将鼓舞狱内和狱外的同志。

我们拥抱你,亲爱的兄弟。

第二十六章

　　黄昏的时候,过道的灯刚亮,老姚搀着一个水肿的病犯进来。

　　剑平一看,病犯的脸黄得像纸钱,颊肉和眼皮肿得把眼睛挤成一条缝,左边耳朵淌着黄脓水。看他那样子,一定是被拷打得很厉害,所以走进来时一瘸一拐的,似乎还有哮喘病,喉咙里"呼噜呼噜"的有一块痰,像拉风箱。一股比死鱼烂虾还要难闻的臭腥味儿,从他身上直冲过来。

　　老姚暗地告诉剑平:这病犯是个汇兑局的厨子,前几天金鳄查街,在他菜篮里查出一张传单,便把他逮进来了。已经拷打了三次……

　　老姚走后,剑平轻声问病犯:

　　"要我帮你什么吗?……"

　　病犯歪躺着,胸脯一起一伏,只管呼噜呼噜,不答理。一道乌血从他被打伤了的颈脖上流下来。

　　"你被打了?我有药粉,敷了会好。"剑平又露出身上的伤痂子给病犯看,"你瞧,我也是被打了,也是敷了这药粉好的。"

　　剑平从口袋里摸出个纸包,打开,用棉花蘸蘸药粉,说:

　　"我替你敷,敷了就不痛啦。"

　　"哎呀!"病犯厌烦地叫了一声,别转了身子,好像那药粉会毒杀他似的。

　　晚粥送来的时候,剑平凑过去问他:

　　"喝点儿粥吗?你爬不起来吧?我喂你,好吗?……多少吃点儿,要不就喝点儿米汤……"

病犯连连摇头。剑平硬把米汤端过去,病犯又是别转了脸,长长地唉口气:"哎——呀!"

这一夜,剑平四肢酸痛,一躺下就睡着了。半夜里醒来,睡眼蒙眬地瞥见那病犯躲在灯光照不到的墙角落,仿佛在撕些什么,又仿佛在膝盖上搓些什么……

"干吗?"剑平迷迷糊糊地问一声。

"睡你的!没你的事!……"病犯没有好气地说。

剑平翻个身,又睡着了。

外边天亮了,过道的灯灭了。牢房里又是黑咕隆咚一片。

剑平翻身起来,脑袋碰了个什么东西,伸手一摸,似乎是两条腿悬空挂着,认真再摸一下,吓了一大跳:病犯吊死了!原来他昨晚上把褂子撕了,搓成布绳,套上自己的脖子……

剑平心里很难过,静寂中,仿佛听见那悬空吊着的黑影子长长地唉着气:

"哎——呀!哎——呀!"

大约九点钟的时候,看守长来了,瘟头瘟脑地说这牢房"不干净,常闹吊死鬼……"便把剑平调到十一号牢房去。这牢房比较大点、亮点,里面关着一个瘦骨伶仃的老头儿。这老头儿有三歪:歪鼻、歪嘴、歪脖子;半脸麻鬃似的胡茬,差点掩没了嘴;两个高耸的窄肩膀,扛着光秃秃的一个小脑袋。

"老阿叔!"剑平跟他打招呼,"你犯的什么案子呀?"

"你问干吗!"歪老头沉着脸回答。接着气冲冲的,不知嘟囔些什么,"……鬼捉你去吧!……妈的……"

剑平觉得晦气。

整个上午,歪老头愣磕磕的,绕着小牢房打转。脾气又似乎特别坏,答不上两句话就瞪眼,动不动就"老子……老子……"好像他

173

有这个特权。好几回,他吓唬剑平:

"这儿数老子大,你敢较劲,就请你吃这个!"说着,把小得可怜的瘦拳头晃到剑平脸上。

有时候,他没命地咳嗽,咳,咳,咳,眼也红了,脸也绿了,半天才"咳"出一口黑黑的浓痰,差点闭了气。

剑平每次一瞅歪老头那条条可数的肋骨和那麻秆儿大小的胳臂,就不禁想起堂·吉诃德的那匹瘦马。他闹不明白,究竟这老头儿使得出几两力气,干吗动不动就挽袖子捋胳膊?

剑平一百二十万分的不愿跟老头拧上劲儿。他想:老头儿一定是属于那种"被侮辱与被损害的"一类人,起码,他是善良的。

大概歪老头认定剑平是怕他吧,他越来越不客气了。

"滚!老子叫你滚!"他俨然板起大房东的脸孔对剑平下驱逐令,"听见了吗?滚!马上给我滚!……"

"凭什么你叫我滚?"剑平退让地反问一句。

"嘿?你敢跟老子顶?……你……妈的!……"

突然,一个巴掌飞过来,剑平没提防,挨了个耳光,脸登时火辣辣地红了。他忙往后退,不用说,他只要稍微一回手,那老头儿就得栽跟头,可他还是让步了。

"不准动手!大家讲理。"剑平压着嗓门说。显然,由于容忍,声音发抖了。

"滚!让吊死鬼抓你去吧!"歪老头脖子青筋直暴,"老子高兴自个儿住!听见了吗?"

"你甭生气,"剑平心平气和地回答,"你跟看守说,我马上挪!"

"你当老子不敢跟看守说?唔?老子说给你看!你马上就得滚……"

这时候老姚恰好从过道那边走来,老头忽然又拉住了剑平,咬着牙,小声说:

"不许你跟他说,听见了吗?说了俺就揍你!老子高兴两个住!

……听见了吗？……"

剑平弄得莫名其妙。

这一晚,剑平睡得很不放心。半夜里,一只耗子爬上他脊梁,咬他的伤痂子,痛得他霍地跳起来,把耗子吓跑了。无意间,他瞥见歪老头像猴子似地蜷缩在墙角落里,两只惊骇的眼睛直愣愣地望着他,颊肉直跳。剑平猛然记起昨晚上吊死的病犯,正在惊疑,老头儿已经抢上来,手里晃着一把凿子,带着威胁的低声说：

"你敢声张吗？老子扎死你！"他喘着粗气,接着咳嗽起来,忙又狠劲地用手捂嘴。

剑平这才注意到墙角那边,堆着一小堆砖土,立刻领悟：这老头儿是在挖墙洞,准备越狱。……

"你放心,我不会说出去的。"剑平态度和蔼地说,"咱们同是搭一条船,胳膊弯儿不能朝外弯……"

"你？……"

"我跟你一起逃,行吗？"

"真的？你？……"

"真的。"

"可俺是死刑犯……"

"我也是。"

"嗜？你也是？好……好……"忽然大颗小颗的眼泪沿着他歪歪的鼻子滚下,挂在胡茬上,他用沾满砖灰的手背去抹,咧着嘴怪笑了一下。"咱们是一条藤儿。……左死,右死,不如逃。……逃得了,捡一条命,逃不了,死,没说的。……俺活够了。昨个俺吐了血。"

"你怎么进来的？"

老头用黄板牙咬着胡楂,狠狠吐了一口黏沫子。

"俺是磨刀的,磨三十年啦。……"他说,"俺有个表兄弟,是个歹狗,跟这儿金鳄拜把子,俺上了他的当。俺真傻,把三十年积攒的

175

五十块洋钱,交给他买小猪,谁料他就整笔都给吞了。……这还不算,俺闺女也叫他给拐卖了,害得俺老伴吃了大烟膏……谁咽得下这口气!……俺上他家,一个斧头就把他干了……"

剑平觉得这当儿不是听他倒苦水的时候,便掉句话问:

"你哪来的这凿子?"

老头儿登时煞白了脸,结结巴巴地说:

"咋?……你问他干吗?……"

剑平瞧他眼睛眨巴眨巴地带着疑惧,忙又岔开了话说:

"怎么,让我帮你挖吧,你歇歇。"

于是剑平从歪老头手里接过来凿子,开始动手挖。

歪老头告诉剑平,他已经挖了六个晚上,手指头都磨破了。……他一边说,一边靠在灯光射不到的木栅旁边,惴惴地望着门外。一听到什么声音,便拉着剑平躺下,装睡。接连这样几次,剑平有点不耐烦了,索性不理他。老头紧张地按着剑平的手,咬着牙骂:

"停!停!你不要命吗?听……"

"那是隔壁犯人说梦话。……"

"不,你听,咽,咽,咽,……"

"那是蛤蟆叫。"

"就是有人来了,蛤蟆才叫。听!脚步声!……"

"什么也没有,你自己吓昏了。"

"吓昏?嘿!老子挖了六天,你这会子才动手,倒比老子神气啦!……哼!……"

歪老头刷地一下把凿子抢过去,又说:

"躺下!听见吗?……扎死你!……"

说着,把剑平硬按下去跟他一起躺着,屏着气。

碰着这么一个肝气大、胆子小的老家伙,真是什么办法也没有。现在又不是争辩的时候。

好容易等到蛤蟆不叫了,老头儿才又让剑平动手。挖到最后一层砖,天已经快亮了,赶紧把烂砖碎土塞进墙窟窿里去,照样把本来糊在墙上的报纸盖上,外面又拿草席遮住。看样子,明晚再挖一下,就能够爬出去了。

天大亮了。过道开始有人来来去去。门锁喀哒开了,麻子走进来,冲着歪老头说:

"赶快穿衣裳,走!你的案子移公安局啦。"

老头登时目瞪口呆,脸发绿。

"俺不去!"他结结巴巴说,"俺要在这边。这边好。俺不去!……"

磨蹭了半天,麻子冒火了,动手拉。老头索性躺在地上,赖着不走。剑平心里暗地着急。

麻子不怀好意的自己走了。老头儿一骨碌跳起来,指着剑平骂:

"你奸雄!你瞧俺给拉走,不帮俺说一句!你!……"

"我帮你说有什么用,我还不是跟你一样。"

"好,俺掘井,你喝水,你倒现成!"

老头愣愣神儿,忽然从草席底下掏摸出那把凿子,揣在腰胯里。

"那样揣,不安全。"剑平说。

"你管不着!"老头气冲冲的。

"倒不是我要管你,等会儿他们要搜身的,给搜出来了,那不罪加一等?"

听剑平这么一说,老头又不知要把凿子藏在哪儿好。末了,他很不甘心地把它扔给剑平说:

"拿去吧,注定你造化。可你要是说出这是俺给你的,你是狗娘养的。俺要是说出那个窟窿,俺……俺也是狗娘养的!"

麻子和金鳄来了,老姚跟在后头。

"走不走？"金鳄阴着脸问老头。

"这儿好好的,俺……俺……"

"鬼揍的！我叫你走！"

"俺不……俺不……"

金鳄不动声色,慢吞吞地晃到老头儿跟前,突然,啪！一个巴掌,老头儿跌退几步,啪！又是一个巴掌,老头又跌退……

剑平在背后捏紧拳头,老姚暗地瞪他一眼。

老头牙齿流血,狠狠地吐了一口红沫子,连打断的牙也吐出来。

"带走！"金鳄懒洋洋的挥一挥手。

老头歪着脑袋,窝窝囊囊地让麻子拉走了。拐弯的时候,他扭头来瞧剑平一眼,好像说:

"放心吧,俺管保不说那个窟窿……"

剑平向他招手,不由得眼睛潮了。

第二十七章

老姚进来打扫牢房,剑平忙把挖墙洞准备越狱的事告诉他。

"得小心。"老姚说,显得比剑平还紧张。"那老头疯疯癫癫的,备不住一到公安局,就把什么都说了。"

"不会,他赌过咒。"

"你相信他赌咒?靠不住的。你把墙洞挖得怎么样?"

"快了,等要逃的时候,就能挖穿了。"

"要逃,就得抓紧时间,拖了不利。晚上怎么样?"

"晚上?行。就决定晚上吧。"

"得布置一下。先得跟李悦说一声。"

"老姚,"剑平兴奋起来。"你能不能把李悦和四敏调到我这儿?到晚上,我们就三个人一起逃。机会太好了。"

"机会是好,就怕看守长不让调。等一等,我去想法子……"

老姚急忙忙地走了。过一会儿,他又转回来,脸上一团暗云:

"行不通,剑平。"

"怎么样?"

"他俩下午就得解第一监狱。"

"啊!能不能让他们多延一天?"

"这不是我能够做主的。"老姚垂头丧气地说。

"那……那……怎么办?"剑平急得心窝子像着火,"机会一摆手就没了,老姚。无论如何,咱们得想办法!我保证,十一点以前我能把窟窿挖穿。你能不能把他们弄到我这儿?我们赶着十二点以前

179

逃。到时候你也逃你的,免得受带累。……"

"那不行,白天人来人往……"

"老姚,事在人为,相信我,我有把握!"

"出岔儿怎么办?"

"不能净往坏的方面想!老姚,只要救得了他们,咱们付任何代价都值得!"剑平两手把木栅抓得紧紧的,"时间宝贵,老姚,趁着他们还没解,抓紧机会干吧。你要是害怕,你只要负责把他们挪到我这儿,你就逃你的。底下的事全由我挑好了。你要是能替我弄到一把手枪,那最好不过;要是弄不到,就是随便给我一把菜刀,我也能冲!……"

"这样冲太危险!"

"现在不是考虑危险不危险的时候!眼前哪一样算安全?冲是一条路,冲还有一线希望!"

"不,我不能让你这样干!"老姚冷板板地回答,"这样干没有一点把握!"

剑平气得浑身发抖,恨不得一把抓住老姚,冲着他那冷板的脸怒吼,强迫他干。

老姚忽然掉头走了,半个钟头后他又转回来,闷声不响地把一张字条塞给剑平。字条是李悦和四敏合写的:

　　永远铭记你在患难中的友谊。但我们决定不跟你走。老姚的考虑是对的,与其三人冒无把握的险,不如一人获救。

　　你的热诚使我们感动,但你的轻率又使我们为你担心。

　　千万注意:要审慎。要事事和老姚策划。要尽可能减少危险程度。

剑平急坏了,手和脚直发颤。他拿起铅笔,不加任何考虑就写:

我们已置身绝境,与其束手待诛,不如冒险突围。事迫眉睫,不容迟疑。望速与姚谋,成败在此一举。我保证在十一点前把墙挖好。如不幸被发觉,罪由我担;如不被发觉,则你们先冲,我留后掩护。相信必可冲出危境。机会稍纵即逝,有决心者必胜,候示。万急!!!

剑平把字条交给老姚带去后,一个人坐立不安地在笼子里打转。他不自觉地把手伸到裤袋里去捏那把凿子,好像他一下子就可干起来似的。

好容易老姚来了,头一句就说:

"他们不同意。"

"不同意!怎么不同意?"剑平粗暴地反问,好像谁欺骗了他。老姚不回答,又扔给剑平一个字条,头也不回地就走了。

字条上面是四敏的笔迹:

　　白天挖墙绝不可能,切勿轻试。我们不能孤注一掷。外面同志正在设法营救我们,也许李悦有获释可能。今夜如何布置,须与老姚细谋。事事当以不使老姚受累为原则。因为他还需要继续留在这里。

　　相信你一定可以成功。你的成功也就是我们的成功!

剑平站着愣神。想起李悦、四敏不能跟他一起逃,觉得又气短,又不甘心。他几乎对这个可能使他重新获得自由的墙洞不感到兴趣了。下午两点钟,老姚来了,对他说:

"他们已经解第一监狱了。"

"唔。"剑平眼垂下来。

"我们得考虑一下,晚上怎么样布置。"

"唔。"

"你怎么啦,没精打采的?"

"你说吧,我们应该怎么办。"剑平勉强提起精神来说。

"我这样打算,"老姚说,"下半夜两点钟起是我值班,这个时间不大合适。所以最好是在一点钟左右。因为这时候,大门口只有两个卫兵,里面是毕麻子值班,旁的人都睡了。我去把通到牢房的电线剪断。你只要一看见电灯灭了,就可以爬出去……"

"那个麻子挺讨厌!"剑平说,"他一值班,整个晚上总是磨磨转转,巡逻好几回……"

"不要紧,晚上我带他去喝酒。这家伙很贪杯,一喝醉就睡得像死猪似的。"

"要是他没有睡着,你得通知我。"

"那当然。我会关照你的。还有,那墙背面有一道泥沟,你爬出去的时候得小心,别摔到沟里去。摔坏了腿就跑不了啦。"

"放心,这条路我走过,相当熟悉。"

"你外面有什么可靠的亲友吗?"

"有。"

"在什么地方?"

"在草马鞍。"

"人可靠吗?"

"可靠。"

剑平本想说出"吴七"的名字,转想没有必要,就不说了。老姚本想问明草马鞍哪一家,但看剑平不自动对他说明,心想也许有什么秘密,便也不往下问。

"草马鞍离这儿倒不远。"老姚说,"先躲几天,再想法子离开厦门,倒也是个办法。"

老姚便把一路的偏街僻巷告诉剑平,叫他尽可能抄僻道儿走。

"这些日子,"老姚又说,"自从周森叛变了,外面同志们统统搬了家,新的地址都很秘密。你能找亲友,还是找亲友方便……好吧,你再想想,还有什么需要我事先替你准备的?"

"没有了。"

"再仔细想想,也许有什么漏了的没有想到。"

"我说,要是灭灯的时间能提早一个钟头,是不是好一点?"

"提早?那不大好。"老姚沉吟了一会说,"提早人家还没睡,过道有警兵,容易被发觉。还是小心一点好。我再嘱咐你一句,灭灯前,我会来关照你的。咱们得把时间配合好,你把墙挖穿,需要多大工夫?……"

"大概一个半钟头。"

"那好,我尽量提前来通知你。"

老姚不敢多耽搁,匆匆地走了。

第二十八章

好容易等到夜深,牢里没有声音了。门房那边,几个熬夜的警兵还在瞎唱"桃花搭渡",声音含糊,像醉人的梦呓。偶尔有汽车从深夜的马路上经过,飕的一声。

好一阵工夫,毕麻子颠着步子从外面回来了。

"你还不睡?……呃?……"他问剑平,打了个趔趄站在木栅外,满口的酒臭。

"就睡啦。"剑平纳头躺下去,合上眼。

毕麻子去了一会儿,老姚来了。

"麻子睡着了。"他悄声说,看看袋表,"现在是十一点十分,开始准备吧。"说着,从裤袋里掏出一把铁钻,递给剑平。

"用这家伙扎快。"老姚说,又郑重地叮咛一声:"灭灯以前,我再来看你。"

老姚一走,剑平马上动手干。铁钻果然好,还不到二十分钟,已经钻了好几个小孔。他使劲地在小孔上面踹了几脚,砖土直掉,很快的踹了个豁口。他高兴极了,他试着从豁口探头过去看看:外面是漆黑的小山道,头上是镶着小星的夜空,靠墙背面这边,泥沟里水咕咕咕地流着,有一股冲鼻的泥臭味儿。

好呀,自由已经在墙外等他了!

现在剑平巴眼等着灭灯了。老姚还不来,真是急惊风遇着慢郎中……

挨一分钟好比一个世纪。快十二点了吧?算一算,距离灭灯的时间,至少还得一个多钟头。天呀!一个多钟头!……要不为着等灭灯,这时候可能已经到吴七家里了……

唱"桃花搭渡"的警兵都睡了,全牢静悄悄的。这正是千钧一发的时候,偏偏老姚还不来!难道老姚不知道生死关头,一分钟就能决定成败?剑平开始对老姚不满了,他觉得老姚这个人是磨蹭而且胆小。他差不多恨起他来。最后,他决定不再等了。他想,他不能眼睁睁地看着时间错过,他得自己掌握!

于是剑平往豁口爬。才爬过去半截,就给夹住了,豁口的碎砖擦破他的脊梁,血直淌。他挣扎着,咬紧牙根,满身大汗……忽然听见脚步声,心里一急,忙往后退;但豁口夹得很紧,退不回来。脚步声越来越近,似乎已经到了木栅门口,剑平想:"完啦!"……

没有动静。仔细一听,脚步声是在山道上、渐渐远了。他喘了一口气。又使劲往前爬,猛然身子一松,爬过去了。他感到像母亲生了个难产的婴孩那么痛快,他把自己降生在自由的土地上了。

他从山路绕着偏僻的小道,一口气赶到草马鞍。在暗巷里摸索了半天,这才发觉自己走迷了。他记得前回吴七搬家,他来过一次,但已经记不清门牌号数。心里越急,眼睛越乱。

"不行!"他对自己下警告,"与其瞎撞,不如抓紧工夫回家,叫伯伯带路。——伯伯常来吴七家。……"

二十分钟后,他来到家门口。

轻轻敲门。里面有咳嗽的声音。

"开吧,伯伯。"

门开了。

"你……你……"田老大哆嗦着说不出话。

剑平把门关上。

"我逃出来了。"他小声说着往里跑。"伯伯!赶紧带我去找吴七,我走迷了。……"

伯母也醒了,听见一个"逃"字,吓得上牙打下牙。

剑平自己找了一套新洗的衣服换上。

外面狗吠,门口有人说话。

"砰!砰!砰!……"

敲门。

两个老人家吓白了脸。剑平定一定神,微笑说:

"是敲隔壁的……走吧,伯伯。"

伯侄两个走出来了。一路上躲躲闪闪,净挑暗处走。当他们冲过一条马路的横道时,突然从警岗那边,吹起紧急的警笛,人声喧嚷起来。伯侄俩风快地躲到一个半塌的墙背面去。一个黑影子劈面跑来,跟剑平撞了个满怀,转身又跑……

田老大心跳得咚咚响。剑平却跟没事一样。

喧嚷的人声慢慢儿静寂了,一堆人影走过来,警察手里抓着一个小偷。

一会儿警察也走远了。剑平拉着伯伯,正想走,忽然听见一个沙哑的声音从背后发出:

"溜了关啦,好彩气!……"

回头一看,是个矮子,歪戴着一顶破烂的鸭舌帽,耸着两个瘦肩膀,斜着眼睛,满脸流气。看他那样子,一定是个混混儿。

"不用怕,俺保的镖。"混混儿拍着胸脯说。

"我们是好人。"田老大申辩道。剑平忙把他衣襟一扯。

"别充愣。"混混儿干笑了一下,"不认识吧,俺是混江土龙张鳅……在家靠父母,出门靠朋友。有吗,给个小意思,大家有脸儿……"

剑平竖起两眉,狠狠地瞪了混混儿一眼,一声不响地拉着伯伯跑了。

"慢点,"田老大喘吁吁地拉了剑平一下,小声说,"给他一点钱,算了……"

"别,他敲竹杠。"

"就让他敲吧,小鬼难缠……"

"不要怕,快走,快走……"

田老大一边走,一边又不放心地掉过头来看,却没注意到后面那混混儿正躲躲闪闪地在跟着他们。

"妈妈的……"混混儿边跟边骂着,"你当俺不认得你何剑平?哼。过山不拜土地爷,还跟你爷爷板脸……"

混混儿就这样一直跟到吴七家门口,瞧着他们敲门进去了,才打回头……

第二十九章

吴七看剑平和田老大半夜里来找他,心里惊讶,到了听剑平一说,才知道他是越狱出来……

"现在不用怕了。"吴七说,"到了我这儿,你就躲一年也走不了风……"

"我想过一两天就到内地去。"剑平沉吟了一会回答。

"到内地找吴坚吗?也好,我可以弄到一只小电船,把你载走。"

吴七打听李悦的消息,剑平便把他们在狱里的情况告诉他。这时候田老大坐在旁边,耳朵听着,心里却悬着家,他站起来打断他们的谈话说:

"我得走了,万一他们来查家,我不在,怕会露了馅——"

话说到这里顿住了,因为这时候外面巷口有汽车煞住的声音。

吴七连忙吹熄灯,伏在窗户眼上,瞅着。

"有人来。"他疑惑地说,"不会是侦缉队吧?"

剑平忙也伏到窗户眼上去瞅,忽然低声叫道:

"是侦缉队!金鳄也来……"

听到"金鳄",田老大登时目瞪口呆,跌坐在床沿上,说不出话。

吴七忙赶到后门,从门缝里偷看,他发觉小巷口那边,也有人把守……

吴七刻不容缓地拉着剑平往后跑,冲进后厢房,指着顶上一个黑洞洞的天窗,催促着说:

"上房顶去!没有别的办法了。"

"你呢?"剑平问。

"我?你不用管!"

"不,这样你会受累的。"

"我有我的办法。你不用管!来吧,上去!"吴七粗暴地命令着,蹲下去,把他那脚踏板似的宽肩膀让出来。"踩上去!快!"

剑平不知怎么办好。他怕吴七为了救他,连累到吴七自己。

"你愣什么!"吴七咬着牙骂,粗鲁地摇着剑平的腿,"快呀!快呀!……"

前面大门咚咚咚敲起来了。

不能再考虑了。剑平踩上吴七的肩膀,攀住天窗;像猴子那么灵捷,一腾身就翻到房顶上去了。

吴七先把后门的闩卸下,然后不慌不忙地走去前面开门。

一进来就是闹哄哄的十多个,领头的是金鳄,末了一个是毕麻子,都亮着手枪。手电筒满屋子乱晃。吴七嫂惊醒了,小孩子哭起来。在屋檐下睡得呼噜呼噜的吴竹,被两个探子把他拉起来:

"点灯,……"

吴竹划火柴,点灯。

"猴鳄!"吴七眼睛放出棱角来说,"你这是什么规矩,半夜三更查我的家?"

"不干你事,老七。"金鳄说,由于他长得矮,不得不抬起头来对着丈二金刚似的吴七说话。"咱们是来抓逃犯的,人家看见他跑进你屋子。喏,田伯也在你这儿,这是人证……"

"不错,剑平来过我这儿,可我把他放走了。"

这时有个探子走进来,把金鳄拉出去咬耳朵。

"后面小门没有闩。"那探子说,"人准是从后门溜……"

金鳄连忙跑去亲自察看后门一番,随后他下命令道:

"把巷头、巷尾,全封锁起来,挨家挨户地查,赶快!"

189

这边吴七房间里,有个高高、瘦瘦的探子,脖子特别长,顶着一个橄榄样的小脑袋,他摇摇摆摆地晃到吴七跟前,翘起下巴来说:

"嗨,你知道你是窝家吗?你要不把人交出来,你也逃不了干系。"

这时吴七正巴不得寻事惹非,叫他们逮走,好让剑平逃脱,不料橄榄头竟自己寻上来。

"逃不了干系便怎么样?"吴七调皮地反问,显然带着挑衅,"四两人儿别说半斤话,你还是撒泡尿照照脸,看你是什么毛相,再开口还来得及!"

橄榄头登时涨紫了脸。

"姓吴的,你算老几?把人放走了,还说便宜话。"

"得罪,得罪,小哥儿。"吴七含着敌意地冷笑了一下,"老子也不知什么缘故,一瞧你那个卵子大的脑袋,心里就有气,总想拿你来糟蹋开心,算你倒霉吧!"

橄榄头气得紫脸转青,口唇发黑,两腿抖得像拌豆腐的筷子。

"站好!我要搜身。"他勉强装着神气,颤声说,看得出,他是想拿官势来压一压对方。"请照规矩,懂吗?手举起来!"

"好,请搜吧。"吴七客客气气地回答,叉开两腿,慢腾腾举起两手,张口打了个怪样的呵欠。

橄榄头一半恐惧一半怀恨地伸手过去摸索吴七的腰围;那腰围突然凹得又扁又小,忽然又鼓得跟石磨一般硬。橄榄头虽然惊疑,却又不得不夯着胆子摸索下去。刚摸到胳肢窝里,吴七把手轻轻一掀,橄榄头立刻往后颠退,撞了墙壁,摔下去。

这一下橄榄头像只被人捉弄而惹怒了的野猫,他一翻身起来就拔出手枪,对着吴七,狂暴地嘶叫着:

"举起手来!要不我就开枪!……"

吴七眨着一只眼睛,滑稽地瞧着对他瞄准的枪口。

"你要开枪？哈哈，来吧。"他敞开了衣襟，露出铁甲似的胸脯，用指头指着那长满毛楂的胸脯说，"开吧，开吧，这儿。你要不敢开，你是婊子养的！"

橄榄头浑身震颤，头发蓬乱地挂了一脸，他那扳着火机的指头一直在哆嗦着……

吴七忽然纵声大笑起来，笑声带着显然的挑战和侮蔑。

这时两个年纪较大的探子听到嚷闹进来了，看见这情景，吓得一个拦着吴七，一个拉住橄榄头，忙着劝解。接着金鳄也赶来了。他装模作样地摆着"大哥"气：

"自家人，自家人，"他笑哈哈道，"有话慢慢说，有话慢慢说……"又带责备地盯了橄榄头一眼道："干吗耍凶呀！来，来，来，跟我来！"便把橄榄头拉出去，凑在他耳旁说了几句，叫他到隔壁搜屋去了。然后金鳄又转回来，转弯抹角地跟吴七开起"谈判"来。

"不瞒你说，老七，这宗事不好办。"最后金鳄表示"扼腕"地说，皱了皱他那肉丸子似的塌鼻子。"你把人放走了……这样……呃，这样……咱们回去不好交差……"

"你要怎么样，干脆说吧，别结结巴巴的。"

"你跟咱们走一趟吧。"金鳄试探地说，"事大事小，你直接跟处长说去。……我是处长的部下，担待不了这个……"

"行！"吴七直截了当地回答，"我跟你去，我做的我当！"

"对，对，对，"金鳄高兴起来，登时堆满奉承的笑容。"好汉做事好汉当！对！七哥一生就是为朋友……为朋友两肋插刀，不算什么。……再说，处长跟你又是老交情，好谈！……"

"得了，得了，走吧。"吴七不耐烦地歪一歪肩膀说，"吃官司就吃官司，拉啥交情……"

田老大眼睁睁地瞧着吴七让金鳄带走，差一点掉了眼泪。

吴七来到巷口，跟金鳄一起上了囚车，随后六个探子急忙忙地赶来,也上了车。

"他们还在搜街呢。"有个探子说。

"我去叫他们来。"金鳄说,转身跳下车去,"你们还是先走吧,不用等我了。"

他向司机示意地扬一扬头,囚车就开走了。

金鳄打回头来吴七家,这时候留下来的探子已经把附近的住宅都搜遍了。毕麻子走来说:

"队长!咱们还没搜屋顶,你瞧,这儿有个天窗。"

贪功的橄榄头挺着胸脯插进来道:

"队长,我上去看看。"

金鳄答应,把手电筒给他。

橄榄头叠了两只桌子,浮飘飘地跳上去,攀上天窗。他用手电筒扫射房顶,脖子伸得长长地左探右望,忽然嚷起来:

"有人!……跑了!跑了!……"

一听见"跑了",金鳄往外就跑。

手电筒照着一个弯着腰跑的影子,飞快地跳过第二间房子,接着第三间、第四间、第五间、第六间……嘡!枪声响了,影子摔下来,倒在瓦顶上,手拉着南瓜藤,爬起来又栽下去,血从左腿淌出来。

这时坐在床沿哆嗦的田老大,听到枪声,晕倒过去了。

囚车又开来了,剑平被扔在囚车的时候,听见金鳄对他的手下夸口:

"他妈的,要不是捉活的,我一枪就打中他脑瓜子!"

第三十章

吴七一进来就被关在禁闭房里。

禁闭房是惩罚犯人用的黑牢。吴七不知道这是金鳄成心安的歹毒,还甘心乐意地想:

"坐坐牢没什么,只要剑平能脱险……"

牢里没有灯,一片黑,不见天,不见地,不见自己。耗子、蟑螂、壁虎,在黑暗里爬来爬去。吴七生平不怕狼,不怕虎,就怕软绵绵的小耗子。每回他一听耗子叫,心里总发毛。这会子耗子偏有意捉弄他似的,一下子爬到他脊梁,一下子又跳上他肩膀,吓得他浑身抖嗦,不知怎么好。

天慢慢儿亮了,铁门外漏进鱼肚色。这时候吴七才清楚地看见,蝙蝠在屋顶上搭窝,耗子在墙脚打洞,蜈蚣沿着墙缝爬,蟑螂黑压压地站满了顶板。地上满是耗子屎、蝙蝠屎、蟑螂屎。

看不见一个人,听不到一点声音。外面的世界仿佛和这里隔断了,这是他妈的什么鬼地方啊!

整整饿了一天,没有人来理他。

到第二天,毕麻子才从铁门外送饭进来,他装作漫不经心地跟吴七搭讪:

"这回俺差点丢了饭碗……幸亏没有给逃了……"

"啥?"

"我说的是何剑平。他不是躲在你家房顶吗?要不是咱宋队长那一枪打得准,险些儿又给他溜跑了……"

"喝!"吴七开天雷般叫了一声,浑身好像叫大锤子给砸一下,火星子乱喷。

"你白坐牢了,老七。"毕麻子装作同情的样子说,"我真替你难过……何剑平现在住在那边十一号房,跟你隔两堵墙……"

毕麻子回身走了,剩下吴七一个,呆住了。忽然他暴怒地摇着铁栅,跳着,他想冲出去,想杀人!

使劲摇,铁栅给推弯了两根,门却推不倒。他狠狠地捏紧拳头,捶着墙壁出气。墙壁给捶得咚咚响,壁灰掉了一大块。接着他吼骂起来,很快地就把喉咙叫哑了,外面还是没有一点动静。

最后吴七连听着自己吼骂的声音也厌恶了,傻傻地站着发呆。

"今天我可真是虎落平阳啦……"他想,两眼直愣愣望着铁门。

黄昏一到来,耗子、蝙蝠,又开始在阴暗里出动了。吴七心里烦躁起来,觉得身子好像给千百条绳子捆着,一分钟也忍受不住。他拿拳头捶自己,好像他是在扑灭自己着了火的神经,越捶越使劲。他觉着有一种残忍虐待自己的快感,一种借用肉体痛苦来转移内心熬煎的快感。大粒小粒的汗珠,劈头盖脸淌下来。他累了,扑在地上,晕死似地睡着了。

醒来时铁门外已经拂晓。浑身筋肉肿痛,青一块,紫一块。他觉得难为情,接着又咒骂自己:

"妈的,人家还没有作践你,你倒先作践自己啦。"

想起了吴坚,立刻,一个纤瘦的文秀的影子在他脑子里浮现出来。这几年来,吴坚在内地,什么样的苦没吃过?可人家叫嚷过一声没有?是呀,个子我是比他高,力气我也比他大,但这些顶啥用!人家哪里会像你吴七那样,才关三天就顶不住啦?……哼,打吧,你要打死了自己,他们才开心呢!

响午的时候,金鳄忽然在铁门外出现。今天他特别穿起那件比他身材宽大的法兰绒西服。他好像刚从理发馆出来,胡子刮得挺干净,叫人一眼就看清楚他那张"猩猩脸"突出的眉棱骨盖过眼窝,嘴巴子像挨过谁一拳,高高鼓起,鼻子偏又塌得那么突然,简直不像鼻子,像块肉丸子了。他掏出喷过香水的手绢来掩着鼻子,带着一点风凉的客气劲儿跟吴七打招呼:

"怎么,老七,睡得好吗?"

"叫你们赵雄来!"吴七说,心里无名火直冒,脸却冷冷的。"问他,这是什么王法,把老子关了三天,不提也不问。"

"吃不住啦?"金鳄露出黄板牙笑了一下,"你埋怨谁来,谁也没叫你背这个黑锅,是你自家心甘情愿的嘛。"

"姓宋的,别得意,总有一天,老子跟你算这笔账!"

金鳄不自在地耸一耸肩膀。

"别上火,老七。咱把话扯明白,今天不是谁跟谁过不去,扫大伙儿脸的是你!你,'一根篙竿压倒一船人!'俗语说,'人争一口气,佛争一股香',哪个不要面子!……老七,我来帮你们解扣儿吧,你跟大伙儿赔个错儿,事大事小,说了就了,怎么样?"

"滚你的!"吴七要不是铁门挡着,早一拳挥过去了。"告诉你,我吴七开弓没有回头箭,冤仇要结就结到底!"

"呃,"金鳄微微往后退,"好意替你找个台阶,你倒把送殡的埋在坟里!好,瞧着吧——我还有公事,对不起,再见。"

金鳄调皮地挥挥手,歪着肩膀走了。他听见背后吴七咣啷啷地摇撼着铁门,咆哮着骂过来:

"姓宋的狗杂种!我操你十八代祖宗!……"

金鳄究竟有些害怕,像躲避一场大风暴似的,一跨过边门,就赶紧把门关上了。

宋金鳄,这一溜儿街坊谁都知道,十年前宋金鳄不过是衙门里的一个小探子。由于有一次,他在刑场上一口气砍了二十个人头,这才出了名。邻近罗狗扶他做"大哥",他便占地界,摆赌摊,开暗门子,向街坊征收保护费,起了家啦。

他常常替自己认为不体面的过去辩解:夫杀,官杀,不是我宋金鳄杀,我宋金鳄一生不杀害忠良。

他到处做太岁爷,受他保镖的人家,谁要是不顺他的劲,他只要眉头一拧,眼珠子一瞪,那家人家就得倒霉了——一场呼啸,屋子给捣个稀烂,打手中间却没有金鳄的影子。

日籍浪人走私军火的那些年,金鳄和他的爪牙个个都是他们的好帮手。

金鳄结交人面广了,便纠集本地的"三十六猛"拜把子,组织"金兰社"。三十六猛里面,有汉奸、有特务、有浪人、有地头蛇。金鳄拿这帮子臭货做资本,狗朝屁走,在日籍头子沈鸿国门下做起座上客。赵雄上任侦缉处长那天,竟然亲自"登门求贤",请金鳄出来当大队长,这正如俗语说的:臭猪头,自有烂鼻子闻。

金鳄离开吴七后走进休息室来,他手下那几个探子正坐在那里等着听消息。

"怎么样?"橄榄头头一个发问。

"谈崩了。"金鳄耸耸肩说,"这婊子养的,还咬钢牙、说开弓没有回头箭,结仇要结到底……"

"我操他奶奶!"橄榄头冲口骂,"把他关下去!他不讨饶咱不放。"

"队长,我说句不中听的话。"一个满面烟容的老探子带着老枪嗓子插进来道,"谁都知道,那吴七是条大虫,咱们跟他拧上劲,不上算。他后头那些三大姓,个个都是臭钢坏刺,一枝动百枝摇,收拾不了。连公安局对他们都是开一眼闭一眼的,咱们犯不上惹他,……今早我搭渡上鼓浪屿,那老黄忠跟我瞪眼,'哇呀!你们拿吴七出气,拆俺大姓的台!问一问你们队长,海水是咸的还是淡的……'"

"什么咸的淡的?"橄榄头满脸瞧不起地问。

"小子,到底俺比你多混几年。"老探子冷笑,摆起老资格来,"你没听过早一辈人说:'得罪三大姓,过海三分命。'那些年,台湾人跟三大姓闹拧了,搭船渡海,提心吊胆,都怕给扔到海里……"

"胡说八道!"金鳄涨紫了脸,气鼓包包地说,"吓唬三岁小孩儿!明儿我渡海给你看看,他敢碰一碰爷爷……"

忽然毕麻子撞进来道:

"队长!吴七的儿子又来了,吵着要探监……"

"把他轰出去!"

"他闹着不肯走……"

"赏他个耳刮子!"金鳄挥着手说。

橄榄头暗暗叫好。

第三十一章

　　这天晚上,金鳄和他几个手下在醉花楼划拳喝酒,分手时已经有七八分醉,橄榄头送个小心说:

　　"队长醉了,我送你回去。"

　　"谁说我醉了,再来两瓶也碍不着。"金鳄跨出醉花楼的门槛,打了个趔趄说,"去你的吧,老子不用送!……"

　　他就自个儿摇摇晃晃地走了。

　　这些日子,金鳄每晚都到个暗门子去过夜。这时他沿着海边走,天上只有几颗摇摇的小星,路上又暗又静。夹着咸味的海风,吹得他印度绸的黑衬衣别别地响。

　　他边走边唱"十八摸",身子像驾了云。冷不防脚底下绊了个什么,摔了个扑虎。"妈的,难道真醉了?"刚要翻身,忽然凭空有好几只手按着他。忙想拔手枪,可已经有人把它缴去了。

　　"放手!"他震怒地喊着,"我是宋队长!别看错人!"

　　"哈!正是要你。"

　　金鳄慌乱中吃了好几脚,便嚷起救命来。

　　"他妈的再嚷,就崩了你!"又吃了几拳。好家伙,简直拿人的脊梁当鼓擂了。

　　"我不嚷!别打,别打……"金鳄声音低了八度。

　　不知哪来那么多的手,按着他脖子、屁股、大腿,压得他上不来气,想爬,又爬不起来。

　　"再动就请你吃黑枣!"说的人把手枪抵着他的腰。

金鳄开始哀哀地讨饶了。又怕把对方惹火,尽量把声音压低。糟糕的是别人偏不理会他这份苦心,不管他说得怎么恳切,都只拿拳头赏他。

他终于眼睛蹦着金花,瘫痪了似的由着人家绑了手又绑了脚,装猪猡那样地给塞进一条麻袋里。这样倒腾几下,酒气往上冲,一阵恶心,把今晚吃的鱼翅大虾都呕在麻袋里了。

麻袋外面乱七八糟的好些个声音:

"把他胳棱瓣儿砸烂!"

"先割他耳朵!"

"不,要割就割他鼻子!"

"干脆把他扔到海里算了……"

有谁狠狠地踢他一脚:

"猴鳄!说,海水是咸的还是淡的?"

"好兄弟,饶了我吧。"金鳄把整个肺腑动人的声调全使出来了,"有什么对不起诸位的,请高高手……好兄弟!……"

"谁跟你是兄弟!臭种!"

"猴鳄!你说,你是狗!是畜生!说吧!说……"

"不能自己骂,"金鳄想,"这点面子不能丢!……"

"说不说?——不说吗?好,扔到海里去!扔!……扔!……"好几个人的声音,马上有人把他连麻袋拖着走。

"我说!我说!"他骇叫起来,"我是……狗,是……畜……生……"一边他又替自己暗加一句:"老子是你们开基祖宗!"

"再说一遍!说清楚!"

"我是狗,是畜生。"

麻袋外面吃吃的一阵笑声。

"放了我吧!"金鳄重新哀求,这回他哭了,眼泪成串地滚下来,可惜没人看见。"好兄——我什么都听你们的,请高高手,都是中国

199

人嘛……"

"呸！你还算中国人！"

"你妈的，干吗把吴七关进了黑牢，还不让探监？你公报私仇！……"

"这不干我的事。"金鳄赶紧申辩。

"还说不干你的事！"又吃了一脚。

"真的不是……"金鳄叫起冤来，很想捶胸表明心迹，却不料两手被绑着。"真的不是……要是我，我中黑死症，活不过今年！"

"少号丧吧。干脆说，你放不放吴七？"

"这不是我的事。"

"还说不是你！"又是一脚。"全是你耍的鬼，你当俺们不知道？……"

"我跟处长说，请他放……"

"我要你明天把他放出来！"

"好，明天，明天。"金鳄满口应承，"放了我吧，明天我一准办好……要不办好，我死子绝孙！……"

"别听他，这会子他什么都咒得出口！"

"就饶他一回吧，"仿佛是一个老头儿的声音，"明天他要不把人放出来，就收拾他……来，把家伙还他……"

接着是枪膛退出子弹的声音。

麻袋打开了。金鳄缩得像只大王八，怯怯地从龟壳里伸出半个脑袋，恐惧地偷看周围几个黑影子。他怀疑"家伙还他"这句话是暗语，怕对方一翻脸又把他装进麻袋，往海里扔。

有个黑影子把手枪塞进他腰带，他暗地喘一口气。

"多承诸位……豪杰……照顾……"他声音哆嗦，怪可怜样的，"往后……我要不报答……就不是爹妈养的……"

一边他心里却骄傲地想着：

"妈的,到底你们也怕老子,不敢缴我的械!"

黑影子悄悄地散走了。

不多一会儿,来了个过路人,替他解开手脚的绳子。等他打地上颤巍巍地爬起来时,那过路人也不见了。

他一瘸一拐地颠到马路口去坐人力车,一路上呕吐到家里。

第二天早晨,金鳄醒在床上,酒全退了,昨晚的事重新浮上心头。他开头从吴七的祖宗八代骂起,骂到大姓的子子孙孙,尽所有天底下最难听的脏字儿都堆上去,这才解了气。

"受点儿糟蹋,碍不着。"他安慰自己说,"'大丈夫能屈能伸',古时候韩信还钻卡巴裆呢!等我有朝一日,时来运转,我老宋当上公安局长,嘿嘿!你们这些王八蛋,我要不两个指头拈吐沫,把你们扔进了死囚牢……"

他爬起来吃早点,把脸上的伤口涂涂红药水,敷上纱布,又用胶布贴个十字。他极力挺直肿疼的腰板,到侦缉处来了。橄榄头一看见就吃惊了,问:

"脸怎么啦?队长。"

"昨晚喝多了,倒霉蛋,摔了个大跤。"

"真的。昨晚我看你颠着步子,就说你醉了,你还不让送。"

"真的吗?嘻嘻,我可真是醉迷糊啦,什么也记不起……"

金鳄装头晕地敷衍两句,就到处长室来见赵雄。

"处长,今天可要提讯吴七?"他试探着问。

赵雄心里本来不大同意禁闭吴七,但看见侦缉队里个个都像替橄榄头抱不平,又觉得不好太扫下属的脸。他也知道吴七背后有极复杂的角头势力,也知道公安局对吴七这帮子一向是"投鼠忌器",尤其叫他不得不担心的,是他往往黑更半夜搭渡过鼓浪屿,万一那些海面好汉拿他摁脖子喝海水,那才真是叫天不应……

"我早跟你说,我一向不讯问非政治犯。"赵雄对金鳄开讲起来。"吴七那家伙,我从小就认得,是只牛。你们又不是斗牛的,干吗要跟牛斗啊?再说,咱侦缉处就是侦缉处,不是什么公安局,犯不上拿个吴七给自己添麻烦,何况他又不是政治犯!"

"对,对,对,"金鳄连连点头,心中暗喜,"要不是处长点拨,我可真是闹糊涂了。"

"我跟你说,我是蒋委员长的学生,他有密令给我。"赵雄把声调放低,显然他是有意卖弄诡秘,向下属炫耀自己。"嗐,这句话我可是只对你一个人说,你得给我守秘密!我们唯一要对付的是共产党,不是吴七那些野牛党。把眼光看远,别认错目标。"

"对,对,对。"金鳄又连连点头。"我也骂咱队员来着,咱们漂漂亮亮的侦缉队,好鞋不踏臭狗屎,跟吴七顶牛干吗!……"

赵雄微微笑了,带着宠爱心腹的亲切劲儿说:

"应当抱定宗旨,只有共产党才是我们的死敌。其他方面,亲日派也好,亲英美派也好,三教九流,我们都得联络。至于吴七这帮子,拉得来就拉,拉不来咱就敷衍。暂时还是不能树敌。明白吗?厦门环境复杂,要懂得对付!"

"对,对,对。"金鳄又是连连点头,觉得机会到了。"处长,那么,那么,……我们今天就把吴七放了怎么样?"

听见金鳄自动说出"放"字,赵雄暗地惊喜自己的说服能力。

"行,"他装作冷淡地回答,"何剑平已经抓回来了,够了,吴七要放就放了吧。"

金鳄一块石头落了地。他行了个军礼走出来,见到手下,显得失望的样子说:

"处长有命,要我们马上放吴七。"

"放?不判罪啦?"橄榄头也觉失望。

"处长不判罪,他有他的用意。"

"什么用意?"橄榄头不服劲地问。

"这是机密。"金鳄骄傲地回答。"处长只对我一个说,嘱咐不能告诉别人。"

金鳄马上替吴七办好出狱的手续,亲自赶到禁闭房来看吴七。

"七哥,我来给你捎喜信儿,"他使出浑身的客气劲,手心直冒汗,"你可以出去了。这几天,我替你跟处长打了好几回交道,到今天才谈好了。有什么办法呢?官身子由不得自己,我比你还着急!多担待点吧,往后,要有谁敢跟你顶撞,你只管说,我管教给你看!……咱们心照……"

吴七呆呆地直望着屋顶上的蝙蝠窝,僵了似的一句话不说。金鳄一时琢磨不出究竟吴七是欢喜还是生气。一会儿,老姚来开铁门,吴七像狮子出笼似的跨出铁门,忽然掉转身来,两眼冷森森地直瞧金鳄道:

"账,往后算吧。"

金鳄傻了,望着吴七铁塔似的背影走出去,忽然联想到大佛殿里丈八金身的舍身大士,不由得打个寒噤。

第三十二章

那天夜里,剑平被囚车载回来,躺在车板上,瞧着自己中弹的左腿,一种遭受失败的羞耻,使他感到比那淌着血的伤口还要难受十倍。

他照样关在那间闹吊死鬼的小牢房里,像一只被扔在笼里的中箭的野禽,没有人过问。想起四敏对他说过"你的成功也就是我们的成功",心上好比锥子扎。他仿佛看见李悦、四敏、老姚冲着他走来,都睁着惊讶的眼睛问:

"干吗你又回来呀?干吗你又回来呀?"

他又仿佛听见了一阵咆哮的声音从一个窄小的兽橱里发出,兽橱里面关着的是吴七。

睁着眼睛到第二天早晨十一点钟,才有个狱医来给他裹伤。子弹从肉里取出,他痛得发昏,又忽忽悠悠地昏过去了。

醒来时一身是汗。过道一片昏黄的灯影,老姚站在木栅外面,显得更瘦,更驼,眼睛有一圈失眠的黑影。他温和地低声问:

"饿了吗?"

剑平摇头。

"两块蛋糕,你拿去吧。"

"我不想吃。"剑平又摇头,"吴七呢?"

"他过两天就会放,不要紧,他们不过拿他出出气罢了。"

剑平不做声。

"你伯伯一早就给狱医送'礼'去了,"老姚又说,"你的伤过几天就会好的。"

剑平忽然咬着牙哭了,很快地他又抑止着眼泪。他激动地对老姚说出他内心感到的羞愧,他要求老姚严厉地谴责他:

"这已经不光是我个人的挫折……"说到这里,眼泪已涌出来了。

过去老姚从没看见剑平在任何一次遭受酷刑时淌过一滴眼泪,他明白剑平现在为什么会这样难过。

"我也有错,剑平。我没有帮助你考虑周到。"老姚安慰剑平说,"别难过,好好养伤,往后还会有机会的……"忽然他努一努嘴,"麻子来了,我走了。"

毕麻子开锁进来,给剑平戴上脚镣,尽管那中弹的左腿已经痛得连动都不能动。

过了几天,老姚才把那晚"走风"的原因告诉剑平。

那晚老姚为了避免引起猜疑,假装躺在宿舍里睡。到十二点十五分,他看看大家都睡熟了,便偷偷地溜出来。他还担心剑平会来不及把墙洞挖好,谁知到木栅门外一看,剑平早不知什么时候爬出去了,墙脚那边,没遮没掩地露了一个大豁口!老姚吓了一大跳,赶紧回来,准备提前把通牢房的电线弄断,偏巧这时候一个看守翻身起来小便,小便完了又划火柴抽烟。老姚急得只好又假装躺下,忽然外面有急促的脚步声,一个警兵喘着气跑进来,嚷道:

"七号挖墙跑了!"……毕麻子给拉起来酒也吓醒了。

于是看守和警兵分成四路,赶出去找。

据毕麻子事后告诉老姚,他在草马鞍的一个三岔路口碰到混江土龙,一查问,混江土龙拍着胸脯说:

"嘿嘿!请杯五加皮,包在爷身上!"毕麻子给他两毛钱,混江土龙便把他所看见的全说了。毕麻子立刻打电话给金鳄。

剑平的枪伤慢慢儿好了。半个月后,他已经能起来走动,虽然戴着脚镣走路还有些吃力。

老姚忽然有一天告诉剑平,他大后天就要调到第一监狱去了;他自己也乐意调,因为那边关的同志多,急着需要他。

剑平愣了一下,心里又是喜欢,又是难过。

"你还能来看我吗?"

"来可以来,就怕引起怀疑。"

"那还是别来好。"

"你有什么话要跟李悦说吗?"

"你跟他们说,我的失败是我自己的错误造成的,我应当受处分。"

剑平腿伤完全好了后,也解到第一监狱来了。

第一监狱是这海岛最大的一个监狱。里面有一百七十多名犯人,政治犯占半数。政治犯上脚镣的只有剑平一个。他一进来就跟十多个杀人犯和海盗关在九号牢房里。这九号牢房的犯人全是戴镣铐的。

四敏和仲谦关在三号牢房,李悦关在四号牢房,他们只隔着一堵墙。据老姚告诉剑平,三号牢房还有两位同志,一位叫祝北洵,一位叫许翼三。

个把月后,老姚设法把剑平也调到三号牢房来。

现在剑平已不再考虑他是不是个死刑犯这问题了。他觉得,他活着还能跟同志们一起过着集体奋斗的日子,这日子即使摆着千难万险,甚至最后必须拿出生命来交换,也总比单独一个人白白活着强。当他由老姚带到三号牢房,拖着脚镣颠过去和四敏拥抱时,他感动到眼里溢满泪水,几乎要以为自己是世界上最快乐的人了。

心情一变,牢狱有形的墙壁和无形的墙壁似乎都同时消失了。他这时才真正体会到,人是爱群的:有自己的"群",虽地狱也是天堂;没有自己的"群",天堂还不是跟地狱一样!现在,多么快乐啊,他又能接触到四敏温厚的声音和笑容了。

夜间,同牢的三位同志都睡了,他和四敏两个还在悄悄地谈着。四敏把他所知道的一些情况告诉剑平:

最近党领导的"上海救国会"正在呼吁组织"救亡联合战线",主张停止内战,赞同《八一宣言》。

厦联社的小组活动已经化整为零,由各学校组织各式各样的研究会。救亡运动照样由滨海中学出面带头,薛嘉黍校长照样苦撑苦干,排除万难;他对郑羽同志表示,他不怕赵雄,并且断定赵雄还不敢向他身上开刀。

巡回队在内地的工作发展得很快,好些乡镇的农会、学校已经尽量安插厦联社的社员。秀苇两个月来都在内地。最近郑羽同志又把她调回来,因为这边学运工作需要她。

赵雄起初猜疑邓鲁是仲谦,后来猜疑是祝北洵,现在又猜疑是大琪,可是大琪已经到闽东游击区去了。……

尽管特务继续四处逮人,但厦门的青年并没有被吓倒,他们继续响应《八一宣言》的号召。

据说最近周森已经在侦缉处当科员,夜里不敢出门,怕被暗杀……

"出了这么些乱子,首先应当受责备的是我,"四敏表示内疚地说,"我的温情给同志们招来损失。现在回想起来,周森的叛变并不是偶然的。……"

剑平说:

"还是李悦看人看得准,好的坏的都瞒不过他……"

巡夜的看守在对面台阶出现,两人忙躺下去装睡,等到看守走过去了,才又攀谈起来。四敏说:

"我问你一句话,你得老实告诉我……"

"你说吧。"

"干吗你跟秀苇闹别扭？"

"没有的事……"

"还说,你当我不知道？"

剑平支吾着,四敏笑了,说：

"小子,还不赶紧招供！李悦早跟我说了。"

"嗐,事情早过去了。"剑平脸红红地说,"我不过是想……你要是能跟秀苇恢复过去,倒也是挺自然的。"

"糊涂虫！你以为人的感情是那么简单,好像书架的书,由着你抽出去就抽出去,插进来就插进来？"

"甭提了,反正现在……"

"我要提！就是明天要上断头台,我也得说个明白！"

"我全明白,你不用再解释了。四敏,也许我们都一样,这一辈子见不到秀苇了……"

"为什么你那样想呢？"四敏认真地说,"我说的'断头台'不过是种假设。奇怪,我从来没有想过会死,我甚至想,时局总是要变的,一变,我们就可以出去了。"

"没有那么容易吧？"

"很有可能。你看,全国人民都在要求抗日,国民党内部开明的人士也在呼吁抗日,这是一种趋势,谁也挡不住的一种趋势。我相信,总有一天,国民党要被迫走上抗日这条路,要不,它就会垮台！"

"你把时局估计得太乐观了,四敏。"

"我的乐观是有理由的。你看,全国上下正往这方面努力,我们的愿望迟早总要实现的。到时候,我们一定可以赶走日本,可以建设祖国,可以实现像苏联那样的社会。我们要干的事猜可多着呢……剑平,到那时,你跟秀苇可别忘了请我喝酒,还得让我抱抱你们的胖娃娃……"

"去你的！"剑平笑着推了四敏一下。

走廊上有脚步声,他们又躺下去装睡了。外面的警兵在喊口令,睡在身边的胖子北洵,鼾声呼呼的。

祝北洵和许翼三都是这一次剑平才认识的。

北洵是厦门禾山社人,一九二六年在上海入党,被捕过两次,受过电刑,没有死。最后一次出狱后往苏联,到今年初才回国。七月间,他被派到福建巡视工作,秘密地住在离厦门市区不远的一家照相馆楼上,照相馆主人姚仲槐,是党外围的一个极密切的朋友。

过去北洵在上海时,长得又长又瘦,外号叫"长腿鹿"。自从他由苏联回来,体重从一百二十磅增加到二百三十磅,身材变得又粗又大,看过去有点像照片中的巴尔扎克,旧朋友差不多都认不出他。他改名陈典成,带着一个油画箱子,连照相馆的人都当他是个画家呢。

北洵不敢回老家去看他多年不见面的母亲和妹妹,虽然老家距离厦门市区才不过二十里地。

个把月前的一个深夜,他到一家小馆去吃虾面,看见对座有个老枪,样子像他远房的堂侄耀福。北洵记得耀福过去在禾山社是一条土棍,便装不认识。这时耀福忽然朝他走来说:

"是北洵叔吗?……我叫耀福,记得吗?……"

北洵用陌生的眼睛朝他望了一下,故意用上海腔的厦门话回答道:

"不……你认错了……"

"唔?对不起,对不起。"耀福哈哈腰,回到原座。

北洵付完账走出来,假装在路旁买香烟,看看后面耀福没有跟踪,这才放了心。他故意绕了许多小路回到照相馆。

他不知道这时候已经有个特务盯他的梢。这个特务本来坐在耀福的旁座吃面。耀福把北洵假装不认识的原因告诉他,他就偷偷跟着北洵出来了。

209

第二天早晨,侦缉队在照相馆的楼上找到北涯,把他扣上了手铐……

许翼三是个年轻小伙子,罐头食品厂工人,三年前加入共青团。他身材矮粗结实,脸枣红色,谁看了都不会相信他患过肺结核。两年前,他在厂里搬动过重的机器,肺血管破裂,病倒了十一个月。后来病虽然好了,工作却丢了。管他的工头讨厌这小伙子"倔",硬把他除名了。他年轻的妻子招娣,也在这厂里做工,仗着她两只手养活两个家——夫家和娘家,不用说日子过得很苦。招娣温和而善良,管她的工头想尽法子要勾引她,勾不上。最后一次工头拿除名威胁她,单纯的招娣想到失业的恐怖,屈服了。深夜里,她掉了魂似地带着被侮辱的身子回家,哭着向丈夫吐出实话。翼三震怒了,疾风迅雨似地冲到工厂,狂乱地抓到一根铁条,一看到那吓黄了脸的工头,没死没活地就砸。他当场被抓住。工头抬进医院,缝了十多针,没死。控告翼三是"共产党",却没有证据。翼三终于以行凶罪被判六个月苦监,最后一个月,他和四敏、仲谦在一起,秘密地参加狱里的学习小组。

苦监期满可以出狱了,翼三却留恋他牢里的同志。

"我才上了一个月大课……"他说时眼圈红了,"你们是我的老师,是我一生中碰到的最好的人……"

翼三出狱这一天傍黑,警兵又押了一个新犯到三号牢房来。这新犯,穿的是满身灰土的短裤,个子纤瘦,带着几分女性模样的清秀,脸上神采奕奕,两只眼睛发出锐利的闪光。警兵走出去后,坐在席上的剑平霍地跳起来,拉住新犯的胳臂,激动地低声叫道:

"吴坚!……"

听到这名字,那在黄昏角落里躲着的四敏、仲谦、北涯,都不约而同地站起来,惊讶地睁圆了眼睛……

这一晚,五个人躺着挤在一块,低低地谈着。远远鸡叫三遍了,他们照样没有一点睡意。他们从世界大势谈到眼前周围发生的变化,也谈到自己,谈到赵雄……

吴坚叙述他被捕的经过:

八月二十五日,他由泉州经过同安,约一位姓伍的同志在指定的地点碰头。时间到了,吴坚赶到那地点,望着伍同志从远远一道木桥过来,手摸着颈脖子——这是表示"出事"的暗号。吴坚立刻回头走,忽然两个便衣拦住他。他就这样被捕了。

他被押禁在县府的监狱,看管他的一个卫兵对他格外客气。吴坚从他口里知道伍同志当天也被捕了,已经解省。又知道外面风传着农民要暴动劫狱,县长心里惶惶,城里城外临时宣布特别戒严……

到第八天的一个深夜,吴坚忽然被秘密地押解到厦门来了。

"这可能是赵雄的阴谋,"吴坚结束他的谈话说,"因为一向政治犯只有解省,没有解厦门的。……"

第三十三章

为着下面牵连到一些比较复杂的人事，这里得请读者允许我先追述一下过去。

十七年前，正是第一次世界大战结束的一九一八年，吴坚才十四岁，在厦门一个小学念书，同级中有两个跟他最要好的同学，一个叫陈晓，一个就是十七年后把吴坚送进监狱的赵雄。他们三个，每天放学后，总夹着书包到说书场去听《三国演义》，听到"关云长败走麦城"，小眼睛都闪着泪光。过后，赵雄买了一张"桃园三结义"的年画，挂在家里供奉，邀陈晓和吴坚结拜。三个小孩煞有介事地烧香起誓，还拿绣花针刺破指头，按着岁数排行，赵雄老大，陈晓老二，吴坚老三。

假如这三个小孩能预知他们未来的友谊不像刘关张那样，不用说，这一场结盟可能当天就散了伙。可是这个留到以后再谈吧。先说他们三个由小学而中学，由小孩而青年，"五四"的浪潮从北京冲到厦门，这小城市的青年，也起了些变化。他们三个，本来都是喜欢啃旧书的，现在呢，吴坚把所有的文言文一股脑儿看成仇敌，把当时用白话印成的杂志都当"新思想"；陈晓却死死捧着《古文辞类纂》不放，看到别人写白话文，就扭鼻子；赵雄一边哼唧着"薄命怜卿甘作妾，伤心恨我未成名"，一边又作起"月姊姊花妹妹"一类的新诗。三个青年碰到一块，争论起"白话与文言孰优"，吴坚和陈晓总是面红耳赤，谁也不让谁。赵雄插在中间就充老成，替他们排解。

"都少说一句吧。"他摆着大哥的样儿说，"咱们三个情逾骨肉，有什么不能相让呢?"

一句话把陈晓说感动了,便自动去拉吴坚的手说:

"老三,人各有志,你也对,我也对,全对。"

"不,我对,你不对。真理只有一个。"

"好,好,就算我不对吧。"陈晓笑了,"可是兄弟究竟是兄弟,总不能为这个失了和气啊。"

吴坚虽不说什么,心里却不高兴再提"结拜"这件事,认为这是"封建玩意儿"。

青年时代的赵雄处处显露头角,中学毕业后,他头一个发起组织厦钟剧社,演文明戏,他是台柱,扮男主角。吴坚长得秀气,扮女主角。卖国贼或日本军官这一类的反角,就由陈晓当。赵雄最卖力,又是演员,又是导演,又是编剧。那时候编剧只用口述,不用笔写,剧情也不出老一套。男主角总是"激烈生",为救国而就义;女主角总是"悲旦",最后大半是自杀;卖国贼不用说是和日本军官勾结的。女主角演到殉情一幕,台下总有人抹泪;男主角演到骂卖国贼一幕,台下也必定是鼓掌如雷。

有一次,演的戏里有曹汝霖、陆宗舆、章宗祥三个卖国贼。赵雄例外地改扮曹汝霖,出台时找不到话说,便肚转儿向观众做自我介绍道:

"我曹汝霖不能流芳百世,亦当'遣'臭万年……"

台下哗然大笑。

陈晓躲在幕后做提示,暗暗叫糟,提醒他道:

"说错了!不是'遣',是'遗',是'遗臭万年'……"

赵雄只好照着"遗臭万年"又说了一遍,这一下把观众的眼泪都笑出来了。

闭幕后赵雄很懊丧,下一幕是三贼被"五四"的学生群众包围住宅,曹、陆二贼由后门逃掉一场。那时布景是用竹搭纸糊的,扮曹汝霖的赵雄一听外面群众怒吼，想逃，谁料纸糊的边门不好拉，急得他只好从纸壁钻过去。这一下台下又哗然大笑。

第二天《鹭江日报》出现了这样一个调皮的标题：

"'遗'臭万年曹汝霖钻壁"。

赵雄的名字倒跟着标题出名了。朋友们老远看见他，就跟他打趣：

"喂，'遗'臭万年！""哈啰，曹汝霖钻壁！"赵雄听了，心里虽然恼怒，脸上却笑哈哈。

七月的一天下午，赵雄和吴坚到海边游泳。海面有风，赵雄被急浪刮远，凫不回来，喊救命。岸上人面面相觑，有畏色。这时躺在沙滩上晒太阳的吴坚，听到喊救，立刻纵身入海。水流很急，到了他拉住了赵雄时，已经喘不过气来，浪冲得他头晕眼花，连连咽着海水。

"完了，这回可完了。"正当危急，一只游艇抛给他一个救生圈，他抓住了，这才拖着赵雄向游艇凫来……

过后，赵雄自己起了个名字叫"再生"。他对人家说：

"这个名字是我纪念朋友的——生我者父母，再生我者吴坚哉！"

有时他当吴坚的面也这样说。吴坚并不感动，他不大喜欢听"之乎者也"一类书句。

陈晓总觉得扮演反角是一种委屈。卖国贼满脸奸相，人人臭骂还是其次，最叫他吃不消的是台下有他爱慕的女朋友。

女朋友叫林书月，才十六岁，因为迷上文明戏，跟陈晓混得挺熟。那时厦门报纸上虽说已经出现过鼓吹"社交公开，恋爱自由"一类的社论，但女学生敢剪头发，敢跟男子一起走路，还不常见。所以书月能够被街坊人家看作是个了不起的开通女子，当然也就不算是什么怪事。

书月看戏总带妹妹做伴儿,妹妹叫书茵,比姊姊小两岁,偏比姊姊老成。姊姊说:

"我就爱看吴坚演的戏:男扮女,扮起来比女的还俊……"

妹妹听了,低头不做声,暗地却笑姊姊脸大。

终于有一天,吴坚接到书月一封信,信里填满了露骨的、幼稚的、不知从哪儿抄袭来的词句,女性的主动和大胆把吴坚吓愣了。他不敢复信。从此只要有书月出现的场所,他总是借故躲开。

一九二五年开始,三个青年各奔前程。

赵雄决定赴考黄埔军校,临行前一天,厦钟剧社开了个欢送会。有会必演说的社友们登台说了好些冠冕堂皇的祝辞,最后由赵雄起来致答词时,他兴奋得满脸发亮,用他平时说惯的那套文明戏腔开口道:

"……国家兴亡,匹夫有责,内除国贼,外抗强权,正是今天祖国当务之急。方才诸位对兄弟勉励有加,兄弟既然投笔从戎,今后自当努力报国,洒碧血于疆场,为国家民族尽孝……"

会散后,吴坚问陈晓:

"你对赵雄去黄埔觉得怎么样?"

陈晓说:

"这个人么,心雄万夫,想做大事,将来一定是社会栋梁。我是小人物,我不希望像他那样。"

"你希望怎么样?"

"我么,一生无大志。"陈晓带着自嘲的回答,"我只希望做个社会上不受注意的一分子,找个能维持生活的职业,有个温柔体贴的伴侣,这样也就不虚度此生了。老三,你怎么打算?"

"我还在摸索。……"

不久以后,陈晓果然进一家钱庄当账房。他省吃俭用,积攒了些钱,准备将来结婚那天可以排场一番。他又加入本地的啼鹃诗社,闲空时就跟那些骚人墨客联句步韵,当做消遣,真的做起"社会上不受注意的一份子"来了。

吴坚进《鹭江日报》当编辑。

一九二八年冬天。赵雄穿着崭新的绿呢军装格登登地回来了,他逢人便大谈北伐。他说他在战场上如何"九死一生",说得吐沫乱飞,并且解开皮绑腿,摆起大腿来让大家欣赏他挂过彩的伤疤。他觉得家乡父老,没有搭牌楼,悬灯结彩欢迎他一番,是大大不应该的。

可是他的绿呢军装也没有穿得多久,只过了两个冬天,就被他送到当铺里去了。

想到自己是"九死一生"的"北伐英雄",竟然混不到一官半职,就一肚子火。他大骂"江浙派",说他们是亲日派,霸占了福建地盘。

"咱福建人受排挤!在朝文武,没有咱福建人的地位!"他对人愤愤地诉不平,"福建是福建人的福建,要他妈的外江人来管,置福建人于何地!……"

吴坚有一次对他说:

"算了吧,你还是把做官的念头打消了,当教员吧。"

赵雄这才认为"屈就"的到第一中学去当体育教员。他重新组织厦钟剧社演文明戏。《志士千秋》一剧,就是这时期他自认为最得意的杰作。

可是"最得意的杰作"并没有使他得意。有人通知他,说日本歹狗要暗算他,原因是他演的戏侮辱了日本国体,于是这个身材像狗熊胆子像老鼠的所谓"北伐英雄",吓得当天就逃到上海去了。

第三十四章

　　就在赵雄逃往上海的这一年,吴坚在鼓浪屿一个中学兼课。每天下午他搭摆渡回家,总在路上碰到书茵。她在鼓浪屿一个女子中学念书,书包里的书,有《礼记》、《烈女传》,也有《浮生六记》、《茵梦湖》。二十岁的书茵在吴坚的眼中不过是个孩子,虽然他自己也不过比她大七岁。

　　碰面的次数多了,不碰面反而觉得缺少了什么。当友谊和爱情慢慢在心里分不清界线时,双方就会像捉迷藏那样,为着琢磨不出彼此心灵深处的秘密而苦恼了。

　　书茵是个能约束自己的女子。《礼记》和《烈女传》多少蛀蚀过她的性格,《茵梦湖》和《浮生六记》又在她年轻的心上架起浪漫的幻想。当她读到沈复说出"我非淑姊不娶"时,她也暗地对自己说:我非吴坚不嫁。自然这声音她一辈子也不会让吴坚听到。

　　一九三二年吴坚加入党后,对这一个又沉静又保守的女子,内心开始有些矛盾了:一边他觉得似乎喜欢她,一边他又反对自己缺乏自制。社会科学的钻研使他矫枉过正地排斥一切同爱情有关的诗的情绪。可是他到底是年轻人啊,第二年春天,因为用脑过度而患失眠症,他遵照医生的嘱咐,试用郊游的自然疗法,便约了书茵星期日到马陇山去爬山。

　　这天天气特别好。一到郊外,几滴天外飞来的小雨点,在阳光中闪亮地飘到脸上,冰冷中透着柔和的感觉。三月田野的风,把人身上衣裳的霉腐气都吹走了。

两人带着干粮上山,把吃剩的面包屑留给山扁,折了树枝当手杖,爬过陡坡,穿过树林子,到了人迹罕到的峡谷里来。这里千年的古树遮天,百年的古潭积水红得像浓茶。四下静寂,听得见山脚下的马嘶。

"我们好像在塞外了。"书茵停了脚,让一条挡路的四脚蛇爬进草堆,微微喘着气说,"别走迷了啊。"

"你怕吗?"

"不。"

远远有炮响,声音好像在瓮里。

"听,午炮。十二点了。"她拿手绢擦汗。

"听你说十二点了,我就想起《茵梦湖》……"吴坚靠近她身边说,"你记得书里那一段吗,赖恩哈和伊丽沙白在树林里找莓子,走迷了,听见午炮响……那情景正跟我们现在一样呢。……"

书茵低下头,脸一阵阵地泛起红潮,她听见自己的心跳,同时觉得一只柔和的手握着她的胳膊。她慌乱了,一阵眩晕,终于发觉自己已经靠在那唯一支撑她站着的胸脯。以下一段时间她记不清了,仿佛有一阵可怕的战栗就在她灼热的唇上。

她终于被自己的幸福震醒,转过身来,手掩着脸,也不明白什么缘故,就低低地哭了。

吴坚并不惊讶,因为他自己的震动正和那哭着的书茵一样。他对自己说,尽管这一吻不过是片刻,他必须对这片刻负责。他不但要让她有一天成为他的同志,还要让她做他的妻子。

接着整个下午,他一路走,一路孜孜不倦地谈着时事和政治给她听。他好像恨不得马上把所有他懂的都装进她脑里去,虽然另一方面他也嘲笑自己这样急躁不过是笨拙和徒劳。

书茵不做声。她奇怪这个男子为什么这时候一句温柔的话儿也没有,却净谈那些乏味而且难懂的问题。她不由得暗暗伤心。

到山脚,街灯已经亮了。

又过一个星期日。书茵在家,正想出去看吴坚,忽然书月惶惑地从外面进来,手里拿着当天的报纸,急促地说:

"吴坚逃了!你瞧这报纸!"

"怎?——"

"公安局要逮他,他是共产党!"书月把报纸的新闻指给书茵看,接着又叹息,"真难料啊,我们认识他这么久,竟然一点也看不出他。"

书茵呆呆地盯着报纸,不敢哭,怕被姊姊看出了心事。

从此吴坚像断线的风筝似的无影无踪。书茵大病一场,没有人知道她是为什么病倒的。她常常盼望会有一天,忽然天外飞来一封信,信里充满着热情的怀念,催促她奔到他那边去……每次一想到这,她就不自觉地默念着《茵梦湖》那两句民歌:

"纵使乞食走荒隈,我也心甘受。"

然而吴坚一直没有消息来。这时候他正四处流亡,姓和名都改了。想到地下工作的艰苦和自己责任的重大,他很快地就把那属于个人的、不可能的爱情从心里推开了。他不乐意让自己有若断若续的感情在心里徘徊……

吴坚出走后一个月,赵雄从南京回来了。

不久以前,赵雄通过黄埔同学的关系,在南京跟蓝衣社的组织挂上钩。这次回乡,他皮包里藏的是蓝衣社头子亲笔签名的密函,公开的身份却是"党务特派员"。

没有人知道赵雄是怎样串演这"特派员"的角色的。回来不到一星期,他就向上级密告七个厦钟剧社的旧社友是赤色分子。等到他们被捕后,他又对被捕者的家属表示关怀,亲自出面替他们奔走。奔走得使钱,这是几千年来跑衙门的沿用的祖传秘方,本来不足为奇,偏偏赵雄充起轻财的义士,装得一身干净地做一个中间

219

人，替遭难者向官方讲价还价。于是花钱消灾的朋友感激他的营救，跟他朋比为奸的上级赞赏他的才能。其实所谓上级不过是赵雄早年的一个黄埔老同学，叫马刹空，是那时候的侦缉处长。马刹空叫赵雄打听吴坚的地址。赵雄便来找吴坚的母亲。

"妈妈，叫吴坚回来吧。"他附在耳聋的老妈妈耳旁大声说，显出成年人的天真和亲昵；"现在不用怕了，有我在，担保没事。这里大官小官，我全认得……妈妈，我真惦念吴坚啊，我要写信给他，他在哪儿啊？"

老人家深深感动了，叹着气，心里很懊恼儿子一直不让她知道他在什么地方。

赵雄只得又来找陈晓。

"老二，你有老三的地址吗？我想写信给他。"

"没法子，他一走就没信儿。"陈晓说，"老三真是走背字儿啦。官厅出了赏格要他的脑袋。"

"没关系。这儿军政界红人，都是熟朋友，打得通。老二，我们联名去叫他回来，好不好？"

"我可是害怕。万一出岔儿，那不反害了他？"

"你不相信我？嗐，老二，亏你还不懂得我的意思。咱们三个情逾骨肉，共患难，同生死，现在老三一个人受罪，咱们能坐视不救吗？"

陈晓感动得眼圈红了。他答应一定想办法打听老三的消息，接着两人闲聊起来，赵雄打趣地问陈晓道：

"最近成绩如何？快吃喜酒了吧？"

陈晓摇头，有点懊丧。

"真不中用，老二。"赵雄用教训小弟弟的口吻说，"我不相信世界上有攻不破的堡垒。女人么，简单。你有钱有势，她就是你的。再不然，你就胆子大，脸皮厚，也管保成功。"

"不能那样说,老大。"陈晓傻傻地眨巴着小眼睛,抗议道,"书月不是那种爱慕虚荣的女子可比,我尊重她。我就是自己失败了,也不能让她有一分勉强。"

赵雄大笑。

"傻呀,傻呀,书呆子。你的傻劲还没改过来。……女人就是女人嘛,花那么大心事做什么!你干脆把她睡了,她就是武则天,也准死心眼儿跟着你。"

"可是太霸道啦,老大。"

"霸道?哈,你记着我的话吧:忠厚是无用的别名。你要磕头就让你去磕头,等你磕破了鼻子,你再来找我。"

陈晓并没有磕破鼻子,他继续用他的殷勤去打动那个喜欢人家殷勤的女子。这一年腊月,他们订婚。过年,书月到上海护士学校去读书。不用说,陈晓甘心乐意地负担这笔相当沉重的学费和旅费。

又一年。赵雄从南京要回厦门,接到陈晓一封信,嘱他经过上海时,偕书月一起回来,并望他沿途照料。赵雄当然遵照把弟的重托。海上风浪险恶的三昼夜,他殷勤地照料那个和他同一个舱房的书月。最后一个晚上,风浪平了,轮船停泊港外,等候天亮入港。赵雄不能入睡,靠着船窗,呆呆地望着岛上稀落的灯影;回过头来,又呆呆地瞧着那睡得鬓发凌乱的书月。忽然,他灵魂里阴暗的一面窗户开了,露出他自己凶恶的面相。他记起马刹空曾经在他的纪念册上题过这样一个"箴言":

"再没有比软心肠更愚蠢的了。只要你需要,即使割一个人的脑袋去换一根香烟,也用不到犹豫。"

一刹那,这"箴言"不停地在他耳旁打转。于是几日来所有他的"殷勤的照料",现在只能作为另外一种解释。他让书月也抗拒也顺从地落在他手里了。

书月是这样的一个女子:一向认为自己有了不起的开通,脑子里装满各种各样似懂非懂的新名词;把女子的贞操看做女子第二生命,偏偏性格上又软弱到极点;当她发觉她的第二生命毁在另一个男子手里时,一大串眼泪流下来,她不再考虑对方是好是坏,只害怕她会失掉那个胆敢毁坏她"名节"的人。

天亮,船靠码头。陈晓笑吟吟地上船来迎接。他兴奋地眨着小眼睛,感动地和赵雄握手。

"老大,你来得正好。"他低声说,"我还没告诉你,我要结婚了,就在这个月底。"

这个月底,陈晓把印好的喜帖撂在抽屉里,脸白得像蜡纸。书月变卦了。

纸里包不住火,书月吐了实,陈晓病倒了。他做梦也没想到他认为最高尚最可信赖的爱情和友谊,全都背叛了他,幻灭使他想自杀,气愤又使他放弃自杀的念头。他从床上跳起来,亲自去找赵雄,要跟他决斗。

"为一个女子,你想杀我?"赵雄拿出忠厚人和长者的态度来质问陈晓说,"你不怕受良心的裁判吗?……你错了,老二,我是一心一意要成全你们。我尊重别人超过尊重我自己。你自己跟书月谈吧,只要她回心转意,我这边绝对没问题。"

明知赵雄的仁义是双重的奸诈,陈晓却仍然没有办法。他知道,书月现在死心要抓住的不是他这个弱者,而是那个曾经野蛮地奸污过她的流氓。

不用说,决斗是决斗不起来了。陈晓最后所能使的一个武器是他那张嘴,他逢人咒骂赵雄"人面兽心"。

有人把陈晓的咒骂报告赵雄,赵雄显着宽宏退让的神气说:

"由他吧!宁人负我,我不负人。"

第三十五章

赵雄究竟还是害怕那张会损坏他官场声誉的嘴。每当深夜睡不着的时候,他翻身起来抽烟,那魔咒似的"箴言"就像烟丝似地在他脑里游来游去。

半个月后,陈晓被逮捕了。逮捕他的不是赵雄,而是现任的侦缉处长马刹空。

陈晓的母亲也跟所有被捕者的家属所走的路一样,她哭着找赵雄求援,赵雄照样又是"义不容辞",一口应承要替陈晓奔走。外头很少人知道陈晓是为什么被捕的。——半个月前,赵雄叫他手下的一个邮件检查员,把所有陈晓的来往信件,都交给他重新审查。有一天,他查到一封从上海寄来署名"吴少明"的信,认出是吴坚的笔迹。原来那时吴坚在上海正非常穷窘,为着要救一位患病的同志,他急得只好写快信向陈晓告贷。陈晓就在电汇一百元给吴坚的第二天被逮捕了。不久吴坚在上海的通讯地址也受到搜查,但他老早已经迁移了。

陈晓很快地被押解福州,做母亲的照样相信"花钱消灾"那句老话,把儿子积攒好些年月准备结婚的一千五百元存款,全数交给赵雄,千恳万求地要他到福州去替她儿子赎放。

赵雄把一千五百元原封不动地锁在自己的小铁箱里,消消停停地到福州游鼓山去了。过几天他听说陈晓因为受不了苦刑在牢里自杀,顿觉浑身舒快,便挂着黑纱回来见陈晓的母亲。

"没想到他这样性急!……"他哭得双眼红肿地说,"已经替他说通了,……他才……"他说不下去,掩着脸哽咽。

　　作为赵雄上级的马刹空,一向把赵雄看做他最忠诚的心腹,他从没想到这个低首下心奉承他的老同学,背地里一直在忌恨他。
　　赵雄想掀掉那块阻碍他往上爬的大石头已经不是一天了。他所以不敢贸然下手,最大的原因是他知道马刹空的来头比他大,他玩不过他。
　　一天,赵雄发觉马刹空饭后经常要服胃散。那些胃散分成好些小包包,放在一个没有设锁的抽屉里。夜里,赵雄坐在灯下抽烟,翻着那本曾经让人题过"箴言"的纪念册,他重新看见马刹空的笔迹出现在纸上。
　　第二天,赵雄偷开了马刹空的抽屉,拿一点氰化钾混在一包胃散里。当天下午,他带书月搭车到福州鼓山避暑去了。马刹空暴卒的消息到第四天才传到福州,至于赵雄带着委任状回厦门就任侦缉处长职,已经是在马刹空埋葬以后半个月的事了。
　　赵雄亲自召集部属开追悼会。当他追述死者的功绩和死者跟他私人的友谊时,泪珠在他眼眶里转,他的态度严肃而且沉重。最后他说:为着纪念死者,他建议把"南华国术馆"改为"马刹空国术馆",因为死者过去当过这个国术馆的名誉主席。好些人背地里都说赵雄重义气、通达人情。
　　赵雄新任侦缉处长后不久便和书月结婚了。婚礼相当热闹,喜筵有二十五席。新郎新妇喜逐颜开地接受客人的戏谑和祝贺,满屋子是笑声。两边花烛挂了一大串烛泪,啤酒的泡沫冒得满桌面都是。这时候书茵在离开她姊姊不远的一张椅子上独自个儿坐着。她不笑,也不说话,好像她不满意眼前这一切。客人们背地都说妹妹比姊姊好看,可惜脸"冷"了点。据说这天喜事一共花了一千五百多元,连新娘子也不知道这里面的每一分钱都是沾过陈晓的血和汗的。

书月结婚后很少回娘家。娘家底子原不怎么好,自从父亲半身不遂,一躺四年多,日子更难了。书茵高中毕业后一直找不到事做,整天坐在家里帮母亲替人糊火柴盒,苦恼极了。

书月劝书茵进侦缉处混个小书记做,书茵正急着要找职业,尽管心里讨厌姊姊和姊夫,嘴里还是答应了。

书茵光想自己能写一手好字够得上当抄写员,却不理会侦缉处是什么样的一种机关。她跟从前一样,一味喜欢读《浮生六记》和《茵梦湖》一类的小说,却不闻不问世界上有什么"蓝衣社"、"黑衫党"这些东西。

到了她当小书记后,才知道自己是走进了魔窟。她头一次听到受刑的犯人惨嚎时,手里的毛笔直哆嗦,连公文也抄错了。

其实书茵看到的不过是这黑幕后面的一小角,要是她把内部的秘密全揭开来,那还不知要怎么样的心惊胆战呢。

她把头一个月的薪水三十块钱带回家时,母亲喜欢得掉眼泪,父亲喜欢得停止了呻吟。她没有勇气告诉他们,这些钱都是沾过生人的血的。

有一天,书茵对一个女同事吐露心事,说她想"不干"。那女同事神色严重地警告她道:

"别胡想了!我就是逃跑了才被抓回来的。……我被上过电刑!……我劝你,打消念头吧,以后千万别再对人说这种话!……"

"人家不干还不行吗?"

"他们不容你不干!这是什么地方?让你进来了,还让你出去吗!……"

从此书茵心上又增加一层恐怖。

赵雄开始叫书茵到处长室去密谈。他对她开讲"服从和纪律"的大道理。他说谁要是把侦缉处内部的机密泄漏了出去,就得受纪

225

律处分。他又说他是个军人:他绝对服从蒋委员长,至于机关下属,那就应当绝对服从上司。

"也许人家要说,绝对服从是盲从,是奴隶性,"赵雄接下去说,"不错,今天我们需要的正是奴隶性!我告诉你,一八九四年德国有一位哲学家叫普拉斯多德(赵雄临时杜撰了个年代和洋名字)说过这样一句话:'奴隶性乃人类最高的品德。'这是真理!希特勒是靠这真理复兴德国的,我们今天要走的,正是他的路!……"

赵雄说完话,忽然歪着脑袋对书茵微笑。他那带着兽性的眼睛,像贪馋的饿狗似地在书茵脸上舔来舔去。这时他那灌满邪欲的毛孔,似乎胀大了,正如在显微镜下放大的苍蝇,丑得可怕。书茵只好把头低下来了。

以后赵雄经常叫书茵到处长室去谈话。有时他就让她抄写一些假说是带有机密性的文件,他想拿上司的威严来试验他的下属是不是绝对服从他。有一次,他故意伸手去抚摸那个正在埋头抄写的书茵的脖子,出乎意外,书茵没有接受他的试验,她把他的手拨开。他恼了,故意又捏一下她的鼻子。书茵刷地站起来,两眼放出怒光,大声说:

"请你放尊重点!……"

"嘘!小声!……"

由于强烈的愤怒,书茵的脸变青了,两颊的肌肉不能自制地抽动着。这一下赵雄惊骇得很,口吃地说:

"干吗?……闹着玩儿的……别认真……"

她二话不说,扭身走了。

赵雄万万想不到他会碰这一鼻子灰。但失败不但没有使他气馁,反而挑起他乖戾的欲火。他跟自己赌气似地想,他即使焦头烂额,也一定要捉回那只属于他的猎获物……

可是想尽管这样想,他那一向自豪的狂妄和大胆,却不得不在一个小女书记的面前敛手了。那本来就"冷若冰霜"的书茵,也就有意把自己的脸板得更加严冷。她警告自己,先得自卫,再找机会跑脱……

做了妻子以后的书月,把全部希望都搁在丈夫身上。好像她可以扔掉世界上任何财宝,只有丈夫,她得随时抓在手里。

偏偏赵雄每晚总是半夜三更才回家。书月一想到这个曾经用大胆俘获过她的男子同样可以用他的大胆去俘获别的女子时,整个心都被猜忌和悔恨占有了。她想,假如当初她嫁的是陈晓,她一定不会有今天这些痛苦。她好几次在睡梦里看见陈晓抱着她哭,醒来一身冷汗……

她暗地打听丈夫的行踪。当她知道他经常在一些肮脏的地方鬼混时,便常常半夜里跑出来到每个舞场和妓馆去寻找。有时可巧让她碰到了,赵雄总是百般温柔体贴地陪伴她回家。他从来不让自己和妻子在公开的场合失面子,朋友中也有怪书月多事的,赵雄听了,反而替她解释。于是大家起哄他"怕老婆",赵雄微笑,也不解释。

没有人知道他的"解释"和"不解释"都是他替自己预先打好的埋伏。也没有人知道所有他的温柔体贴,不过是他厌倦她的一种遮眼手法。事实上,他已经从深心里恨透了这个永远盯梢在他背后的"家庭特务"。她简直拿他当嫌疑犯,每一分钟都在侦察他的夜生活!

"你赶快死了吧!你死了,我多干净!"赵雄常常心里埋下狠毒的诅咒,脸上却堆着温暖的微笑。他把太太抱在怀里,亲热地告诉她,她是全世界最美丽最可爱的女子,他自己呢,也是全世界最幸福最可骄傲的丈夫……于是书月懊悔了,责备自己不该多疑,冤屈丈夫……

初夏的一个深夜,书月又是到处找不到那个夜游神似的丈夫,失望回来,恨极了,一口气喝了半瓶白兰地,她想这样可以恐吓他一下,结果吐了一地,醉倒了。

到赵雄回家,已经是深夜两点钟的时候。书月从一个恐怖的噩梦里惊叫醒来,酒还未退,大声嚷着口干,赵雄眉头一拧,那魔咒似的"箴言"又在他脑里打转了。他倒了一杯开水,切了四片柠檬,连氰化钾掺和进去……

书月出殡那天,送殡的亲友跟她过去举行婚礼时一样多。大家都很感慨,说是死者还怀着三个月的身子。书茵没有一点眼泪,她搀扶着哭得腰弯的妈妈,阴郁地跟在灵柩后面走。

书茵时时刻刻想逃,但找不到路。

她接到赵雄向她求婚的信,不理。过几天,赵雄把她叫到处长室去,当面问她。她用最简单的回答拒绝了他。赵雄不死心,问道:

"我想不通,到底我哪一点配不上你?年龄?地位?学问?资格?你总得说一声啊。"

"有什么文件要抄吗?拿来抄吧。"

"不抄了。我想你没有任何理由可以拒绝我,除非你是共产党。"

"你说是就是。"

"要不,是不是你有了对象?"

"这跟你什么相干!"书茵翻了脸说。

"我说说玩儿,别生气,别生气。"赵雄不得不又缓和下来,"不谈这些了,这里有一份公文,你来抄吧。"

书茵一声不响地坐下来抄写。赵雄从侧面瞧着她,心里狠狠地想着:

"妈的,你只管骄傲吧,你要不嫁给我,看谁敢来要你!……"

第三十六章

到底书茵能不能逃出赵雄的魔掌？让我们暂时把她搁在一边吧。先说半个月后，吴坚从同安押解到厦门，第二天上午，赵雄就派了一辆汽车、两名卫兵和一个衣冠整洁态度斯文的特务来到三号牢房，把吴坚接到侦缉处去。

这时候，赵雄正在一间雅致幽静的会客室里等着。

赵雄今天例外地穿着一套过时褪色的土黄中山服。胡子不刮，皮鞋不擦，左手无名指上的那只两克拉的独粒钻戒也不戴。他似乎了解他所要见的"客人"是属于喜欢质朴廉洁的人，所以尽量替自己减少身上的浮华气。

看见吴坚进来，赵雄立刻走上前去和他紧紧地握手。这时候，他那又魁梧又粗俗的身材，和吴坚那又纤秀又文静的神态，恰恰成了个显明的对照。他带着一半欢喜一半难过的样子，说一些不属于客套的关怀的话。他让吴坚不感到拘束地坐在沙发上，瞧瞧吴坚的脸，捏捏吴坚的胳臂，仿佛尽量要让对方觉得他们之间还是跟从前一样的熟悉而且接近。他用完全坦率的语气告诉吴坚，他听见他在同安被捕，非常焦急；这回是他再三向省方请示，好容易才把案子移解厦门的。

"无论如何，"他说，"案子移到我手里，总比较好办一点……"

"那么，我什么时候能释放呢？"吴坚装傻问道。

"嗐，不能这么着急，死扣儿得一步一步解啊。你当然也知道，你是你们党的重要的负责人，名气又大，你的案子跟一般的不同……"

"你所谓不同是指哪一点？"

"你自己知道。"

"我从哪知道？我在同安被关了八天，他们一次也没有讯问就把我移到这儿来了。"

"根据同安那边转来的报告，说你在福建内地组织武装暴动，勾结土匪，企图颠覆政府……"

"简直是造谣！"吴坚说，"我们共产党的宣言说得明白，我们愿意和全国军队停战议和，建立抗日统一战线；可是你们把枪口对着我们！今天全国人民都和我们的主张一致。假如我得坐牢，那全国人民也都得坐牢！"

"我们先不谈这个。"赵雄避免和吴坚针锋相对，和缓地微笑说，"尽管我们彼此政治见解不同，但老朋友总是老朋友。今天，让我们都拿老朋友的心情来见面吧。"

"既然这样，那你首先应当释放我。"吴坚又坦然又调皮地说。

"请你原谅，释放你不是我一个人能够办到的。"赵雄忙推卸责任说，"你的案子这样重大，须要省方才能作决定，不过，无论如何，我一定尽我的力量援救你……喝茶吧……"

赵雄看见勤务兵送上烟和茶来，连忙起来替吴坚倒茶、递烟、点火。他的态度亲切而又随便，叫人看不出他有一点造作或客套。

吴坚静静地抽烟，望着缭绕上升的烟雾。他的脸有着一种潇洒的、泰然的、置死生于度外的宁静神情。

"了不起的人，没有一点懊丧气……"赵雄一边喝茶，一边用他新近学来的那套"柳庄相法"，细细观摩着吴坚神采奕奕的脸，暗暗地惊叹。"好一个贵人的相貌！印堂亮，天仓地库光明，多么清秀！……这是萧何、韩信一流人物，非久居人下者！……我得好好联络他……"

"你还记得吗？"赵雄替吴坚倒第二杯茶说，"从前我们在乌里山海边游泳,要不是你救了我,我差点就给淹死,记得吗?"

"唔。记得。"吴坚淡淡地回答。

"到现在,我还常常用'再生'这名字签名呢。"赵雄带着怀旧的感慨说,"有人觉得奇怪,却不知道我内心纪念的是谁……"

"我可是救了一条中山狼了。"吴坚想,"十年前救他的命的是我,十年后喝我们同志的血的是他!"

赵雄接着又谈些过去的旧人旧事。提到陈晓,他立刻现出一种不能忘怀的哀伤。他说陈晓的案子是前一任的侦缉处长马刹空经手办的。他大骂马刹空"不留情面"……

"陈晓的性格你也知道,"赵雄表示说不出的惋惜道,"忠厚就忠厚到极点,打灯笼也找不到像他这样的好人!可就是有一样,懦弱,经不起吃苦,性子又急……要不他怎么会在牢里自杀呢!……我为着营救他,满怀着希望去福州,想不到竟然挂着黑纱回厦门,还有比这个更叫人伤心痛苦的事吗?……过去厦钟剧社的社友被捕,都是我一手奔走营救的,偏偏陈晓一个!……偏偏陈晓一个!……唉,有什么话说呢!……"

吴坚不露声色地听着,虽然他早已知道陈晓受害的真相。

随后赵雄谈到书月和书茵,又是一番感慨。他说书月的死是他生活中最大的不幸……他点起烟狂吸起来,感伤地叹息道:

"旧日的朋友死的死,散的散,回想起来,真是往事如烟,不堪回首……如今只有书茵一个还在我这儿当书记,你想见见她吗?"

"不。"吴坚回答,弹弹烟灰,"她在你这儿多久啦?"

"快半年啦。"赵雄答。又问,"你想见见你母亲吗?"

"她已经去世了。"

"喔?前两年我还见过她,真想不到。……"

谈到末了,赵雄说要腾出他自己公馆的房间让吴坚住,但吴坚坚决地拒绝了。

赵雄一连几天都派人来接吴坚。一见面,他总显得高兴的样子。

"我有时候觉得很孤独。"他说,"别以为我交游广,真正知心的朋友,一个也没有!"

有几次,他留吴坚在他公馆里吃饭。他从不曾试探着要从吴坚口里打听什么秘密。他说他是"尊重道义和人格"的。他有时表示替吴坚惋惜,有时又吐露他对现状的不满。特别是谈到"政学系"在福建的势力时,他简直是咬牙切齿。

一天午后,他带吴坚坐汽车出游,两名带驳壳的卫兵站在汽车的两旁护送。汽车从市区开向郊外,一路上,赵雄不时打断自己的谈话,指着车窗外面的街景对吴坚说:

"看见吗,那是咱厦钟剧社旧址!……对面是土地祠!记得吗,那一回我把土地爷的胡子拔了,陈晓吓得要命!哈……沙坡角到了。咦,从前我在这儿打过两个喝醉的英国水兵,痛快极了!……乌里山!看见吗?你救我就在那地方……"

赵雄好像特别喜欢追怀过去,一谈就滔滔不绝。……汽车开回来的时候,他忽然大发"友谊至上"的议论。

"其实,"他说,"朋友之间,政见归政见,友情归友情,是可以分开的。拿我个人来说,我随时都可以扔掉国民党不干,但我不能扔掉一个知心的朋友。你呢,你难道就不能扔掉你们的党?"

"我恰恰跟你相反。"吴坚缓慢地回答,"我就是磨成了粉,也不能扔掉。"

"你太固执了,吴坚。"

"你说得对,在这一点上,我是固执的。"

"你瞧,那边飞泉多好看!"赵雄指着车窗外说,显然他是有意避免跟吴坚在这一点上争辩。

每次回牢,吴坚总把他和赵雄谈话的经过告诉三号牢房的同志。

赵雄为着表示他所说的"友谊至上"不是一句空话,他采纳吴坚提出的一些关于"改善监狱待遇"的建议。首先,他撤换了两个监狱的厨子,改良一些伙食;其次,他修改狱规,让犯人每天下午可以轮流到院子散步、洗澡、洗衣服;还有,所有新的旧的政治犯,暂时不再采用严刑拷打的迫供;剑平的脚镣也解开了。

赵雄所以愿意这样做,是有他自己的算盘的。不用说他是想通过友谊和软工来引诱这个所谓"萧何、韩信一流人物"上钩,立个大功。他哪里想得到,吴坚的这些建议是在替他们将来有一天需要集体越狱的时候,预先布置环境……

一天下午五点钟,窗外下着倾盆大雨,赵雄一个人在公馆楼上喝酒。他越喝越闷,好些梦魇似的回忆又来扰乱他了……抬起醉眼,看看窗外的雨景,忽然眼前浮起一层烟雾,他愣住了:就在那绿色的芭蕉和水蒙蒙的雨帘下面,出现了一个面目模糊的摇晃的影子,像书月,又像陈晓……定睛一瞧,一个乌紫的发肿的脸对他怪笑了一下说:"我要跟你决斗!"他打个冷噤,猛地拔出手枪,朝着窗外开去。一刹那间,烟雾散了,影子也没有了……

"处长,枪声?……"一个卫兵吃惊地走进来问。

"没有什么,是我试枪。"赵雄说,把手枪插进枪袋。

二十分钟后,卫兵把吴坚带来时,赵雄已经喝得七八分醉了。

"一个人喝哑巴酒、真不是味儿。"赵雄起来替吴坚倒酒,显出愉快的样子说,"你来,也喝一杯。"

吴坚喝得很少。他不能不提防自己喝醉了失言。他清醒地冷眼瞧着酒后发牢骚的赵雄——赵雄一会儿骂"政学系",一会儿骂"CC派"。他说孔祥熙是银猪,孙科是妓女,"夫人派"的黄仁霖是新式太监,"元老派"的戴季陶是老而不死的老昏庸!……

"不客气说一句,"赵雄摇摇晃晃地站起来说,"这些宝贝,我一个也看不在眼里!"

"那么,谁你才看在眼里呢?"吴坚故意问他一下。

"蒋委员长和汪精卫。"

"你真是没有忘本。"吴坚调皮地说。慢腾腾地划了火柴,点起烟来。

赵雄接着又吹起几年前他吹过的"大福建主义"。他叹息福建人太忠厚,年年让外江人盘踞这块肥地……

"外江人是臭虫,吸饱了我们的血就走!"他愤愤然说,"旧的一批去了,新的一批又来。欺人太甚!……今后咱们福建人应当大团结,为家乡的利益而奋斗!……吴坚,我真是替你叫屈,你白白糟蹋了自己的才能!老实说,只要你愿意和我合作,我们马上可以把外江人撵走,把福建的实力拿在手里!……你的意思怎么样?"

"我不考虑这个。"

"那么,你考虑什么?"

"我考虑的是:怎么样才能把帝国主义赶出去,从我们的领土上赶出去!"

"好极了!"赵雄用他带醉的沙哑的喉咙高兴地叫着,"这不过是先后问题,我们先把外江人赶走了,有了实权在手,还怕帝国主义老爷们不走吗?这个好办!吴坚,天下英雄,惟使君与操!……来,干一杯!"

赵雄举起杯来,自己喝了个干。

"我们的距离很大。"吴坚不慌不忙地说,原杯不动。

"不成问题!"赵雄瞪着直愣愣的充血的眼睛叫着,"你们共产党不是讲统一战线吗?你我有二十年的友谊,还怕不能统一?"

"可是,统一是统一救国,不是统一害国啊。"

"当然是救国!——先救乡而后救国,先安内而后攘外,其理则一。吴坚,这几天,我正在研究怎么样才能向上面请示,让你无罪释放。"

"本来我就无罪嘛。"

"那是你自己说的。我认为,唯一能使你获得无罪释放的,首先必须是你和共产党脱离关系。"

"那不用提了,我不是说过吗?我就是磨成了粉,也不能脱离我们的党。"

"嘻,我真闹不明白,究竟你抓住这个不放有什么好处?你又不是烈女节妇,你有什么必要来替一个没有前途的政党守节?请看看历史上失败英雄的下场吧:韩信就是不听蒯通之言,到死临头了才懊悔。吴坚,我希望你不要重演韩信的悲剧。"

"你的比喻离了题了。我跟韩信毫不相干。"

"谁说不相干!韩信所以会把脑袋输给汉高祖,就在他敢不敢'背'这个关键上……"

"可是,赵雄,"吴坚神色平静地回答,"我就是把脑袋输了,我也不能背叛我的信仰。"

"你这样固执,叫我怎么援救你呢?……"赵雄声调低沉下来,好像他的话是从他肺腑里发出来似的,"我非常难过,吴坚。……我已经失掉老二,我不能再失掉老三了。……"

吴坚惊异的是赵雄不仅说得出这种话,而且说的时候还一直保持着严肃而感伤的神色……

第二天下午,赵雄又把吴坚请到公馆里去喝酒。他们对坐着边喝边谈,谈到从前组织厦钟剧社演文明戏的旧事,赵雄兴奋起来了。

"老实说,从前我们演的戏都是过激的。"赵雄说得满嘴角吐沫,"每一回,我演到就义的时候,台下一鼓掌,我总特别激动……"

"现在你照样是在演戏啊。"吴坚淡淡地说,"只差现在就义的不是你,而是别人了。"

赵雄醉红的脸似乎更红了,他装作没有听清吴坚的话,只管拿酒瓶去替吴坚添酒。

"前天,我碰见个朋友,"赵雄干了杯里的剩酒说,"他跟我开玩笑:'嗨,老赵,你还记得"遗臭万年曹汝霖钻壁"吗?'我不由得笑了。嗐,年轻的时候多么幼稚可爱啊。"

"我还记得,"吴坚说,"那一年你要去黄埔军校的时候,大家开会欢送你,你站起来致答词,你说你要'内除国贼,外抗强权'……"

"你的记性真好,连我的演说词也还记得。"

"从你赴黄埔军校到现在,十年过去了。"吴坚又接下去说,"可是汉奸卖国贼,还是没有铲除,前年订的《塘沽协定》,今年订的《何梅协定》,全是丧权辱国的城下之盟。我们共产党发表《八一宣言》——"

"我知道,那宣言我看过,"赵雄截断他,好像害怕吴坚说下去,"你们的看法和我们还是有些出入。关于国事,我完全信赖蒋委员长的指示。他一个人高瞻远瞩,听他的话绝对不会错!今天,举国上下,知道日本最清楚的,头一个是他!来,让我给你看看我们内部的文件吧。"赵雄走进去拿出一沓"文件"来,翻开指给吴坚看,又说,"这是蒋委员长在'庐山训练团'的演说,他说:'依现在的情况看,日本只要发一个号令,真是只要三天之内,就完全可以把我们中国要害之区都占领下来,亡我们中国。'……"

"难怪你给吓坏了。"

"别开玩笑了。'军中无戏言'……"

"难道你也相信这些话?"

"当然相信,他是元首嘛。我现在才真正觉悟到,我们从前干的反日运动,完全是盲目的行为,真是所谓'初生之犊不怕虎'!……"

吴坚笑了。

"我说,赵雄,要是有一天,你高兴再演戏,而且高兴再演那个'遗臭万年'的角色的话,你不用怕上台找不到台词了。刚才你念的那一段演说,正是最好的台词呢。"

赵雄登时脸色变青,显然是不高兴了。

"你还是从前那个老样儿,名士派,吊儿郎当。"他说,又狠狠地干了一杯。

第三十七章

这天上午,赵雄坐在处长室里批阅公事,书茵悄悄走进来,问道:

"处长,是你叫我吗?"

"是的,坐吧,坐吧。我有话想跟你谈谈。"赵雄和蔼地微笑着站起来,把桌旁的靠椅拖出,温文有礼地让书茵坐,似乎表示他一直对她就是那么客气似的。

书茵端端正正地坐着,她的态度有点像她每天抄写的那些一笔不苟的公文小楷一样的四平八稳。可是从她脸上透露出来的一丝笑意,却又隐隐可以看出,她已经改变了从前那种严冷。同时还可以看出,由于她的缓和,赵雄也变得比较斯文,甚至他连笑的时候,也都轻易不把口张得太大。

赵雄用博取对方同情的语气,把他最近跟吴坚接触的经过告诉书茵。他说得很婉转,很动听,正如他是宽仁豁达的君子,用最大的忍耐在援救一个执迷不悟的朋友。他并且说从前吴坚怎样在急浪中救他,到现在他还念念不忘,总想报答,了个心愿……

书茵表示信服而且感动,她说她从小就看过他和吴坚两人主演的戏,如今还常常听见人家谈着"男赵女吴"的逸事;她说厦门的朋友谁都知道他们过去的关系,也都知道他们同样是厦钟剧社有力的台柱;她说她在侦缉处工作,确实也不愿意看她从前的老师就这么牺牲;她又说她了解赵雄的心情和动机完全是为朋友着想……

"要是吴坚牺牲的话,"最后她说,"不光做朋友的在道义上受到责备,就是社会上的舆论也一定……"

听到"舆论",赵雄立刻做个手势打断她的话,一如他害怕触犯这两个字似的。

"是的,我知道,我知道,"他说,"那些无聊文人又要借题发挥了,我们还是先不去管它……"

接着他便用试探的口气,询问书茵是不是愿意代替他跟吴坚谈一谈。

书茵愣住了,胸口突突地直跳。她想,"天呀,要是我能见到他!……"

"怎么,你不敢跟他谈吗?"赵雄问,觉得好笑,"瞧你,脸都吓白了。"

"为什么要我跟他谈?有这个必要吗?"书茵冷淡地问,极力抑制内心的紧张。

"一把钥匙开一把锁。也许吴坚这把锁,得你这把钥匙才打得开。"

"没有的事,我什么也不懂。"

"可是你跟他的关系比我跟他还深一层。一来你们是师生;二来你也是他久年的朋友;三来你又这么美丽……"

"这是什么话!"

"干吗你脸红了?其实我说的都是正经的。任何男子没有不对年轻美丽的女子低首下心的,这是规律也是人性,谁都不能例外,何况你又是他的得意门生!……"

书茵一只手撑着下巴,低头沉吟了半晌,把骚乱的心绪遮盖过去。

"好吧。"她终于抬起头来,安静地回答说,"我可以试试看,要是这能帮助处长的话。不过,我太没经验了,应当怎么做,还是请处长教教我！"

"那当然。他是共产党里面一个大角色，不简单。你要跟他谈，就非得自己先有个计划不可。必要时，就是用一点手段也在所不惜……"

于是赵雄郑重其事地侧过身子去，压低嗓子，把他的计划和意图偷偷地告诉书茵……

下午三点钟左右，吴坚又被汽车和卫兵送到侦缉处来。他走进会客室时，看见窗口有一个穿月白色旗袍的背影。那背影，似乎听见他的脚步声，迅速地转过身来，两只阴沉沉的眼睛直盯着他，这一下，吴坚不由得愣住了。

书茵穿着一身素净，像挂孝。脸上没有粉，没有胭脂，没有口红。脚下穿的是平底的白胶鞋。她还是像三年前那样的秀丽，沉静中透着忧郁和阴冷。

"这是有毒的罂粟花……"吴坚想，本能地感到难忍的厌恶。

"你没想到吧？……"书茵说，声音低得像自语。

她脸上没有一丝笑影。当她从吴坚脸上看出隐微的冷淡和轻蔑时，立刻低下眼睛，脚下起了一阵冷抖。

"赵雄呢？"吴坚坐下来问道。

"他到鼓浪屿去，回头就来。"书茵说，声音微微发颤，"想不到我今天会见到你……而且是在这样一个地方……"

"我早知道你在这儿工作。"

她向窗外探望一下，然后对吴坚说，她本来要离开这里，因为听到他被捕了又留下来……她说时微微地喘气，好像过度的紧张闷室了她的呼吸。她那苍白的纤手忽然迅速地从旗袍的褶边里面抽出一小卷纸团，递给吴坚，忙又担心似地望着窗外。

吴坚迟疑地把字条接过来，打开来一看，上面只有简单几个字：

"我们正在营救你,急需联系。请把有关方面告诉书茵,勿误。洪珊。"

吴坚冷淡地把字条递还给她说:

"这是谁写的,我不认识。"

"不认识?"书茵呆住了,字条在她手里哆嗦,"你再瞧瞧,这是洪珊老师亲笔写的。"

"不用瞧。"吴坚带着敌意地回答她,"我告诉你,我不认识。"

"她不是在内地掩护过你吗?不是有一回,你还当过她学校里的厨子?……"

"笑话!连名字都没听过!"

书茵脸一阵阵发青,口唇发抖,说不出话。忽然,她别转脸,眼泪扑沙沙地掉下来,但立刻又抹干,把脸旁几根沾湿了泪水的发丝拨到脑后去。

吴坚一声不响,从口袋里掏出一支压扁了的香烟,点上火,慢慢地抽起来。他这时候虽然脸上冷冰冰的,心里却像一盆火烧似的焦急:是的,他没有任何理由可以相信一个在侦缉处工作的女子,尽管从前他爱过她。最糟糕的是,他辨别不出这字条的真假,因为他已经记不清洪珊过去的字体。不错,洪珊是党外围的朋友,她确实在内地掩护过他,也确实让他当过她学校里的厨子,但是,如果今天书茵是利用这些事实作为圈套,如果他不小心露了破绽,那不既害了洪珊,又牵连了其他同志?……

"我知道,你不相信我。"书茵说,垂下潮湿的睫毛,她那刚被眼泪洗过的脸,冷得像冬夜的月光,"你以为我会帮助赵雄来骗你吗?哼,你把我当做什么人!我就是不配做你的朋友,也还是你从前的学生……"

"你弄错了,小姐。"吴坚微笑说,"我已经不是你的什么老师,我是你上司手里的犯人。"

书茵苍白的脸微微起了一阵红晕，但立刻又变得比原来更苍白。

"你倒这样说，"她不自觉地苦笑了一下，"你也不想想看，三年前你一走就不回头，连个口信也没有。你要是把我也带走，我何至于今天掉在这个地方！……"

"过去的已经过去，不提了吧。"

"我要提！我一肚子冤屈，我不跟你提跟谁提！你哪里知道，当初你一走，人家是怎么等着你的！"

她的睫毛又出现了泪水，一闪一闪的，像快要掉下来。

"赵雄的说客！装得倒很像……"吴坚想，从心里憎恨那一对可耻的、含愁带怨的眼睛。

"幸亏你没有等我，"他说，"要不，这里这么好的位置，该轮不到你了。"

"别再挖苦我了，就算过去我做错了事，也该让我有个补罪的机会。我本来决定要跟洪珊老师离开这儿，可是为了你，才又留下来，我们要营救你！"

吴坚打了个寒噤。

"我真是太幸运了。"他冷冷地笑着说，"这样多的人要营救我，你的上司说我是他的'结义兄弟'、'救命恩人'，你呢，又是我的学生，又是我的朋友，我不知要怎么样来感谢你们的情义！"

"你真残酷，我没想到我对你的真诚，得到的是你的讽刺。"

"我说的是实话，小姐。"

"也许我记错，我记得，你过去并不是这样。"书茵抑制着心里的辛酸说，"吴坚，难道现在的你，已经不是马陇山的你？难道你把过去忘得干干净净？"

"让我提醒你一句，书茵。"吴坚平静而冷厉地说，"我的脑袋哪一天要离开我，我自己也不知道。可是叫我拿最后的日子来怀念马陇山的日子,我没有这个兴趣。……"

吴坚默默地从口袋里掏出第二支压扁的香烟来抽着。他从吐出来的青色的烟雾里面,细细观察书茵的脸色。

"也许以后我见不到你了。"书茵显得焦灼地说,"我要求你,不要以为我是来求你、骗你的,你要这样想,我们就会把什么都错过……你要是不肯把你们的关系告诉我,就让我把洪珊老师的地址告诉你吧,她是住在鼓浪屿笔架山脚三百零一号,请你赶快设法叫人去跟她联系,越快越好……你记着吧,三百零一号!——你听见吗?三百零一号!……"

"这跟我有什么关系!"吴坚说,向烟灰缸里弹弹烟灰。

隔壁有推门和开抽屉的声音,书茵竖起耳朵来听着,惴惴地望着窗外,一边划着火柴,把字条烧在烟灰缸里。

"不管你信不信,我得告诉你,"书茵接着说,"他们不是常常用汽车送你到这儿来吗?这是个好机会。我们打算用半路劫车的办法,把你救出来……你准备吧,我们正在物色人……"

吴坚这一下几乎忍不住要走过去抓住她的手说:

"不能这样干!不能这样干!"但立刻他又抑制自己,他什么也不能表露……

"洪珊老师说,你有个亲戚叫吴七,她要我问你,我们是不是可以直接去找他?……"

吴坚更急了,可是这时候对面过道响着一阵结实的皮鞋声,书茵登时变了脸色,示意地盯了他一眼说:

"他回来了。咱谈别的。"

随即她又提高声音说:

"可不是吗?我们那一届的毕业班,到现在嫁的嫁,失业的失业,升学的只有秀云一个,你还记得吗?脸圆圆的那个……"

"等好久了吧?"赵雄从外面直走进来,含笑地跟吴坚点头。

243

书茵拘谨地从沙发上站起来。赵雄摆出老交际家的样子,指着书茵对吴坚说:

"记得吗?从前我们演戏的时候,她是我们的基本观众,梳着两条小辫子,还是个小姑娘呢……"

书茵闪了吴坚一眼,又闪了赵雄一眼,像害臊又不像害臊地笑了一笑。吴坚觉得她笑得很不自然,可又闹不清她是在敷衍赵雄还是在敷衍他。

"我记得,那时候她老跟她姊姊在一道。"吴坚敷衍这尴尬的场面说,"时间过得真快,一眨眼就十年了。"

书茵又笑了一笑,低下头去,好像很别扭的样子。

"处长,我得走了。"她告辞说,"还有一封公函没抄呢,四点半要发,现在已经四点了。"

赵雄没有留她,目送她走出去,一种隐藏的邪欲忽然在他眼里一闪……

就在这一闪里面,吴坚从赵雄的脸上又引起新的疑问;但得不到答案。

第三十八章

吴坚回到三号牢房,把今天他见到书茵的经过跟同志们谈了。

四敏问吴坚道:

"你对书茵是怎么个看法?相信她还是怀疑?"

吴坚说:

"你们先说你们的看法吧!"

剑平说:

"依我看,这是个圈套,毫无疑问。"

"我看大概也是。"仲谦拿不定主意地瞧瞧大家的脸色,扶一扶滑到鼻尖的近视眼镜说,"可能是个女特务,赵雄派来试探吴坚的……"

"女特务就是女特务,没有什么'大概'、'可能'的!"剑平抢白了仲谦说。

仲谦脸红了,不好意思地又扶一扶眼镜。

"是的,是个女特务。"北洵插进来,"用不到怀疑,这是赵雄耍的另一套软工,也正是所有特务都喜欢使的一种美人计。"

"对!是美人计!"剑平叫着。

"小声点!"仲谦不安地瞧瞧铁栏外面,又掉过头来问四敏:"为什么你不说话呢?"

四敏说:

"我想的还不怎么成熟。"

仲谦说:

"不要紧,说一说看。"

245

四敏说：

"我的看法跟你们有些距离。依我看,这不像是个美人计。从赵雄一贯用过的手段来看,似乎他还没有必要那样做……"

北洞截断他说：

"别太天真了,赵雄不是你所想象的那么老实！"

四敏说：

"正因为赵雄不是那样笨,我才断定他不至利用洪珊的名义假造那张字条……"

北洞又插嘴说：

"你以为他是聪明的吗？"

吴坚拉一拉北洞的袖子说：

"你让四敏说完吧。"

于是四敏接下去说道：

"再说,从书茵和吴坚过去的关系来看,她说的话,不见得就是耍花样；她如果要耍,也没有必要当着吴坚的面掉眼泪……"

"那么,你以为她是真的啦？"北洞忍不住又问。

"可能是真的。"

"啊呀呀呀,"北洞不耐烦地叫道,"我说四敏,你的老毛病又来了,看来可以拿眼泪博得你同情的,还不止周森一个呢。"

四敏脸微微红了一下,用手摸摸他个把月来没刮的胡子,眯起眼微笑说：

"不管你怎么说,我还是相信,那张字条不会是假的。"

"绝对是假的！"剑平反驳说,显然他是站在北洞这边了,"要说特务手里也有真的东西,那除非是幻想。可是事实已经很明显,今天书茵来见吴坚,是经过赵雄同意的。这一点可以证明,他们中间一定串好了什么阴谋。"

"我同意剑平的看法。"北洞说。

"我也同意。"仲谦附和着。

四敏觉得自己孤立了。

"我还是不同意你们的看法,"四敏神色温和而又固执地说,"但我同意吴坚那样的应付。他跟你们不同。他是把最低的怀疑,提到最高的警惕。至于你们,你们是夸大了猜疑,把假定的都当事实。你们拿自己制造的幻影,吓唬自己。这对于事实没有好处。如果书茵是个好人,那不是既冤枉了好人,又害了自己?……"

"侦缉处里面还会有好人吗?"剑平涨红了脸反问道。

接着北海、仲谦、剑平三个人连成一道,把四敏大大地批评了一顿。他们说他是"把魔鬼当天使"、"温情主义的旧症复发"。四敏不加辩解,照样固执而又温厚地眯着眼睛微笑,半天才转过脸来问吴坚说。

"现在得听你的意见了,你是当事人啊。"

"我还不能肯定地下判断。"吴坚说,"我首先考虑的是洪珊。她现在究竟怎么样?安全呢还是被捕?受注意呢还是不受注意?是在莆田内地呢还是真的在鼓浪屿?这一大堆疑问,都得不到解答。我又不能当面问书茵,因为,既然我无法辨别那张字条,我就不能不有所警惕。我想,要是我流露出我跟洪珊的关系,哪怕是脸上一个极细微的表情,也可能影响到洪珊本人和其他同志的安全。所以我说,我们只有进一步进行调查,才能完全明白真相。这件事已经关联到我们全体今后的命运……"

当天傍晚,老姚经过三号牢房的时候,吴坚偷偷地把这件事告诉他,叫他马上到外面去调查。

现在我们得追述一段不久以前发生的事,我们还一直没有机会提到它呢!

距离吴坚押解厦门的半个月前,一天傍晚,书茵搭摆渡到鼓浪屿去找一位她幼年时的老师。这老师就是洪珊。她在莆田内地当小学校长,昨天才从内地来到厦门。书茵想:要是洪珊老师能带她到内地去教书,倒是她跳出火坑的一个好机会。

洪珊约莫四十岁,过去在厦门当过十多年教师。没有子女。书茵小时候常管她叫"妈妈",她也把书茵疼得跟自己小女儿似的。她的丈夫是个老国民党员,在一九二七年"四·一二"反革命政变后,因为反对蒋介石,被党棍秘密绑架活埋了。悲痛到极点的洪珊,从此就把精神完全贯注在学校和儿童上面……

不久以前,洪珊在内地向党组织申请入党,还未得到批准。这一次,她利用暑假的空闲到厦门来采办学校的图书。

书茵有五年不见洪珊老师了。洪珊老师显得比以前苍老、清瘦,但精神却照样饱满。她还是从前那个样子,戴着旧式的宽框眼镜,说话高声大嗓,走起路来,整个楼板都震动,看过去就像个"火爆爆的老姑母"。

一见面,书茵先把最近她所遭遇到的恐怖和苦恼告诉她。

性急的洪珊老师没等到书茵把话说完,已经面红耳赤地冒起烟来了:

"哼!咎由自取!……可耻!你难道不知道,那是个杀人放火的地方!……"

"当初就是不知道……"

"装傻!你是高中毕业生,你又不是三岁小孩!"

"我确实不知道……"

书茵满肚子委屈,伏在桌上哭了。

"哭么!"洪珊老师叫着,没有丝毫缓和的意思,"告诉你,你能替特务帮凶,我可不能替帮凶帮忙!"

"我是帮凶?"书茵抬起头来,以为自己听错了话。

"当然是!"

"你未免太过火了,洪老师。我又没有帮谁去杀人,又没有参加什么组织,我哪一点是帮凶啊?我是清白的!"

"清白?"洪珊老师冷笑,"靛缸里拉不出白布来!"

"噢,你把我当什么,我不过是三十块钱一个月的小公务员,我为的是一家生活……"

"少替自己辩护吧,小姐!一个人就是饿死了,也不能出卖灵魂!"

洪姗怒气冲冲地在室里走来走去,她的脚后跟把楼板顿得吱扭吱扭地直响。

书茵忽然紧闭着嘴不哭了。她抹干了眼泪,站起来,愤愤地说:

"洪老师!我想不到你会对我这样残酷,大概你非看我死在虎口里不可。好吧,我走啦……"

"坐下来!"洪珊老师咆哮着,把眼镜摘了下来,"撒谁的脾气!骂你就骂你,不应该吗?受不了啦?哼!糊涂到这样!坐下来!受不了啦?哼!糊涂!我还没骂够呢!……"

洪珊气汹汹地把房门锁起来,好像要爆发什么惊人的动作。书茵呆住了,等着更大的风暴,心里有点怕。结局,洪珊老师虽然照样是恶言厉色地把书茵斥骂一顿,但态度已经和缓下来了。书茵低头站着,坐也不敢坐,慢慢地她从这位"火爆爆的老姑母"的斥骂里面,体会到一个正直的女人的强烈的爱和憎。

从那天以后,书茵每天下一班后都来找洪珊老师,一谈总到深夜。她把几年来的遭遇全说给老师听,连不敢告人的内心深处的秘密——她对吴坚不能忘怀的友谊也吐露了。末了,她表示,只要能够跳出虎口,什么样的苦她都能吃。

洪珊说:

"这学期,我们学校的教员都聘定了,没有你的份儿。现在只缺个女校工……"

"真的吗？"书茵欢喜地跳起来，拉住老师的手，认真地说，"洪老师，就让我当校工吧！……"

"得了，得了，小姐。"洪珊挥一挥手说，"你以为当校工容易吗？要烧饭，要洗衣服，要……"

"这有什么难！"

"还得打扫校舍，洗茅房……"

"行！我干得来！"

"还得挑水，学校里十五名教员用的水，都得你一人挑……"

"行！行！再多十五名我也挑得起！"

"别说大话啦，小姐。把手伸出来给我看！……哼！瞧你这十指纤纤，哪里是干粗活的！算了吧。我要是用你当校工，那才该倒霉呢！"

"那怎么办？……"书茵把她纤纤的小手垂下来，眼眶红了。

其实洪珊老师不过是故意试探书茵，她到这时候才对书茵说出实话：她可以带她入内地，只要她决心吃苦，她可以尽量想办法，这一下书茵欢喜得把老师抱住了。

于是两人就这样作了决定：洪珊老师打算再停留几天，等全部图书采办完了就动身。到要动身那天，先由书茵向侦缉处请假一天，然后搭当天的小火轮，一起由安海转入莆田内地。为着提防赵雄的眼线追寻，书茵准备一到内地就改名换姓。

可是，还没有到动身的日子，一个突然的消息把书茵吓昏了，赵雄告诉她：吴坚由同安押解到厦门来了。

"我向上级请示，让他的案子转来厦门。"赵雄带着炫耀自己的神色对书茵说，"我是有意这样做的。无论如何，他是我们的老朋友，我不能坐视不救……"

书茵打了一个寒噤，她明白赵雄的"救"。

书茵当天就把消息转告洪珊老师，洪珊老师显得比书茵还要焦急。她到这时才老实说出来,她是认识吴坚的,过去两年中吴坚在内地东奔西走,她常常帮助他打埋伏做掩护,有一次,她让他在学校里当厨子,躲过了保安队的搜查。

"事情很严重,书茵。"洪珊老师郑重地说,"我们不能漠不关心地就这样走开……"

"是的,洪老师,我正想要求你,是不是我们……"

"我们必须营救他!这样重要的人,又是我们的朋友,无论从哪方面说,我们都不能推开这责任。"

"我听你的,洪珊老师。"书茵说,"凭着你的嘱咐,你叫我怎么做,我就怎么做……"

两人就这样改变赴内地的日期。书茵仍旧留在侦缉处,一切为着要营救吴坚。

洪珊在厦门找不到党的地下联系,焦急得很。

她去找《鹭江日报》的社长。他是她十五年前的老朋友,又是吴坚过去的老同事。她鼓动他利用报纸的舆论,发起"援吴"运动。胆小的社长婉言拒绝,他自己承认,他怕报馆被封闭。

洪珊又去找她一个远房的老姨丈。他是在第一监狱当包饭的。当她问他是不是可以买通监狱里的看守,设法救出她一个朋友越狱时,这老头子吓得直晃悠脑袋,还劝她少管闲事。

洪珊和书茵研究的结果,发觉截路劫车是抢救吴坚最好的办法。可是,谁担任劫车呢?洪珊很快地就想到党。她领悟到:离开党和群众,一个人绝干不了这件事。可是往哪儿去找党的联系呢?在厦门,除了在牢里的吴坚是她认识的外,再没有别的线索可寻了。

洪珊对书茵说:

"为了工作的需要,你对赵雄的态度,应当变得和缓一些……"

书茵照做了。果然,她的"和缓"使她从赵雄那边获得了机会——这就是我们上面提过的,赵雄想利用她去劝诱吴坚。当她喘吁吁地把这件事告诉洪珊时,洪珊立刻认为她们必须及时地抓住这个机会和吴坚取得联系,可是洪珊做梦也没想到,她写给吴坚的那张字条,吴坚竟然认不出。

就在这天晚上,洪珊一个人坐在屋里发愁,不知怎么办才好。忽然,门铃响了,她出去开门,一个瘦小的驼背的男子站在门口问她:

"这儿有位姓洪的先生吗?"

"我就是。"洪珊忙说。

"请问大名?"

洪珊想:这驼背也许是吴坚派来的吧?就直接回答说:

"我叫洪珊,是你要找我吗?"

"不,我要找的是洪玉仁,对不起,错了。"驼背说着,就走了。

洪珊回到屋里,心里纳闷。不多会儿,门铃又响起来,她再出去开门,一个影子也没有。这时候有个什么东西从门缝掉进来,捡起来一看,是一封信,便拆开来,上面只有几个字:

"洪珊先生:请即刻来日光岩脚约谈。雨。"

雨?这是什么人呀?洪珊终于怀着五成疑惑和五成希望,朝着"约谈"的地点走。夜的鼓浪屿靠海一带的街道静悄悄的。她一边走,一边觉得背后有人在跟踪,不由得心别别的直跳。正想绕小路回家,忽然对面又出现了个长而瘦的影子,大踏步地向她走来。

"洪珊吗?"影子低声问,在路灯杆旁站住了。

洪珊定睛一看,认出他是几年前在内地见过一面的郑羽。

后面跟踪的人也赶上来了。他正是刚才那个假装要找"洪玉仁"的驼背。郑羽忙替他们介绍。这驼背就是老姚。

疑团解开了。他们一齐回到洪珊屋里。洪珊向他们报告她和书茵怎样准备营救吴坚,还打算劫车;她问郑羽,是不是他可以介绍她去见吴七。郑羽说:

"劫车的事情不简单，先得问吴坚是不是同意，才好跟吴七谈……"

三个人通宵不睡地谈着，他们详细地讨论今后要进行的工作。到他们结束谈话的时候，太阳已经出来了。

老姚回到第一监狱，站在铁栅外面偷偷地把昨晚见到洪珊的经过报告三号牢房。听了这些消息后，剑平、仲谦、北涧三个一边欢喜，一边又觉得不好意思。昨天他们三个还联合起来剋了四敏一顿呢。四敏倒似乎已经忘了昨天的争论，他眯着眼睛微笑，用他那宽厚的大手摸着下巴的胡子，堕入深思……

他们把讨论好的结果告诉老姚：第一，马上通知郑羽和洪珊，把劫车的计划改为劫狱的计划，因为劫车最多只能救一个人，劫狱才能救全牢的同志；第二，迅速和上级联系，详细研究劫狱计划；第三，吴七性躁，暂时没有必要让他知道这件事，免得出乱子；第四，为着需要继续了解敌情，应当让书茵经常调查赵雄的秘密，同时为着补救书茵的幼稚和缺乏经验，必须派人好好地引导她……

"还得叫洪珊通知书茵，"吴坚最后又补充说，"尽可能避免和我见面，免得引起赵雄怀疑……"

这天下午，赵雄又派了汽车和卫兵来把吴坚接了去。他一见到吴坚就扬着眉毛说：

"好消息！关于你的'批示'已经下来了。你猜猜看。"

"你说吧。"

"你可以释放了！"

吴坚抬起平淡的眼睛瞧瞧赵雄，仿佛没有什么感觉似的。

"你自由了！"赵雄郑重地说，"无条件释放！你瞧我的面子多大！"

"无条件？"

"当然无条件！"

"哦？"

"上级要我出面担保,我当然担保！"

"你不是说无条件？"

"担保总是要的。普通的民事案件都得要有个铺保,何况你这么重大的案子。反正这是我的事,你放心好了。你只要有个手续,随便写个自新书,就可以应付过去了。"

吴坚并不显得惊异,他早料到有这一着。

"这叫做无条件？"他说,眼睛隐含着蔑笑。

"一点点儿手续,当然不能算条件……"

"可是,我又没犯罪,为什么要写自新书？"

"怎么,你不乐意啦？"赵雄叹口气说,"无论如何,我总算尽我的力量援救你啦,可是你,你连稍微迁就一点也不肯,这叫我怎么帮你呢？……"

接着是一阵难堪的沉默。赵雄烦躁而苦恼地在室里走来走去。他眉棱骨上那块刀疤似乎也黯然无光了。吴坚淡淡地吸着烟,好像已经把适才的谈话给撂在脑后了。他望着从他口里吐出来的烟雾,脸上有着一种潇洒的、泰然的、置死生于度外的宁静神情。

第三十九章

这里每个牢房都有秘密的小组,总的领导就在三号牢房里。

他们经常传阅书籍,讨论时事,研究近百年帝国主义侵华的历史,互相交换学习的心得。有时,谁要是被忧郁袭击了,集体的鼓舞和友爱便会在这个人身上产生奇迹。于是,低下的头抬起来了,锁结在眉头的暗云散开了,紧闭着的嘴露出牙齿来笑了。好些人在长期被折磨的日子面前,重新恢复了和苦难搏斗的勇气。

据四敏说,他在第一监狱两个月当中,先后看见九个同志牺牲,十二个同志解省。那些解省的同志不久也都被杀害了。

大家已经熟悉,只要金鳄一到第一监狱来,这天准有事。他是死神派来的差役,一到就在铁栅门外的过道上晃来晃去,"判死刑"的名单藏在他口袋里。管钥匙的看守和警兵在他后面跟着。他冷漠地、低声地叫名,一点也不显露凶恶,被他叫到的人,都是一去便不再回来。

然而没有人觉得恐怖。活着的人照样活着。爱唱歌的照样用歌声唱出他内心的骄傲,爱争辩的照样为着一些理论上的分歧在剧烈地争辩;好像他们已经忘记这是在牢狱,又好像他们即使明天要去赴死,今天仍然要把争辩的问题搞清楚似的。

四敏说过这么一句话:

"尽管蒋介石现在有百万大军,尽管我们明天也许会上断头台,但作为一个阶级来看,可以相信,真正走向死亡的是他们,不是我们。"

四敏是一个懂得在苦难环境中打退苦难的人。每天,他也读书、也打拳、也学习俄文,样样都做得认真而有兴趣。有时他跟剑平下棋,照样钩心斗角,一着不苟。就在他凝神深思的时候,他的眼睛也仍然含着善良的、沉默的笑影。

这样的人,正像一股清澈而爽朗的山泉,即使经过崎岖险阻的山道,也一样发出愉快悦耳的声音。

一天,当日脚在外面围墙的铁丝网上消逝,黄昏开始到来的时候,隔壁牢房的同志们在低哑地唱歌。吴坚和北洵背靠着背坐着,在慢慢暗下来的牢房里抽烟,剑平站着默念俄文,仲谦盘腿坐着看书。

"四敏,"仲谦忽然有所感触似地抬起头来,问四敏道,"要是有一天,老姚偷偷地来告诉我们:'判决书都下来了,明天就要执行……'那么,你说,这一天我们怎么过?……"

"为什么要想这些呢?"四敏微笑回答,"真有那么一天的话,我想,我们决不会忘了打拳和唱歌,也决不会忘了吃最后一顿晚餐。要是剑平高兴的话,我也愿意再跟他下最后一盘棋……"

北洵扔掉快烧到指头的烟蒂,插嘴道:

"我还要教最后一课俄文。"

剑平掩起俄文练习簿道:

"仲谦,你读过涅克拉索夫这样一首诗吗,'为了祖国的荣誉,为了信仰,为了爱……你投身烈火,光荣的牺牲。你为事业流血,事业长存,你虽死犹生'。……"

四敏道:

"我们好像跑接力一样,一个接着一个,一段接着一段,谁也不计较将来谁会到达目的地,可是谁都坚信,不管我们自己到达不到达,我们的队伍是一定要到达的。"

这时,隔壁牢房的歌声渐渐高起来了:

把你手里的红旗交给我,同志,
如同昨天别人把它交给你。
今天,你挺着胸脯走向刑场,
明天,我要带它一起上战地。
让不倒的红旗像你不屈的雄姿,
永远鼓舞我们前进,走向胜利。
等到有一天黎明赶走黑夜,
我们要把它插在阳光灿烂的高地。
望见它迎风呼啦啦地飘,
像望见你对着我们欢呼扬臂。
啊,同志,我们将永远歌唱你的不朽,
歌唱你带来的自由、幸福和胜利。

大家默默地听着。吴坚点上第二支香烟。在充满劣等烟草味的小牢房里,烟雾继续从他嘴里一口一口地吐出,周围弥漫着青烟的漩涡。

仲谦缺乏多样的兴趣。他既不下棋,也不唱歌。很长的一段时间,他入迷似地在写他的回忆录:"从五四到五卅"。谁也想不到,这样一个瘦骨伶仃的老好先生,过去竟然是生龙活虎的一名学生运动的骁将。十七年前"五四"那天,他在北京和示威的学生群众一起冲进曹汝霖的住宅,把章宗祥打个半死。十一年前的"五卅"那天,他在上海南京路演讲,中了英捕头一颗流弹,差点儿送命。他对吴坚说:

"我要把我亲眼看到的记录下来,给历史做见证。我不知道我会不会被判死刑,要是会死的话,这回忆录就算是我的遗嘱了。"

他天天都赶着写,好像他是跟死亡的影子在竞赛快慢。他不喜欢动,每天的散步和练拳,都得人家硬拉。吃饭的时候,要不是别人抢他的笔,相信他可以连饭都不吃的。

他老缩在那局促的小角落里,拿一只矮矮的小凳当书桌。他那跟书桌一样窄小的胸脯,很吃力地伏在上面,不停地写。那样子,就像他正在把心口的血液灌注到纸上去。他那又长又乱的头发,往往横七竖八地挂了一脸,汗水沿着脸颊淌下,有时连纸上的墨水也给洇了。

他比吴坚不过大七八岁,但两鬓已经斑白。这些日子他的两颊和眼睛更凹得惊人,额上的皱痕,像刀划过似地显出一道道深沟。他一开口说话,他那长而尖的下巴就像快要掉下来;但不开口的时候,却又叫人仿佛觉得全人类的善良和忧患都集中在他那张苦难的脸上似的。

北洵每次看见仲谦长久曲着身子在那里写,总实行干涉。他硬拉他起来蹦跳、打拳、说笑话。仲谦即使气绷了脸,也还得听从他。

北洵常常杜撰各种小故事,去逗引周围的人发笑。当人家笑得前仰后合时,他自己却不笑,闭着嘴,很严肃的样子。

心广体胖的人的胃口总是好的,牢里的饭菜那样坏,北洵照样馋涎欲滴。

吴坚吃量较差,经常把饭菜分一半给北洵,北洵全包了。他把碟里最后一根青菜和碗里最后一颗饭粒都扫得精光。每回,总是以狼吞虎咽开始,以收拾残余结束。永远是那么餍足又那样不餍足。饭后,他会松松裤带说:

"我这肚子,石头子儿吃了也消化!"

就在老姚报告见到洪珊那一天,六号牢房同志正在酝酿集体绝食,抗议狱长禁止他们和家属见面。

吴坚知道这件事,忙叫老姚去暗地劝止:

"请大家忍一忍吧,'大'的还在后头呢!"

吴坚接着便把他们准备组织集体越狱的计划告诉几个有关的同志,让他们带到各个小组去秘密讨论。

这天晚上,三号牢房也在讨论这问题。他们躺着装睡,五个脑袋凑在一起,细声谈着。

他们琢磨每个具体的细节,把许多成熟的和不成熟的意见都集中起来研究。只有仲谦一个不做声。

北洵首先分析敌我力量的对比,接着谈到时间问题,他认为只有利用半夜,才能变敌人的"利"为"不利"。

"因为这时候,"他说,"大部分的警兵都睡了,剩下的不过是少数值班的。他们人少,我们人多,他们没有准备,我们有准备;他们气衰,我们气锐;这个时间,敌人的不利也正是我们的有利……"

四敏认为北洵的说法有点言过其实,夸大了可能性。他指出半夜这个时间并不能像北洵所说的那么理想……

"那么,你说什么时间才算对我们有利呢?"北洵问。

"我认为,最有利的时间是在傍晚六点半。"

"六点半?"北洵惊讶了,"那怎么行!"

"你听我说,"四敏说,"这时候,警兵大多数是在吃饭,他们的枪支都搁在警卫室里,这是我们抢夺武器的最好机会。把有枪的变成空手,把空手的变成有枪,敌我对比的力量就变了。在这样的形势下面,谁手里有武器,谁就能取得胜利……"

北洵默然,他还没有把四敏的意见琢磨好,剑平已经兴奋地说他同意四敏的"六点半"。接着他又说:

"我们可以叫郑羽去跟吴七联系,叫吴七来劫狱。他手里有一批人马,可以跟我们里应外合。……"

吴坚赞同"里应外合"这个办法。但对吴七和他那一批所谓人马,却表示不信任。

"再说,吴七是只没笼头的野马,"吴坚补充说,"把他交给郑羽,也不恰当。吴七只有李悦才把握得住。可惜李悦跟我们一样,关在这儿。"

剑平隐隐觉得内疚。

"仲谦,干吗你老不吭声呀?"四敏问道。

仲谦犹豫了一会,口吃地表示他对这一个暴动计划,还存着一些"不放心",他说他听听大家的讨论,仍然觉得没有什么把握,因此他认为与其乱动,还不如静观待变。他又说,最近大家分析时事,都说国民党很有可能被迫走上抗日。

"如果是这样的话,"他说,"只要时局一有转变,我们都有释放的希望,又何必——"

"幻想!机会主义!等死!"剑平气得翻身坐起来,冲着仲谦直喘着说。

"你让仲谦说完……"四敏拉了剑平一下。

仲谦气狠狠地盯了剑平一眼,也喘喘地说:

"干吗给我扣帽子!难道只有你说的是对,我说的就不对?别太主观了,年轻人,这是大伙儿生死存亡的事,我有权说出不同的意见,或者只说出坏的一面让大家参考。比方说,我们坐牢的人,几乎都是秀才兵,像我,我一辈子也没拿过枪,就算到时能抢得到一杆,我也不懂得怎么放。这是老实话!我相信好些人都跟我一样。当然喽,剑平和四敏是例外;可是,只有他们两个,顶事吗?再说,这监狱里有个守望楼,楼上日夜有警兵守望,放着机关枪,你们考虑到没有?还有,厦门是个小岛,要是敌人临时把海陆两路都封锁了,我们往哪儿跑?想进也总得想到退呀!……"

"你简直是个失败主义者!"剑平冷蔑地说。

仲谦像挨马蜂螫了一下似地翻身坐起来,脸变得铁青,在昏黄的灯光下,他那深陷的眼睛像两个黑森森的窟窿。

"认识自己的弱点,不等于就是失败主义!"他回答剑平,气得声调发颤,"年轻人,不要忘记你自己失败的教训!这回要是再出岔儿,可没有第二个吴七替我们坐牢了。"

剑平很想破口报复几句,但当他看到仲谦那张集中了全人类的善良和忧患的苦难的脸,他的气又降下来了。

"都躺下来吧,"四敏出声说,"好好儿谈,吵什么……"

两人又都躺下来。四敏这才婉转地指出仲谦见解的错误,吴坚和北洞接着也批评他一通。仲谦不做声,半天才喃喃地说:

"是的,也许我想的不全面,也许我想的不全面……"

"不过,"四敏又说,"刚才仲谦提到守望楼,这倒是值得我们注意的。守望楼的确是个要点。要是我们不能把它攻破,我们就休想冲出去……"

于是吴坚把他所知道的有关守望楼的情况告诉大家。他说,守望楼有三道铁门,楼上有警钟,有瞭望台,有机关枪,日日夜夜有六个警兵在那里轮流守望。据说二十年前,这儿曾发生过一次劫狱:五六十个内地的"三点会"攻进来,把他们的一个被监禁的头目劫走。双方开了火,结果警兵死了二十来个,"三点会"死了十来个。从那次以后,这监狱里才盖了这座守望楼……

四敏说:

"不光是守望楼,就是周围的环境,也都得精细地调查,究竟这监狱里有多少屋子?多少警兵?多少武器?……"

四敏这么一提,剑平、北洞、仲谦三个都哑住了。仲谦说:

"是呀,我们到现在连周围的环境都还没有弄清楚,这怎么行啊!"

吴坚说:

"让我把我调查到的,介绍给大家吧:这里面有四十二个警兵、五个看守、一个看守长、一个管狱员、一个门房、三个厨子、两个杂工;五十三杆长枪、九把手枪、两挺机关枪;犯人一共二百四十三个,中间八十六个是政治犯;全监狱的屋子共四十一间,大小牢房共十六间;政治犯在三号牢房有五个,四号牢房有七个、六号牢房有三十九个、七号牢房有三十五个(七号牢房另外还有五个非政治犯);外面的围墙有两丈多高,上面有电网;守望楼是在左边侧角,管狱员办公室有电话一个,看守长房里有一只狗,会吠,不会咬人……"

四个人肃静地听着,微微显着惊奇。这一连串流水账似的数字,从吴坚的口里吐出,似乎是那么平易,可是对他们却又是那么切实需要,正如迷了方向的船长获得他所需要的航海图和测天仪一般。

剑平这时候才领会到,为什么过去一些日子,老看见吴坚向老姚打听监狱的情况,有时还跟警兵和看守东拉西扯。这些监狱的看门狗平时对吴坚也都格外客气,好像他是牢里的特殊人物。

他们又继续讨论开了……

第四十章

书茵对郑羽透露一个消息:赵雄因为周森不认得李悦,对李悦的怀疑渐渐放松了。前天,剑平的伯母被传讯,她对赵雄改口说,她是因为舍不得钢版给金鳄拿走,才假说它是李悦的。讯后,金鳄对赵雄说:

"这臭老婆子!她当我要揩油她那块钢版!……"

金鳄这句话等于替李悦松了结子。自然喽,这跟李悦嫂前些日子送"礼"去给他,是不能说没有关系的。

据书茵推测,李悦有被释放的可能。李悦嫂听了洪珊的话,买了些礼物,托《鹭江日报》社长替她送到赵雄家里去。

过几天,李悦果然释放了。

释放的前一天,吴坚和李悦利用下午散步的时间,假装洗衣服,在水龙头下面边洗边谈。李悦说他已经拟好劫狱的初步计划,目前考虑的:第一是人;第二是武器;第三是交通工具。他又说,这件事要干就得争取快,因为局势常变,夜长梦多,拖延了恐怕不利。

吴坚回牢时,听见剑平和仲谦两人正为着日期问题,压着嗓门,紧张地在那里争论。

"李悦一出去,事情就快了!"剑平用着兴奋的、不容人置辩的口气说,"咱们得准备了!你看,不出一个星期!不出一个星期!……"

"别太冲动了!老兄弟。"仲谦从眼镜框外圆睁着两只眼睛说,"要是不出一个星期就干起来的话,那就非糟不可!我相信李悦不是那样的人,他做事顶把稳。"

"那么,你以为该多少天?"

"应当让李悦有充分的时间准备,宁可慢而稳,不可急躁冒进。——欲速则不达……"

"别书呆子啦!老先生,我问你:该多少天?"

"这个,起码,起码……"仲谦拿不定主意地眨巴眨巴眼睛,"一个月,总要吧?"

剑平气得别转脸,好像仲谦的话真的把日期给拖延了。

"你等着吧,老头儿。"剑平冷冷地说,"再半个月,你的脑袋是不是还在你的脖子上,都还是个问题呢。"

仲谦气得嘴唇哆嗦,说不出话。这时候吴坚出声了:

"剑平,说话要有分寸!"他语气沉重地说,"不能只顾你自己说了痛快!跟自己同志,不能那样粗鲁……"

剑平不做声,耷拉着脑袋。

"究竟需要多少日子,也不是靠争辩可以决定的。"吴坚又说,"这要等李悦出狱了,看外面实际情况怎样,才好决定。用不着着急,我相信,李悦一干起来,一定是非常快的。"

北洞偷偷地向剑平做了个鬼脸,剑平望着仲谦微微地笑了一下,仲谦也笑了。

李悦出狱后,回到家里只待一个钟头,就又躲到半山塘一个亲戚家去了。

他当天就跟上级领导交换了意见,同时和郑羽、洪珊几个有关的同志取得了联系。随后,他又叫人去把吴七请到半山塘来。

吴七看见李悦出狱,心里很高兴。他关心地追问剑平在狱里的情况,却一句也没提到吴坚。原来吴七一直不知道吴坚押解厦门,这时候一听见李悦告诉他,立刻呆住了。半晌,他忽然站起来,额角上的肉直哆嗦,眼睛露出杀机,冷冷地说:

"我找赵雄去!再见!"

他头也不回地往外就走,李悦追上去,拉也拉不住。吴七浑身硬得像个铁架子。

"吴七!"李悦厉声叫着,"回来!有话跟你商量!"

最后一句才把吴七叫住。他跟李悦转回屋来,直喘着粗气,像跟谁比过一场武。天气又热,汗珠流满了他的狮子鼻和虎额。

"坐下来吧。你这样子,对吴坚没有好处。坐吧,坐吧,"李悦使劲地把他按坐在椅子上,"你不安静下来,叫我怎么跟你谈哪?"

李悦让他气喘平了,然后把劫狱的计划告诉他;才说了半截,吴七就跳起来了,抢着说:

"把这个交给我!我手里有人!你要多少个有多少个!他们都听我使唤!我不是吹,我出一声,他们要不把第一监狱给砸了,我不姓吴!"

"那不行……"

"不行?你要人有人,要枪有枪,还不行?三五十个杀进去,够吧?小事儿。看吧,这回我要不把赵雄宰了……"

"不是这么简单,你……"

"当然不简单!"吴七又抢着说,"你当我吴七是个莽汉子?放心吧,我不是李逵。我不会像李逵那样劫法场!有勇无谋可不成!我今年三十五,仗也干过好几阵……"

"这回可不一样。"李悦截断他,"这回得要有组织,有计划……"

"当然得有计划!"吴七又打断李悦的话,"我跟吴坚一起打过巷战,还不懂这个!要说散传单、游行示威,这个我外行;要说是干全武行,你们得让我!我要救不出吴坚、剑平,你砍我的头!……"

李悦简直没法子插嘴,索性不说话,等吴七自己不吭声了,他才和和气气地问道:

"你说完了吗?"

"完了,完了。"吴七有点不好意思了。

"好,现在得让我说了。先声明一句:我说,你别插嘴;我说完了,你再说你的。"

李悦平静的声音使吴七不知不觉地也平静下来了。李悦不慌不忙、慢条斯理地把全盘计划说出来。他拿出一张绘好的监狱全图,指着它,分析监狱内外的环境、人事、敌方的实力给吴七听。接着又把劫狱的配备、布置、办法,一样一样地详细说明。吴七静静地听着,开始被对方的智谋和条理所吸引,内心的骄气也不知不觉地降下来了。

"吴坚也跟你一道计划吗?"吴七问道。

"我们交换过意见。"李悦平淡地回答。

吴七温和地微笑了。看得出,当他说出吴坚的名字时,心里有着一种微妙、亲切的感觉。

"咱们得跟他斗智,四两破他千斤。"李悦接下去说,"要尽可能做到把全体救出来,不牺牲一个人。咱们多动脑筋,同志们就少流血。咱们要是计划得不周全,同志们就会有危险。"

"我手里那些人,不见得不能用吧?"吴七抑郁地说,"要是你指挥得好,倒个个都是拼命的家伙!"

"不错,"李悦说,"他们有的是胆量、是枪术,又都是仗义气;可是尽管这样,他们到底没组织、没纪律、没政治头脑……"

吴七这一下又跳起来了:

"不!……"

"你听我说,"李悦缓和地截止他,"他们都是乌合之众,十个人有十条心,嘴头子又松,要是事情给他们泄了密,那可不是前功尽弃?所以我说,这样一宗事,只有交给我们党内的工人同志来干,他们组织性强,受过党的训练,站得稳,抱得定。他们急着要救监狱的同志,像跟要救他们自己的亲人一样……"

"这么着,你叫我来干吗?"

"请你负责海上的事。"李悦说,"你准备好一只电船,可以载一百个人的。同志们一冲出来,就由你负责载走。详细的办法,咱们明天再谈。"

吴七寻思了一会,带着怅惘似地说:

"李悦,我两只手都能开枪,干吗你不让我打冲锋?"

"在海上一样是打冲锋啊。我们的同志没有人熟悉海道,你熟悉,你不干,谁干?你把枪带到船上去吧。说不定海上会驳火。"

"那么,我得有个帮手。"

"哪个?"

"老黄忠。"

"是钱伯吗?"

"嗯。——这老头儿真好!"

"不行。"

"怎么不行?当年吴坚出走,也是他帮着载走的。"

"不行。从前跟现在不一样。这老头儿爱说话,靠不住。"

"不用怕,我关照他保守秘密。"

"不行!"李悦板着不二价的脸回答,"这老头儿我知道他,喝了两盅就疯疯癫癫的,谁也管他不住。这桩事你不要找他!"

"你真太小心了,我替他担保行不行?"

"不要你担保。为了吴坚,咱们还是小心点儿吧。干吗你非得老黄忠不可?"

"我总得要有个帮手啊。那么,那么,叫我儿子帮忙吧。"

"是吴竹吗?行,明天你带他来见我。什么时候你能把电船准备好?"

"三天。"

"准三天?"

"准三天。"吴七一本正经回答,"三天交不出船来,请军法从事!"

"好吧。"李悦微笑,"还有,你能设法弄二十把手枪和十个炸弹吗?"

"要那么多炸弹?——跟那些尿包蛋,使那么大劲儿干吗?"

"我们要炸守望楼。守望楼得先攻破……"

"这个……"吴七寻思了一会儿说,"手枪,你要几十把都有的是,炸弹嘛,现成的只有两个。"

"两个不够。"

"不够,那我还得想办法。"

"什么时候你给我信儿?"

"明天吧,明天晌午我回你信儿。"

"行。明天十二点,我们再在这儿碰头。"

"明天你到我家吃午饭吧,咱们边吃边谈。"

"还是你来找我好,我出门不大方便。这回他们错放了我,说不定还会把我抓回去。"

吴七哈哈笑了。

"怎么你这么胆小啊,出了狱还提心吊胆的。你瞧我。出了狱就出了狱,什么事也没有!前天我碰到猴鳄,我照样'祖宗八代'骂他,他敢怎么样!"

"我跟你不一样。"

"你太小心了,李悦,你太……哈哈哈哈……"

吴七边笑边走,李悦送他到门口,又再三叮咛:"明天准得给我信儿……"

李悦出狱的第三天下午,赵雄接到沈奎政电话,说是他释放的那个李悦,是厦门地下组织的一个重要人物。赵雄恼火了:

"好狡猾的家伙!"他马上叫金鳄去追捕。金鳄带队赶到李悦家,李悦嫂把准备好的话回答道:

"他搭船去上海了。"

金鳄回报时,赵雄更加暴怒了;要不是书茵在他身边,准连什么脏字都骂出来了。

赵雄追捕不到李悦的消息传到三号牢房,大家都替李悦捏一把汗。吴坚欣慰地微笑,他说李悦是个看天色而预知风雨的人。

就在这一天夜里,李悦把他草拟的劫狱计划,交老姚带来给三号牢房研究。劫狱的时间就决定在十月十八日下午六点四十分。

"十月十八日,好,快了!"剑平高兴地说,"我说李悦一出去就会快,可不吗!"

"哼,还说呢。"仲谦笑道,"你不是说不出一星期吗?现在算起来,李悦是九日出狱的,到十八日可过了一个星期又两天了。"

"老先生,我说不出一星期,总比你说'起码起码一个月'强。"剑平说,故意学仲谦巴眨巴眨眼睛的样子。四敏和北洞都笑了。

第二天十三日,这个秘密计划,开始由老姚分别通知四号、六号、七号三个牢房的小组,让他们暗中准备。

可是到了晚上,牢里摇过睡铃以后,一个突然来的消息由老姚带到三号牢房,把他们五个都愣住了。

消息是书茵告诉老姚的:

十二日福州来个密件,命令将吴坚、陈四敏、刘仲谦、祝北洞、马极成、罗子春(两个都在六号牢房)六名"要犯"着即解省。恰好十八日这天,招商局一艘定期的轮船将由厦门开赴福州,赵雄决定让这六名"要犯"随船押解。据书茵听赵雄的口气,似乎开船以前,赵雄可能利用解省日期的迫近,再向吴坚进行最后一次的"劝降"。

原定劫狱日期正是十八日这天!招商局的轮船是上午九点开,到下午六点四十分这个时间,正是轮船开往福州的中途!

现在是晚上十点钟,距离十八日上午九点钟,只有一百零七个钟头。时间是这么迫促,此刻李悦在外头一定是千头万绪!假如要改期,是不是来得及?

吴坚低声问老姚：

"李悦知道了吗？"

"还不知道。我一听到这消息，马上就赶去找他，他不在。我怕这边误了钟点，只好先回来。"

吴坚连忙草一张字条，塞给老姚说：

"再去找他。要等到他回来亲手交给他！我们等着你回报！"

老姚拿了字条走了。

五个人一直等到午夜一点，才看见老姚像影子似地移过来，悄悄地说：

"改期。"

"哪一天？"仲谦低声问。

"提前一天，十七日。其他一切照旧。"

老姚一分钟也不停留，绕到过道后面，不见了。

四下里很静，远远街头叫卖"白木耳燕窝"的声音，随着夏夜的微风，飘到牢里。

第四十一章

十月十五日。

上午十一点半,老姚接到洪珊的电话,叫他马上到约定的地点去会面,老姚赶着去了。洪珊和书茵都在那里等他,书茵的脸色比平时苍白而阴暗。她没有跟老姚打招呼,一见面就把紧急的消息告诉他。

消息是这样:早晨书茵上班的时候,发现处长室桌上有封刚收到的撕口的密件。她趁着赵雄走出去的几分钟中间,迅速地把密件翻开来看。这是福州保安处寄来的,她看到里面有这样一句:"着即将何剑平一名就地正法。"不由得吓了一跳。一会儿,赵雄和金鳄一道进来,书茵一边抄写公文,一边偷听他们在那里议论。原来他们为着要简省手续,打算让何剑平和四名海盗一起"解决";那四名海盗是公安局最近判决的死刑犯。赵雄随后打电话给公安局,那边公安局长也同意了,并且把执行枪决的时间,定在今晚八时三刻……

老姚急得出了一身汗,一口气赶回监狱,脸上尽管装作没事似的,心里却一团慌乱。这时三号牢房他们正在吃午饭,听到老姚的报告,登时都呆住,饭也吃不下了。

大家焦急万分地瞧着剑平,剑平默然。他反而不像别人那么焦急,好比这个快要"就地枪决"的何剑平,不是他自己似的。

吴坚转身对老姚说:

"赶紧去通知李悦,叫他改期,就改今天!"

"今天?那怎么来得及!"剑平平静地拉住吴坚说,"不能为着我一个,影响了大伙!"

吴坚按按剑平那只拉着他的手说:

"让李悦去决定吧,他敢改期,他就有把握。"

"吴坚说得对!"四敏过来轻轻拉着剑平说,"老姚,你赶快去吧,等你的回信。"

老姚匆匆地走了。

"八十五个为我一个。……"剑平想,"改今天?……要是出了岔儿,我怎么对得起大伙?!"

剑平看大家面面相觑,便自己拿起筷子和碗,鼓励大家说:

"吃吧,饿了不行。"

"是呀,吃,吃,"四敏反倒鼓励剑平,"等一会要干的事情多呢……"

"那你怎么不吃呢?"剑平微笑道,"你不是说,就是要上断头台,也要吃最后的晚餐……"

四敏勉强地笑了笑。为着安慰剑平,他拿起筷子,接着大家也拿起筷子,继续吃饭。

"我想李悦一定会改期的,他有把握!"吴坚说。

大家心里挂着个铅锤,勉强吃了几口,都不想吃了。连平时狼吞虎咽的北洞,也撂下筷子。只有剑平一个结结实实吃了一整碗。

这时候大家只有等老姚的回报才能决定怎么样行动了。剑平默默地在翻阅一本线装古版的《离骚》。当他读到"亦余之心所善兮,虽九死其犹未悔"时,觉得两千多年前的伟大诗人屈原,这时候也站到面前来鼓舞他了。

四敏偷偷地从侧面望着剑平。不知什么缘故,牢里那么闷热,四敏却从心里直发冷抖。现在他才明白,他是怎样热爱剑平啊!他不敢设想老姚带回来的消息是"来不及改期"!也不敢设想他从此要失掉这样可爱的一个同志!当他联想到秀苇将因为她失掉最亲爱的朋友而痛苦时,他的眼睛潮了。……他记起那支歌来:"把你手里的红旗交给我,同志,如同昨天别人把它交给你。今天,你挺着胸脯走向刑场,明天,我要带它一起上战地……"

他们一直等到快四点钟了,才看见老姚回来。大家来不及等他开口,先都察看他的脸色。

含笑的老姚站在铁栅门外,颤声说:

"改了,今天。"

"今天?好!"吴坚激动地叫着。

四敏眼泪直涌,忙低下头。

"一切计划照旧。"老姚接着说,"时间照样是六点四十分,不过,炸弹只有两个。"

"两个?"剑平紧张地问。

"是的,两个。本来嘛,到十七号那天,吴七可以造出十个炸弹;现在,来不及了。这两个是现成的,也是吴七拿来的……"

"两个够吗?"仲谦心跳地问,觑了吴坚一眼。

"够!"吴坚用坚定的口气代替老姚回答,"两个有两个的办法,我们可以随机应变。"

"是的,得随机应变。"老姚说,"李悦也担忧两个不够,可是时间这么紧,只好这样了。赶快准备吧,我现在就去通知他们……"

老姚一走开,他们立刻集拢起来,研究要怎么运用这仅有的两个炸弹,才能有效地攻破守望楼……

这时监狱里跟素日一样,每个牢房照样是下棋的下棋,看书的看书,什么都显得懒散和松懈。有的在铁栅门口跟看守搭七搭八地闲聊,有的不自觉地打起呵欠来,有的用懒洋洋的微笑去掩饰内心的紧张。

四点钟的时候,老姚开始值班。他巧妙地塞给每个牢房几个小布包。小布包里裹着武器。三号牢房除仲谦一人外,其他的都有手枪。剑平和四敏每人各拿一个炸弹,他两人是这次攻袭守望楼的先锋。

大家都准备好了。

忽然老姚面如土色,匆匆走到三号牢房门口来对吴坚说:

"那个带你的特务又来了,现在在警卫室抽烟……怎么办?……"

吴坚掉头对四敏说:"赵雄最后的'劝降'来了……"

剑平插进来说:"不要去!吴坚。"

四敏说:"就装病吧,别管他。……"

"别管他?可他要管你。"吴坚说。又问老姚:"现在几点?"

"四点二十分。"

"还有两个多钟头时间,"吴坚说,眉头一皱,"不要紧,我去一下,敷衍他,免得引起怀疑。"

"就让他怀疑吧,你不能去!"剑平急了说。

"不行。这时候不能让他有丝毫怀疑,这家伙疑心很重……"

"你绝对不能去,吴坚。"剑平激动地说,"你不能冒这个险,要是他不让你回来,那怎么办?"

"我会看机会脱身的。"吴坚冷静地回答道,"你们照样干吧,不要为我一个!"

"他来了……"老姚说,慢步走开了。

吴坚望着对面过道,那个衣冠整洁的特务跟一个管钥匙的警兵朝着这边走来了。他连忙又低声地对同志们说:

"万一我回不来,就让四敏代替我。一切照常进行!"

吴坚像往日那样泰然,穿好了鞋跟着那特务走了。剑平痛苦地瞪着两只充血的眼睛,他要不是被四敏暗地拉住,差不多要扑过去拦住吴坚了。

"太冒险了!太冒险了!……"剑平嘟哝着。

"冒险是有些冒险,"四敏说,"不过,我相信,他会回来的。"

"要是回不来呢？……"仲谦问,脑门的深沟皱作一团。

"会回来的。他懂得应付。"

大家等着,等着,时间每一分钟都数得出来。

五点半了。吴坚还没有回来,大家开始焦急。

五点五十分、五点五十五分、六点！照样没有吴坚的影子。大家脸发白,互相对看。

六点十五分！

离起事的时间,只有二十五分钟！

老姚焦急地在铁栅门外转来转去,尽管脸上装作平静……

"老姚！"剑平低声叫着,"吴坚还没回来,外面知道吗？"

"不知道。"

"赶快通知外面,要是吴坚没有回来,得改明天！"

"改明天？"老姚惶惑地瞧着剑平,"改？……"

"一定要改！非得吴坚来了不可！"

"可是你是今晚八点三刻执行的。"老姚差一点要哭出来,"这怎么办？四敏,你说,改呢还是不改？……我得提前通知外面……"

剑平两眼严肃迫人地直瞧四敏说:

"四敏,请你立刻下决定,改明天！无论如何得改明天！只能这样做。我们绝对不能没有吴坚！就是牺牲十个剑平也不能牺牲一个吴坚！……"

"不,不能改明天！"四敏激动地回答,"老姚,你去通知外面,改时间！等吴坚回来才发动！"

"可是,过了这个时间,"老姚说,"警兵吃完了饭,枪也拿走了,我们抢不到武器,怎么干？……"

"不要紧,准备火并吧！"四敏坚定地说。

"这样,原来的计划都得翻了。"老姚颤声说,惶乱地望着大家,"并且,要是到了八点三刻,吴坚还是没有回来,那又怎么办？……"

话分两头。吴坚随着特务坐汽车到侦缉处时,赵雄已经在会客室等着他了。

"事情很不妙,吴坚。"赵雄显着忧愁地说,"我很着急……你看,这是省保安处来的公文和电报……"

赵雄把手里的公函和电报一起拿给吴坚看。电报是今天福州刚拍来的,上面的字是:"速将吴坚、陈四敏、刘仲谦、祝北洵、马极成、罗子春六名于十九日前解省,勿误。……"

"到了这一步,我不能不把实情告诉你。"赵雄觑着吴坚的脸色说,"你在我这里,我可以尽量替你想办法,你一解福州,我便无能为力了。你也知道,要不是案情严重,是不会解省的。时间又是这么迫促!眼前只有两条路,你得马上决定,去福州是一条,不去福州又是一条。"

"我当然不去福州。"吴坚简单地回答。

赵雄脸上掠过一抹阴奸的微笑。

"是的,不去福州是唯一的路。我不是说过吗?只要你能自新,我可以替你保释,就是现在也还来得及……"

"这个,我明天答复你。"

"明天?为什么不能今天呢?"

"今天十五号,到十九号还有四天,用不着这么急吧?不过,我现在可以预先告诉你一句,我是一定不会去福州的!"

"那好极了。我知道你的脾气,你说一是一,二是二。你不会反复吧?"

"是的,我一定兑现。"

"可是我照样得通知你,到福州去的船是早晨开的。今天这封电报,最迟到明天,我就得复电。"

"好,一切我明天答复你!"

"还有其他那五名,你看怎么办?"

"这要看你怎么决定。"

"我的意思,要是他们也愿意自新的话,照样可以给他们机会。"

"我相信,他们会跟我一样,一定不会到福州去的。现在我可以回去跟他们谈,就这样吧!……"

"处长,市府电话。"外面的卫兵高声叫着。

赵雄急忙忙地走出去。

一会儿,一个胖卫兵走进来对吴坚说:

"处长吩咐,他有紧要的事情出去一下,请你候一候……"

这把吴坚急坏了。

他告诉胖卫兵,他有急性的痢疾,马上得赶回去服药。胖卫兵说:

"我做不了主,处长这样吩咐。"

不管吴坚怎样说,胖卫兵都不答应。

吴坚一个人待在会客室,尽管态度镇静,心里却急得像火烧。这时壁上的挂钟已经指着五点四十五分。

忽然,他从会客室的窗栏杆,看见一个月白旗袍的背影在对面走廊一闪。他连忙冲到窗口,尽量用平和的嗓子叫:

"书茵!"

书茵转过身来,一瞧见站在窗口的吴坚,登时吃了一惊,走了进来。

书茵正要开口,吴坚立刻做个手势暗示她外面有卫兵。

"麻烦你一下,书茵。"他故意大声说,让门外的卫兵听得见。"请你替我打个电话给处长,说我有急性痢疾,马上就得回去服药……"

吴坚一边说,一边又示意地指着壁上的挂钟。书茵一看已经五点五十分,吓得脸都白了。

"你候一候,吴先生。"

书茵极力显着镇定,赶到处长室去打电话,又赶回来对两个守在门口的卫兵说:

"处长电话吩咐,他来不及赶回来,叫你们先送吴坚先生回牢。"

"是。"

两个卫兵把吴坚带走了。书茵惶急中瞥了吴坚一眼,好像说:

"再见,我也得逃了。"

吴坚回到第一监狱时,已经是六点二十分。

"他回来了!……"老姚欣喜而且紧张地说。他正站在三号牢房门口,望着吴坚从过道那边的小门走过来。

剑平跳起来,向铁栅外一望,连忙往草席上躺下去。他怕自己脸上的激动会被送吴坚来的那两个卫兵看见。

两个卫兵一走,大家立刻围住吴坚,又是激动,又是快乐。四敏和剑平同时流下眼泪。

"怎么样?"仲谦问。

"话长了。"吴坚说,马上又问:"都准备了?"

"都准备了。"四敏回答,"就等你一个,你把我们急坏了。"

吴坚望着每一个同志湿润的眼睛,心里说不出的感动。

现在是三号牢房轮到"散步"的时间了。老姚走过来,大大方方地打开铁栅门,让他们出来,一边低声地叮咛他们:

"注意锣声!"

于是老姚到厕所去,四敏和剑平到水龙头旁边去洗衣服;吴坚和仲谦在露天的院里散步……

第四十二章

正当吴坚和仲谦在露天院里散步的时候,第一监狱大门口,打左边街口,来了一个大公司推销员模样的青年。他走到监狱对面路旁一个补鞋匠跟前,站住了,指着脚下的皮鞋说:

"嗨,这鞋底要打掌子!……"

"行。"鞋匠点点头,照样补他的鞋。

"我赶着要。"那推销员又说,拿手绢抹抹汗。

天气闷热,太阳早个把钟头以前就躲开了。天边出现了浓得化不开的雨云,远山湿雾堆得又多又厚,缩短了的白昼,转眼已成了银灰色的黄昏。雷声拖得老长老远,雨却不下来。

这时右边路口又来了一个码头工人,他走到补鞋匠旁边说:

"补鞋的!这鞋子要打包头,得多少钱?"

补鞋匠向两位顾客看了看说:

"等等,我先把这鞋子送过去。"

补鞋匠拿了补好的皮鞋,走到监狱大门口,冲着守门的警兵没好声气地说:

"喂!补好了,拿去吧!"

警兵把皮鞋接过去,瞧了又瞧,忽然像给蝎子咬着似地跳起来,瞪红了眼睛骂:

"操你奶奶!你补的什么!鞋头刮这一大块!还给扎了个窟窿!我操你祖宗十八代!……"

那边的警兵也走过来,把鞋子拿去看,接着也虎起脸来骂:

"妈的！揍他！叫他赔……"

"揍吧！你敢？"补鞋匠两手叉腰，摆好马步说，"老子就是这个手艺！你要没钱，干脆说，老子不要你的！送你买棺材！……"

附近有人敲了几声锣。

两个警兵抢来要抓补鞋匠。后面"码头工人"和"推销员"忙过来调解，一个拦住一个。突然，嘡！嘡！枪声连响。这边的警兵往后打跟跄，倒了。那边的警兵按着肚子，翻身要跑！嘡！背后又吃了一枪，摔了个扑虎，爬不起来了。

补鞋匠也亮出了手枪。同一时候，左右两边路上闪出了十多个渔民打扮的大汉，提着手枪，一窝蜂地跟补鞋匠朝监狱大门冲进去。

就在刚才敲锣的那一分钟里，牢里同时也动起来了：

北洵——一听到锣响，立刻撂下洗了一半的衣服，不慌不忙地跨前几步，用他那还沾着肥皂泡的手，轻轻地把饭厅的大门一拉，接着掏出一把大锁，悄悄地把二十多个正在忙着吃饭的警兵反锁在里面。

老姚——一听到锣响，脚忙手快地打开四个牢房的铁门，立刻，里面不声不响地拥出一大伙又一大伙的人，疾风迅雨地朝着警卫室跑去。

剑平——一听到锣响，迅速地掏出手枪，跑出厕所，贴着左边墙脚，朝守望楼跑。

四敏——一听见锣响，转身离开水龙头，贴着右边墙脚，也朝守望楼跑，当他要跨过圆拱门的石阶时，忽然背后有个声音喊着：

"嗨嗨嗨！别跑！……站住！……"

四敏掉头一看，一个气势汹汹的警兵正提枪对他瞄准；说时迟，那时快，左边墙脚一声枪响，那警兵已经连人带枪栽倒地上。四敏这才看清楚救他的这一枪是从剑平那边发出的。同一个时候，对面守望楼下,两个守门的警兵向这边开起火来。子弹嗖嗖地在头上飞。四敏忙躲到圆拱门后,回了一枪,没打中。剑平又从左角开枪,又撂倒了一个。另外那一个便兔崽子似地往门里跑,随后把守望楼的大门关上了。

就在这时候,那些冲到警卫室抢武器的同志,已经分成大小六个队,每人按照原来配好的加入到各个队伍里去。第一队配合四敏、剑平,攻袭守望楼;第二队配合北洵,包围饭厅;第三队配合外攻的同志,镇压可能反抗的警兵;第四队攻袭狱长室和营房;第五队剪断电话线;第六队当救伤员,抢救受伤的同志……

第一队十五个,他们用枪托子、石头、木棍,猛砸守望楼的大门,同时不断地向楼上的窗口射击。他们故意虚张声势,迫得守望楼的警兵跑上跑下关窗户,敲乱钟,好一阵慌乱;这时外攻的同志就趁虚冲进来了。

第二队只有五个。他们从四面的角落包围饭厅。那二十多个被北洵反锁着的警兵,嚷闹着要出来,有的爬在窗口叫嚣,有的拿板凳砸门,有的拿碗往窗外扔……

"谁闹,我就开枪!"北洵声音威厉地怒喝着,向玻璃窗户猛开一枪,把玻璃打得乒里乓啷乱响。这一响过后,砸门的声音停了,趴在窗口的警兵也乌龟似地缩了进去。

第三队二十来个,他们会合了外攻的队伍,冲过一道又一道的门,跟警兵拼火了。他们当场把警兵撂倒了四个,缴械了六个,其他跑的跑,躲的躲。"推销员"在攻袭的时候头一个挂了彩。仲谦左躲右闪,胳膊也中了流弹。

"把枪放下!没有你们的事!"补鞋匠高声喊着,"赶快出来!不害你们。要不,搜一个,杀一个!"

这一喊,把三个厨子、两个杂工、一个门房都喊出来了。接着,躲藏的警兵和看守也跟着出来。每个人从各个角落露脸,你看我、我看你地举起手来。

第四队有七个,他们在营房里搜到了蜷缩在床底下打哆嗦的看守长,他死也不肯出来。有人向他开了两枪,他哼也不哼地就"躺"在里面了。

他们把所有的俘虏全关在六号牢房里。补鞋匠掏出一把新买的大锁,喀嚓一声把铁栅门锁上了……

吴坚吹起哨子——是撤走的时候了。队伍很快地向吴坚这边集中,只有第一队还在守望楼下忙着砸门和射击。

"听,听,哨子!"剑平说,"得跑了,别掉队。"

十五个同志立刻风快地向队伍集中的地方跑去,只有剑平和四敏两个没有跑,他们两人一起躲在守望楼一个不容易被发现的墙旯旮,望着前面操场纷纷向大门跑的同志,他俩打算等到同志都冲过关了,才最后冲出去。

可是,这时候,守望楼黑口的机关枪忽然格格格响了,已经冲到前面的同志加快往前跑,有人受伤了,被搀扶着跑……没冲出去的同志被机关枪的火网截在后头,退到第二道门里。

剑平急得浑身的血液直往上冲。抬头一看,瞭望台像恶兽张开着黑口,喷着火舌,机枪一梭子又一梭子……

"咱们得干了!"剑平说,从裤腰里掏出炸弹。

"我先来吧。"四敏说,也掏出炸弹。

"不,让我先。"剑平说。

四敏点头。

于是剑平看准瞭望台的黑口,一个猛劲把炸弹扔过去。——扔得准!但没有爆炸。这一下子把两人都急坏了。

机枪哑了一阵又嚣张地吼叫起来。

现在只剩下四敏手里一个炸弹了。

"我来吧。"四敏看着瞭望台黑口说。

"不,还是让我再来！我扔得准。"剑平充满自信地说。

四敏把看着瞭望台的眼睛转过来看剑平。这一下，他立刻相信,这个临危不惧的年轻小伙子有着比他强的腕力和瞄准能力,于是他毫不迟疑地把这唯一的炸弹交给剑平。

剑平重新看准那喷射弹火的黑口，又是一个猛劲把炸弹扔过去。这一下爆炸了,硝烟、灰土和碎木片飞起来。好啊！黑口裂开了,机枪也不响了。火药味呛得四敏直咳嗽。

被机枪的火网截在第二道门的同志,这时开始有人往前冲了。头一个冲的是北涵,接着是吴坚和后头的一伙,他们像开了闸的大水,冲过没遮没盖的露天操场,向大门口那边跑去。

外面路上早停着两辆搭篷的大货车在等他们。司机老贺向吴坚做手势。同志们又急忙又顺序地跳上车。车篷里,先来的一批同志里面有四个受了伤,血淌红了车板。被指定当救伤员的同志在替受伤的同志扎伤……

数一数，人数到齐了,只差剑平和四敏两个还没到。

远远市区钟楼忽然响起了乱钟。这急响的声音半威胁半催促地在天空中喧叫着。车篷里的空气登时变了,大家紧张起来,议论着：

"钟楼敲钟！是不是走了风啦？"

"准是刚才守望楼敲了钟,钟楼听见了,也敲起来……"

"市区里准知道了！"

"当然知道。你听,这是比火警还紧急的信号！"

"怎么办？四敏、剑平还没来！……"

吴坚一声不响地坐在车篷出口的地方，焦急地望着前面监狱大门口,半响了,还是看不见剑平、四敏出来！

前面路口,一辆自行车箭也似地劈面飞过来,骑在车上的是满头大汗的老戴同志。他煞住了车,喘吁吁地冲着吴坚低声说：

283

"我刚接到电话,警卫队已经出动了!——干吗还不开车啊?"

司机老贺掉过头来说:

"已经过了点,不能再等了……"

"不行,说什么也得等!"仲谦吊着绷带,脸色苍白,凛然说,"他们为大家拼命,咱不能把他们撂了。"

"可是这两大车的人怎么办?等着警卫队来吗?"司机老贺反问道。

大家又议论起来,有的说应当等,有的说应当开车。

这时乔装人力车夫的翼三同志,拉着一辆人力车飞跑过来,向吴坚献议道:

"你们先走吧,我跟老戴等他们。老戴的车可以让剑平骑,我的车可以拉四敏,就让他们先到我家去……"

大家同意翼三的献议。吴坚眉头一皱,遏制着内心的焦灼和痛苦,弯下腰去向翼三叮咛几句就叫老贺开车。

立刻,这两辆搭篷的大货车同时飞也似地往前开了,车后腾起一蓬灰土。

车篷里挤得人堆人,都蜷缩着身子。车很快地绕过市街。吴坚从布篷的裂口瞧瞧外面:路上的行人显着惊慌……一个小脚女人在喘气的跟人说话……摊贩慌乱地在忙着收摊……小铺子急着上门……

车拐了几个弯,接着便一直向郊外的公路开去。钟声已掉在后头,慢慢儿远了,小了。天暗下来。几阵大风刮过去后,暴雨来了,水柱子似的哗啦啦地直敲车顶。远远厦门大学和南普陀寺的灯影,在风雨交织的水网里摇曳。一霎时,天上地下,仿佛快淹没了。

这两辆大货车终于在郊外一个荒僻的路上停下来,车灯也关了,一片漆黑。听得见海潮喧叫的声音。这里大概靠近海边。

对面有人用手电打灯语,老贺也打着手电回答。

"新生吗?"有人在哗哗的雨声里发问。

"曙光。"吴坚用约好的口令回答,跳下车去。

走上前来的是李悦、吴七、郑羽三个人。吴坚听见吴七在黑暗里说话。他们在打闪的时候交换了一眼,却不交一言。李悦告诉吴坚,一切已经准备好了。

吴坚简单告诉他们:四个人挂彩,伤势不重。四敏、剑平没有赶上,由翼三和老戴等他们。李悦颤声对郑羽说:

"我们得赶快回去,搭救他们……"

风和雨拧成又粗又猛的水绳子,一个劲儿刮过来。电光一闪,把每个水淋淋的脸照亮了一下。一声震耳的霹雳直打下来。

大家跳下车,救伤员搀扶着伤号,都跟着吴七上了电船。

不一会工夫,突突突叫着的电船很快地离开了海边,向黑茫茫的海面开去。风和雨一起送走了他们。电船绕过鼓浪屿后,朝着白水营开去。

李悦和留下的同志分开坐着那两辆大货车回来。他们暂时分散到郊外几个老早准备好的地方去躲。市内已经戒严。郑羽和另外几个同志就打回原路,分头去找四敏和剑平的下落。

第四十三章

四敏和剑平哪儿去了呢？

当炸弹把守望楼的机枪炸哑了，剑平和四敏躲在楼下的墙旮旯，望着第二道门里的同志冲出露天操场时，两人都不禁交换了快乐的眼色。四敏拉一拉剑平说：

"咱们得走了。"

两人立刻转身飞跑……突然一阵枪声打背后发出，剑平忙往墙角躲，却不见了四敏。回头一看，一个警兵从守望楼跑出来，藏在圆拱门后面向他打枪。他回了几枪，都没打中。他们听见远远市区钟楼响起了乱钟，知道情势紧急，正想偷个机会跳开，却发觉背后小屋又有个警兵躲在窗户后面，向他射击，子弹震叫着打裂了墙土。正当危急，侧面墙角枪声又响，剑平一看，正是四敏躲在那边向小屋里的警兵开枪，这一下解除了剑平背后的威胁。

小屋里的警兵换了个位置，准备袭击四敏。

四敏赶紧也换了个位置，想抄后面袭击警兵。两人绕着屋子跑，谁也打不中谁。半响，四敏不提防暴露了身子，中了一弹，倒了。

他顽强地把手枪紧握在手里，躺着不动。等到警兵追过来时，把火机一扳，警兵倒了。

四敏翻身站起来，对着倒了的警兵又连打两枪。他兴奋，狂喜，看不见自己身上的血，忘记了伤痛，一股想冲出危境的热望，鼓舞着他。他撒腿从左角的边门直跑出来，到了街上。

这时候，这边剑平还躲在墙角，跟圆拱门后面的警兵对打。他一边急着想跑开,一边又怕暴露身子,数一数子弹,只有两个!这么着,非冲一下不可了。他偷偷地贴着墙脚走了几步,一个猛劲冲到后面屋子去。

就在这一冲的时候,他右肘中了一弹。

后面一连串是警兵的营房。他穿过一间一间的宿舍,到最后一间,便踢开窗户,跳出去了。

他跑着四敏刚才跑过的路,从左角边门来到街上。他看不见四敏,看不见老贺的大货车,知道误了时刻。他穿着小巷跑,却不知道这时候翼三和老戴正焦急地在监狱大门口附近转来转去。

剑平尽量朝着靠海的方向走。天慢慢黑了。风和雨拧成一股劲扫来,白天烈日烤过的地面发出呛鼻的泥土气。剑平冲过郊外公路的横道,顺着一条坑坑洼洼的下坡路走,到了一片荒凉的、不见人迹的旷野上。

这里,附近只有几间塌了没有人住的窝棚。望过去,数不清的岩石,千奇百怪地横躺竖立。前面,远远的长堤在水蒙蒙的风雨里,像一条灰色的带子。长堤外一片阴暗的天盖着一片阴暗的海。浮在海面上的鼓浪屿,灯影零零落落,颤动着。

剑平希望能赶到长堤那边找只熟悉的渔船。他穿过岩石的夹道跑,忽然听到一个微弱的声音:

"剑平!……"

他惊讶地四下望着。暮色里,一个白色的影子,在一间倾斜的破窝棚旁边,隐现着。

"四敏……"剑平赶紧跑过去。

风和雨呼啸着过去。四敏躺在滴水的灌木堆下面,浑身雨水淋漓地泡着。

"有人追来吗?"他微微喘着问。

"没有。"剑平蹲下去,拨开身边的草刺,"你伤了吗?……"

287

"我中弹了,不厉害……"四敏用他没有受伤的一只手支着地面颤巍巍地撑起身子,微弱地笑了一下。"跑到这儿,摔了一跤,爬不起来啦。"

四敏的左肩叫子弹打碎了锁骨,血渍红了衬衣。剑平赶紧把口袋里早准备的救伤包掏出来,替四敏扎伤。接着,又顺便替自己的右肘扎上绷带。

"你伤得怎么样?"四敏颤声问。

"不要紧,轻伤。"

"我走迷了。你知道荔枝湾往哪儿走?"——荔枝湾是准备让万一掉队的同志躲的一个秘密地址。

"远呢。不用去那边。"剑平一边扎一边说,"你瞧,前面是长堤,我们只要能找到一只渔船,就脱得了危险……"

"就怕渔船不肯载我们……"

"一定肯!"剑平有意用夸大的口气去鼓舞四敏。"这一溜儿渔船,我全都认识,准能帮忙。顺水下去是金沙港,秀苇的家就靠近港边,我们可以到她家去躲一下。"

"方便吗?"

"方便。她父亲人很好,当然会收留我们。"剑平把伤扎好了,"你走不动吧?来,我背你。"

"不用背。你搀我站起来,我自己会走。来吧,搀我。……"

四敏伸出没有受伤的右手,让剑平搀扶着,硬撑硬挣,居然站立起来,并且向前迈步,奇迹似地走了一段路又一段路。这种反常的、过度的兴奋,使得剑平也吃惊,也激动,也担忧。

四敏越走越快,差点喘不过气。旷野的夹路泥泞,很不好走。四敏冷不防滑了一下,剑平赶紧把他扶住。

"当心,别走太快了,路滑……"剑平说。

四敏站住了。可是这一站,两腿忽然像叫泥浆给粘住了似的,再也迈不动了。

"歇……一会……"四敏浑身哆嗦说。

剑平小心地把他扶到湿漉漉的岩石旁边去坐。

天全黑了。暴雨劈面横扫过来，风把远处的电线刮得呲呲地响。头上打了个闪，一阵咆哮的雷声响过去后，长堤那边，传来海潮撞岸的声音。

"听见了吗？潮声……快到长堤了。"剑平说，极力想鼓舞四敏的勇气。

猛地里，一阵细小的突突突的急响，从远处发出，回头一望，三辆吐着白光的摩托脚踏车，像野狗追逐似的，绕着公路的弧线飞跑，后面跟着一辆囚车。

摩托脚踏车和囚车忽然在公路上停住了。囚车里面，接二连三地跳出一伙一伙模糊的人影。人影沿着刚才剑平经过的斜坡走下来，手电筒在四下里乱晃。

吹着哨子的风，把远处喊口令的声音，带到这边来。

"我认得那囚车……"四敏说，"准是侦缉队追来了……"

"不要紧，离咱们还远着呢。咱走吧。"

"我怕走不了啦。"四敏说，沉重地呼吸着，"我就在这儿躲一下……你走你的吧……"

"不成，这儿躲不了……"剑平吃急地拉着四敏说，"咱们还是找船去，走吧，加把劲！"

剑平迅速地扶着四敏站立起来。可是这一回四敏怎么站也站不稳，两腿直摇晃，他急促地喘着气，恼怒起来了：

"算了，我不走啦！"

"我来背你吧。"剑平说，"再几步就到了。"

剑平使个劲把四敏背在背上，向前走了。路越来越泥泞，跨过一个水洼子又一个水洼子。

289

远远喊口令的声音被风声、浪声、雨声掩盖过去了。

剑平背着四敏,一边走一边焦急地想:"……怎么办?要是前面没有渔船,侦缉队又追赶到,往哪儿跑呢?到荔枝湾去吗?是的,那边同志可以掩护……可是路上戒严了,怎么通过?……哎,要不是因为改期、少了那十个炸弹,这会子该不至于掉队……是呀,四敏是为了我才这样的,我绝不能离开他!就是把他背到天涯海角,我也背!假如冲不过这一关,会死,就一起死吧……"

汗水和雨水一起沿着剑平的脸颊流下来。渐渐地,他觉得那压在他背上的四敏,一分钟比一分钟加重了。他咬紧牙根硬撑着走,步子开始摇晃起来。

好容易到了长堤。

这是一条用青石板新筑成的、七百尺长、六尺宽、没遮没拦的长堤。潮水正涨、夜浪猛扑着岸石震叫着;飞溅的浪花直蹿到堤上来。周围黑漆漆的一片。

剑平沿着长堤才走了两步,眼睛已经冒着金花。他看见岩石在旋转,海在旋转,白色的浪花也在旋转。猛踩一个趔趄,他栽倒了,连同四敏一起扑在青石板上,差点没摔到海里去。

剑平一翻身起来就问:

"怎么样?"

"没什么。"四敏说,像安慰剑平似地轻轻笑了一声,硬撑着翻身坐起来。

两人同时回头去看,远远的沿着斜坡走下来的侦缉队,现在已经散开了,形成散点的包围,朝着旷野这边一步一步搜索过来。手电筒的白光在那黑簇簇的岩石丛里穿来穿去。

天上又打起闪来。这一打闪,四敏清楚地看见,靠近长堤一带海面,什么船影子也没有。他立刻明白,想靠海船载走的希望是落空了。

"完了……"四敏痛苦地想道,"船没有,侦缉队又追着来……让剑平背我到荔枝湾去吗?不可能!……"

又打闪。雷声拖着长音滚过去。

"我可走不动了。"四敏说,眼睛在黑暗里闪亮地盯着剑平,"你撂下我吧,你走你的……"

"不,咱们一起走,趁着他们还没有搜到……"

"我没有救了,你走,你还能活……"

"不,一起走。你要不走,我也不走!"

"听我说,剑平。"四敏严厉地说,"你要不撇开我,连你也逃不了。我没有权利让你为我牺牲!"

"我背你走,我能活,你也能活!"

"别傻了,剑平。"四敏说,生气了,"两个人死不如让一个人活,你还有希望,不能让我拖着……革命需要你,你没有权利死!赶快去吧,明早你叫翼三到这儿来找我,也许我还活着也不一定……"

"那不成。他们一定会搜索到这边来的。"剑平挨着四敏跪下一脚,恳切地说,"来吧,我背你!"

不管四敏同意不同意,剑平粗暴而又强横地拉着四敏,硬要把他背到背上去,四敏挣不过,急了,用牙齿咬着剑平的手。……

"你咬吧,咬吧,"剑平掉了眼泪说,"咬断了指头我也不放……我一定要背你!前面有的是渔船!……"

四敏心痛起来。他知道,他要不狠狠地甩开剑平,剑平就会死死拉着他。

"好吧,一起走。"四敏和缓下来说,"你赶快到前面去找船,把船划过来,我在这儿上船。"

剑平迟疑了一下:

"我背你一起去找……"

"还想背!我让你摔够了!"四敏咬着牙气愤愤地说,"你怎么想

291

的！你不能把船划到这儿来就我吗？——还不快去！"

剑平这才弯着腰急急地走了。

四敏立刻迅速地掏出手枪,用他没有受伤的一只胳臂,向前爬了两下,爬到堤的边缘,抬起头来,低低叫了一声：

"回来！"

"怎么？……"剑平掉转身来问。

"枪……枪留给你。"四敏说,把手枪搁在堤上。

黑暗中,剑平瞧见一个白色的影子在青石板上一翻,不见了。……

他赶快冲回来,没有四敏了！海潮发出碎心的惨厉的呼啸。浪的臂,残酷地拍着岸石。一片黑茫茫的天和海！

剑平扑倒在岸石上,哑哑地叫不出声,哽咽着。他俯下身子望着翻腾的海水,什么影子也没有。夜浪冲着浮出水面来的礁石,吐着白色的泡沫。

雷雨在头上奔跑,哭。整个海岛盖上黑纱,风和浪发出哀愤的长号。对面,在风雨中战栗的鼓浪屿,水蒙蒙的灯影像哭肿的眼睛。

剑平站起来。

他把四敏留下来的手枪,藏在腰里。他吞下哭声,吞下愤怒,吞下海一样深的哀痛。

他仿佛听见悲壮的歌声在辽远的地方唱着：

> 把你手里的红旗交给我,同志,
> 如同昨天别人把它交给你。
> ……

后面黑簇簇的岩石丛里,手电筒的白光越来越近了。……

第四十四章

剑平走完了长堤的尽头,连一只靠岸的船影也没见到。他知道没有希望,便抄着黑暗的偏道跑了。

他决定到荔枝湾那个秘密的地点去。

雨住了。他绕着小街僻巷走了一阵,到了从金圆路经过时,忽然听见远远儿有人扳着枪机高声喊口令,赶紧又打回头。走了几步,又听见喊口令的声音。前后一看,发觉街头街梢已经都被封锁了;横街的路口,街灯底下,几个警兵正在搜查行人。剑平机灵地躲到路树的阴影里去,眼看路口那边的警兵就要搜过来了。

正在焦急时,听见了轻柔的乐声从人行道旁边一座楼房里传出来,抬头一看,楼房百叶窗的罅缝漏出柿红的灯光,剑平恍然记起那正是前一回到过的刘眉家的"忘忧室"。他赶快过去按门铃。一会儿,大门上一个碗大的小圆门旋开了,出现了两只骨碌碌的眼珠子,吃惊似地盯着他问:

"你找谁?"

"刘眉在家吗?"剑平把身子贴近大门,不让那两只骨碌碌的眼睛看见他衣裳的血渍。

"你找他干吗?"

"有事。劳驾你……"

"你贵姓?"

"姓林。"

"请等一等。"

小圆门关上了,半晌又旋开,出现了刘眉的眼睛:

"哦?原来是你!我当是哪个姓林的。"

刘眉边说边开大门,一见到剑平就嚷:

"恭喜你!多咱出来哪?——哎呀,你身上有血?"

"小声点。"剑平跨进去,瞧瞧周围没有人,又低声说,"我是逃出来的。外面警兵在搜街,你让我躲一躲吧。"

"躲?"刘眉脸登时白了。"噢……噢……我当然得帮你!可是请你原谅,自从那回我坐牢出来,我父亲总生我的气,这老顽固!他要知道我收留了你,准坏事!剑平,咱们可是朋友一场,为了你的安全,你不能躲在我家里……"

"那么,你有后门吗?我打后门走。"

"对!对!打后门走!"刘眉叫起来,"我怎么没想到!太好了!那边……"

"小声点!"剑平盯了他一眼。

"那边有条小路。"刘眉拿手捂嘴压低嗓门说,"你拐过蚶壳巷,往北走,可以一直到山上……"说到这里,忽然又触动了灵机似地忘形大叫起来,"对!对!到白鹿洞去!那地方顶安全!明儿我瞧你去!"

"小声!"

"嗜,又忘了,该死!"刘眉拍拍脑门。

楼上客厅传出搓麻将洗牌的声音。吱溜一声,百叶窗开了,探出一个脑袋。剑平忙往暗影里躲。

"阿眉,是郑局长来了吗?"

"不是,爸。"刘眉朝着窗口回答。

"谁来啦?"

"我……我一个朋友。"

百叶窗又关上了,刘眉吐一吐舌头。

294

"走吧,我父亲一下来就坏了。"刘眉说,声音小得只有他自己才听得见,"楼上刘参谋长正在打牌……"

这时从那灯光照不到的长廊里,一只花狼狗拖着长长的链子哗啦啦地跳出来,朝着剑平直吠。

"嘻!彼得!彼得!进去!"刘眉厉声喝着,瞪眼,比比拳头,花狼狗屈顺地伏在地上,眯缝着眼,摇着尾巴。刘眉高兴了。可是一转身,彼得又蹦起来,叫得比刚才更凶……

"呸!彼得!打死!"刘眉又喝着,一手抓住彼得的项圈,一手举着拳头,做出武松打虎的姿势,接着便拾起了链子,把它锁在洋灰栏杆的旁边。

随后刘眉便带着剑平走,经过走廊、小厅、花房、外科手术室、后院,七弯八转,才到了一条窄小的甬道。刘眉打开后门,指着门外道:

"这条路连个鬼也没有!注意!这面是东,那面是西,别走迷了。你瞧,那是北斗星!看见吗?斗柄就在那边……"

"知道了,这地方我熟悉。"剑平不耐烦地截断他,"我通知你一下,你不管对什么人,别提我来过你这儿。"

"你当我会那么傻吗?——瞧,山顶上有灯光,那就是白鹿洞,后面是咱们厦联社。剑平,往后我们还有见面的机会吗?……"

刘眉忽然感伤起来,很快地从裤袋里掏出一卷钞票塞在剑平手里。剑平不拿,刘眉生气了:

"你拿我当不当朋友啊?谁没有患难的时候!穷家富路,万一路上碰见搜查,使点钱也好过关呀。"

剑平看刘眉说得那么恳切,便收下了。

离开了刘眉,剑平又在这阴暗的僻路上摸索了。

到荔枝湾去已经不可能。那边路上有警队,跟这边又背了方向。现在唯一可走的路是到金沙港去找秀苇。

十五分钟后,他到了金沙港的街口,心里充满快要跳出危险圈的喜悦。

走了几步,机警地望望前面,远远儿靠近秀苇家的那条巷口,两个穿着雨衣的警兵正站在那里。这一下剑平又冷了半截。

他退回来站在黑暗的街树旁边,寻思如何冲过这一关。忽然对面横街一辆人力车朝他走来。

"坐车吗?"车夫边走边问。

剑平摆摆手,走开了。

车夫跟踪他追过来:

"剑平吗?"

剑平疑惑地直望那人。

"我是翼三。"车夫说。

果然是翼三,剑平高兴了,问道:

"大伙儿怎么样?"

"顺利。"翼三低声回答,"船开走了,成功了。"

"好。……"剑平脸上掠过欣慰的微笑。

翼三告诉剑平:他和老戴在监狱大门口附近等了他们好久,一直等到郑羽来了,才叫他们分头去找。老戴已经到荔枝湾找去了。郑羽把秀苇的地址告诉翼三,叫他到金沙港一溜儿街上看看。翼三又说,现在公安局、侦缉处、海军司令部、警卫队,全都出动了。靠海一带搜得更严。所有的海面、码头、长堤、沙滩、渡口,以及来往摆渡舢板,都被封锁了。

"我差点儿走不过来。"翼三说。又问:"四敏呢?"

剑平把四敏牺牲经过简单告诉他。翼三黯然,但没有追问下去,只紧急地催促剑平道:

"快上车吧,你就装病人,我拉你走,就到我家去。"

剑平说:

"我胳膊中弹,衣裳有血,身上还有两把枪,现在路上又戒严,怎么混得过去?"

翼三想了想说:

"这样吧。你把手枪分一把给我,咱们冲一冲看,混得过去就混,混不过去就杀过去……"

"这不是好办法,现在不能再冲了……"

"那么,我去打电话,叫郑羽多派几个人来把你救出去。"

"不,现在是偃旗息鼓的时候,不能那样做。"

"那怎么办?反正不冒点儿险,准冲不过去。"

对面人行道上走来一个胖子,喊着:

"车!车!大同路……"

"拉不动啦,"翼三向他摇手,"胶皮漏气啦!"

胖子掉头向前走了。前面的警兵喊起口令来,接着把胖子浑身搜查半天才让他过去。

"秀苇的家就在那巷里,"剑平指着前面说,"要是你能把巷口那两个家伙调开,我就能冲进去。"

"怎么调开呢?"

剑平便把他刚想到的"调虎离山"的办法告诉翼三。

"行,行,就这样吧。"翼三低低叫着。

于是剑平躲在前面一棵阴暗的路树底下,瞧着翼三拉着空车往前走。

"口令!"前面警兵厉声喊。

"回家,回家。……"翼三边走边回答。

"站住!举起手来!"一个警兵提起步枪对他瞄准。

另一个警兵在翼三身上摸索一阵,又把车座翻来倒去搜查了好久,才挥手叫他过去。

翼三走远了。街上死一样的静寂。不一会工夫,一阵凄厉的叫喊声打拐角儿那边发出：

"救命呀！……救命呀！……"

两个警兵面面相觑,迟疑了一下才赶向喊救的地方去。

就在这时候,剑平从从容容地溜进了巷里。

第四十五章

剑平来到秀苇的家门口,站住了,轻轻敲着门环子,一会儿,里面传来一阵细碎的拖鞋的声音。

"谁呀?"

"是我,秀苇,开吧。"

门很快地开了,门里漆黑,只看得见一个模糊的身影。剑平一进去,秀苇就急急地关上门,颤声道:

"嘻!你没有跟他们一起走吗?"

"我掉队了。"剑平悄声说,"我想在你这儿藏一两天,行吗?"

"当然行!"

"你父亲会答应吗?"

"不答应也要他答应!"秀苇说,在黑暗里拉着剑平潮湿而冰凉的手,"我们进去吧。"

剑平蹑手蹑脚地跟着秀苇从前面的院子绕过后面的院子,到了前回他来过的那间后厢房来。

"你可以住我这个房间。"秀苇说,划了火柴,把桌上的火油灯点亮,"这儿白天很少有人来。那边过道的小门一关,谁也不会知道你在这儿。我可以去跟我妈妈一道睡……"

秀苇一边说,一边转过身来,一看到剑平,不由得眼圈发红,愣住了。这时剑平直挺挺地站在火油灯前面,显得又瘦,又黄,双颊凹陷,眼眶和嘴唇发黑,擦伤的额头挂着血痕,衣裳满是泥印和血印。这是一个快要倒下来却顽强地撑住了的形体!秀苇不能自制地扑了过去,抱着那湿漉漉的泥污的身子,把强抑着的眼泪倒出来了。

"秀苇,"剑平低声叫着,"没想到我还能活着见到你!……"

"这是梦吗？"秀苇擦着眼泪说,"明儿我去给你伯父捎喜信儿。"

"暂时还是别去,免得特务跟踪你。"剑平说,一边带着抱歉似地回避秀苇的拥抱,"我身上脏得很……这儿肘弯中了一弹。你有绷带吗？我想重新扎一下。"

听到"中弹",秀苇吃惊了,赶紧开抽屉拿出绷带和药水,替剑平敷药和扎伤。她问剑平是怎样受伤的。

为着避免提到四敏,剑平把受伤的经过编了些理由告诉秀苇。

"四敏跟他们一起走了吗？"秀苇忽然问。

"是的……都走了。"剑平支吾着回答。

这一刹那,他一想起自己脱了险而四敏牺牲,就止不住心里发一酸;但他不愿意说出实情来惹起秀苇哭——现在不是哭的时候。

秀苇兴奋地告诉他,她是今天下午五点钟才听到郑羽告诉她要劫狱的消息。郑羽还说:劫狱的日期本来约定十月十七日,因为听到剑平今晚会被枪决,所以临时又改了今天。她一听更紧张了。郑羽指定她担任这样一个工作:在六点四十分这个时间,她站在"司令部"门口布告栏那边,假装看报,要是她看见公安局和侦缉处一有警队出动,马上就用约定的暗语打电话给老戴,好让老戴骑自行车去通知劫狱的同志。她照做了。……她回家时,看见她父亲从报馆回来,警告她说:

"秀苇,今晚你可别出去呀！外面正在大搜街！共产党暴动劫狱！这回剑平准逃出来了！"

剑平打断秀苇的话说:

"我躲在你家,老人家会不会害怕？……"

"你放心,我的家就是你的家。"秀苇说,"我妈妈听我的,我爸爸……他也是听我的。"

"可老人家总是老人家,"剑平说,"你还是好好跟他们说,免得他们一害怕起来,又麻烦了。你先去说吧,我等你……"

剑平把秀苇催走了。

秀苇走进父亲的书房时,父亲正拿着一本《李太白诗选》在哼唧。他坐在靠椅上,两只脚搁在窗台上,旁边一只矮茶几,上面放着一杯高粱酒和一碟油炸花生仁。

秀苇的父亲,四十不到,不修边幅,有几分文人潦倒的气味。他有着一张玩世不恭的胖脸,两道忧郁到可笑的粗眉,一只庸俗不堪的酒糟鼻子。他是《时事晚报》的编辑,经常在报端发表一些似乎是愤世嫉俗而其实是浅薄无聊的小品文,却自以为是天下奇才。他喜欢喝酒,作旧诗,说笑话。他的同事明知他是个糊涂家伙却又爱充"前进",为着揶揄他,便故意骂他是"过激派",他听了却非常高兴。他常对人大谈其"首倡"的"孙克主义",说是"孙中山与克鲁泡特金在中国结婚,可以救中国"。他虽然说得吐沫乱飞,其实他既没有把"三民主义"读完过,就是关于安那琪主义这个名词,也不过是从《新术语词典》一类的书上得到的一点小常识。然而丁古非常自足。"自足也是中国人做人的一种美德,未可厚非也。"他这么一想,就更觉得他有充分理由来对人高谈阔论了。秀苇挖苦过他:"爸爸,你的孙克主义,应当叫孙克丁主义。"丁古听到自己的姓名可以和两个伟人相提并论,反而觉得兴奋,认为"知父莫若女"。

他爱喝酒,但当报馆的同事邀他去喝花酒充名士时,他却谢绝。要是人家强拉他,他就会老实不客气地大声嚷起来:

"我不能去!我怕老婆!"

拉的人大笑,他也大笑,可是别人却不理会他的大笑是带着自豪和自尊的。他常对人宣传,"应该怕老婆!能对受压迫的妇女让步的,一定是心地善良的男子!"他把这一套道理带回家里来谈,博得老婆和女儿一场掌声,他非常高兴,想不到"知己"就在自己家中!

丁古每天唯一的赏心乐事,就是放下笔杆回到老婆身边来聊天,打哈哈,鼓吹"饮酒乃人生之至乐"。他把秀苇宠得要命,宠到做女儿的有时骄纵起来不像女儿而像父亲。他有时发起脾气来也是易发易消,比女儿显得还孩子气一点。所以父女俩虽然常常抬杠,却不碍事,有时两句话可以翻脸,有时两句话又可以和解……

这时候丁古一看见秀苇进来,立刻拿下老花眼镜,用打趣的声调对女儿说:

"嗨,女作家!前天你写的那首诗太红了,不能发表……"

出乎意外,今天秀苇不跟他说笑,她走近他身旁,一本正经地说:

"爸,我想跟你谈谈。"

"谈吧,别绷着脸!"丁古嘻开了嘴说。

秀苇开始平静而严肃地告诉她父亲,方才的劫狱,剑平的确是逃出来了;又说,剑平是厦联社的社员,又是朋友,无论从哪一方面说,她都有援救他的责任……

丁古没有等女儿把话说完就打断了她。

"少提你的厦联社吧,"他用夸张的手势显示苦恼的样子说,"为了你跟厦联社结了不了缘,我又得闹失眠症了。我们报馆的记者刚才告诉我,他们从侦缉处那边得到消息,说是这回的劫狱,跟厦联社有很大的关系。"

"那是人家故意造的谣言,你别相信。"

"可是,现在是谣言可以杀人的时代啊,我的女作家。"丁古带着一半严厉一半打趣的神气说,"你连一点戒备心也没有,那是危险的。你知道人家把你怎么看吗?人家说丁古的女儿是厦联社的女将,是女共产党员——你不用申辩,你当然不是共产党员,我知道。可是人家要这么说,你有什么办法。人家也说我丁古是'孙克主义者',是'过激派',说我们是'有其父必有其女'……"

秀苇每回一听到爸爸提到"孙克主义",总是用极大的忍耐才把内心的厌烦压制下去。

"得了,爸爸,"她说,"人家跟你开开玩笑,你倒当真啦,谁不知道我干的是极普通的救亡工作,谁不知道你是个小心怕事的人,你绝不会有什么过激的——"

"你懂得什么!"丁古大大不高兴地说,"孙克主义本身就是种过激的思想,比共产主义还要过激!你倒把它轻描淡写了。说实话,我有点后悔,要是从前不提倡这么一种主义,现在也该不至于被当危险人物了……"

秀苇登时耳根红了。她看见爸爸那么沾沾自喜地把自己标榜做"危险人物",觉得又滑稽又难为情。

"好吧,好吧,"她避免争论地说,"我们先不谈这个。……"

于是她把刚才叫父亲给打断的话继续说下去,最后她直截了当地说:

"我得告诉你,爸,现在剑平已经到我们家来了,就住在我的房里。"

这一下丁古跳起来了。

"什么!他来了?"他两眼像直棍,又急又气,"你怎么先不跟我商量?"

"我现在就是来跟你商量啊!"秀苇若无其事地回答。

"不成!我们不能收留他!我们的目标太大,已经够危险了,不能替人掩护!说不定侦缉队过一会就搜到这儿来——我去叫他走!"

丁古直愣愣地要往外走,秀苇赶紧把他拉住。

"你不能这样做!"她说,胸脯一起一伏,"外头都戒严了,你叫他往哪儿去?"

"那也没有办法,我们自身都不保了,还能保护他!"

"你太'过激'了,爸。"秀苇冷冷地说,"我今天才知道,所谓孙克主义原来是这么一回事!好吧,用不着你去告诉他了,我自己去!"

"你去叫他走?"

"我去跟他一道走!再见。"

秀苇二话不说,扭头就走,急得丁古喘吁吁地走去堵着房门。

"别走,别走,急什么……"丁古轻轻地推着女儿说。

秀苇一动也不动,紧闭着嘴。

"好好谈,进去,进去……"丁古又轻轻推着,不好意思地笑笑。

"你不肯收留他,干吗你又来拦我?"

"这么晚了,你还到哪儿去?"

"我自有我去的地方。你不留他,别人会留他!"

丁古从心里打个哆嗦。

"外面搜得这么严,秀苇,我不能放你走……"他喉咙发哽,拉住了女儿,好像怕她飞掉似的。

"你拉我没用,就是妈来了也拦不了我!"

丁古忽然哭起来,像小孩子似地低咽着叫道:

"秀苇,我留他!我留他!……"

秀苇头低下去。

"秀苇,"丁古抹了眼泪又说,"不是我怕死,我实在是替你担心。我死了不要紧,你死了可不行。我不能没有你,我只有你一个!……"

这时秀苇的母亲在门口出现了,手里拿着从厨房带来的热水瓶。

"喏,哭啦?"秀苇娘走进来,有点惊异地问。

秀苇抬头望着母亲笑。

丁古把老婆拉到身边来坐,把剑平的事告诉她。现在他充起英

雄来了,尽量用勇敢的口吻去说动她,好像害怕的已经不是他,而是他的老婆。末了他说:

"你说对吗?我们用不着害怕,家里只有你我秀苇三个,要不走了风,管保没事……"

想不到秀苇娘并不像丁古所揣想的那样害怕,她乍听这个消息时,心里虽也慌了一下,但过一会也就平静了,她温和地回答丁古说:

"人家找咱们来,也是不得已的,咱们既然收留了,就得救人救到底……"

"妈妈!"秀苇跳过去抱住妈妈叫着,"我的好妈妈!"

"好,"丁古笑着说,"妈妈好,爸爸就不好啦?"

秀苇调皮地冲着爸爸做了一个鬼脸,接着便忙起来了:

"妈,找一套爸爸的衣服给我,剑平还没换衣服呢……"

第四十六章

　　剑平在秀苇家只躲了一天,第二天的下半夜,便由吴七亲自划船把他载到内地去了。同他一起走的还有一位徐侃同志,是个年轻的不挂牌的外科大夫,台湾人,在日本学医时参加了共产党。他在厦门一直当同志们的义务医生。这回组织上派他沿途替剑平医伤。

　　剑平走的那天早晨,秀苇才听到郑羽对她说出四敏牺牲的实在情况,她登时就哭了。郑羽接着又告诉她,四敏的尸体今早已经发现了,就在长堤那边的沙滩上面。

　　秀苇离开了郑羽,一个人朝着郊外的长堤走去。这天正好是星期日,堤上堤下都围满了人。秀苇一挤进人丛,就看见一个微微屈着两腿的尸体伏在退了潮的沙滩上。她抑住眼泪,不让哭声冲出喉咙……四敏的脸一半贴在沙上,脸色虽然死黄,却没有受害者的惨相,正如他活着的时候那样,安静而善良。他的眼半开,死死地盯着沙滩。肺尖中过弹的伤口,血渍已经叫海水给冲洗干净了。好些个青年学生,站在尸体旁边,默默地低着头。有个秀苇教过的学生悄悄地告诉秀苇,验尸官刚才来验过尸,侦缉队也来搜过尸体,据他们说,尸体可以由死者的亲属领回去埋葬。……

　　这时从堤上又来了十多个滨海中学的女学生,乍一来,都用惊骇的、哀伤的眼睛瞧着伏在沙上的老师,接着是沉默,接着有人咬手绢,接着有人哭。第一个人的哭声把其他的学生都引哭了。秀苇抑制了半天的眼泪,到这时候也抑制不住了。

　　为着提防涨潮会把尸体冲走,四个男学生动手把尸体抬到长堤上面来。秀苇蹲下去,用手绢替四敏拭去耳朵里和眼眶里的泥沙。有个女学生替四敏整理潮湿凌乱的头发,又有个男学生替四敏揉直了僵而弯的双腿。秀苇看到四敏肺尖的伤口,几乎忍不住想动手去替他包扎,像她替剑平包扎肘伤那样。

来的人越来越多,各个阶层的人都有。薛嘉黍老校长拄着手杖也来了,一看到四敏的尸体就眼泪闪闪地挂了一胡子。他紧闭着嘴,潮湿的眼睛隐藏着沉默的抗议。

刘眉气喘喘地赶来,站着愣了半天,然后把秀苇拉到没有人的地方去说话。

"我们厦联社完了!往后怎么办!"他颓丧地摇着头,又悄悄地说:"秀苇,我告诉你一件事,你千万别告诉别人——剑平逃到白鹿洞山去了。"

"你怎么会知道?"

"前天晚上,他一逃出来就先到我家,"他骄傲地说,"后来他从我那儿后门又逃到白鹿洞山去,他嘱咐我不要告诉别人。"

"那你为什么又告诉我呢?"

"你……你当然不同,你是自己人。秀苇,等一会我们一同到白鹿洞去找他……"

"你要去你去,我不去。我管不了这许多!"

刘眉又惊又傻地直了眼儿,瞧着秀苇走开了。

刘眉回到人丛里来时,这边已经由滨海中学的教员和厦联社的社员成立了一个治丧委员会,决定今天下午五点钟举行殡葬。

刘眉激动地对治丧委员会的朋友们说:

"应办的事情你们办吧。棺材,由我负责买。"

他邀秀苇一起去买棺材,跑了好几家,都嫌太小。秀苇有一种连她自己也莫名其妙的奇怪心理,她虽然知道棺材对于死人并不等于房屋对于活人,而且也知道黄土一掩就什么都完了,但她仍然希望能替死者找一口比较结实的棺材,好像她过去已经忽略了不少可贵的友谊,现在不能再忽略这最后一件东西似的。刘眉在这一点上倒也不吝惜腰包,他慷慨地听从秀苇的建议,买一口好的。

下午五点钟,送殡的人都在长堤的旷地上集合。秀苇想也没想到会来了这么多的人!这中间,来得最多的是青年学生,其次是各个社团和工会渔会的人,还有姓陈的大姓也来了不少。四敏的灵柩挂满了花环。

郑羽同志偷偷地对秀苇说:

"我们有意发动了各方面的人来参加,人多了,他们便认不出目标。可是咱们也得小心,前天晚上封街大搜查,抓了一百多个老百姓,监狱都满了。今天来送殡的一定也有特务混在这里面。你瞧,站在那边的那个穿浅灰西装的,准是条狗……"

秀苇回到旷地来的时候,刘眉已经带着三十多个艺专的学生赶来了。

滨海中学的乐队奏起哀乐,接着是唱挽歌和默哀,旷地上忽然一片沉寂。海风绕过鼓浪屿的日光岩,沿着海面吹来,白色的挽联在落日的斜光里,别别地响着。空气中有着从灵柩发散出来的花环的香味。海潮无力地拍着岸石,哗……哗……哗……

出殡了。前头是乐队,接着是送殡的行列,接着是灵柩,接着又是送殡的行列。抬着灵柩的是死者生前的学生,沿途陆续有人参加进来,行列越加越长,经过大街、经过沈奎政公馆的门口、经过侦缉处、经过市政府、经过司令部……秀苇仿佛忘了那睡在灵柩里面的是她自己的朋友,仿佛四敏是个象征的名字,又仿佛觉得四敏也参加了送殡的行列,和她在一起走。四敏没有死——他是跑完了一段接力跑,把旗、把任务、把意志,交给大家,让大家接下去跑第二段。一切正在开始,正在继续,正在发展……

秀苇听见路旁有人在议论:

"这是邓鲁出殡……"

行列到了郊外南普陀路时,送殡的人陆续散回去了。剩下的一些学生和旧日的朋友还紧跟着灵柩走。那条穿浅灰色西装的狗也还跟在后面。秀苇悄悄地对郑羽说:

"你先回去吧,你不用到坟地去。"

郑羽懂得秀苇的意思,打回头走了。

灵柩在坟地埋葬了后,秀苇沿着南普陀路回来,后面刘眉跟着。她好几次回头去看,那条穿浅灰色西装的狗已经不知哪去了。黄昏在四面的山头撒网,城里的灯光一点一点亮了。她从南普陀寺门口经过时,不知不觉向放生池石栏瞧了一眼。远远的松涛听来如在梦里,但敲锣炸岩石的声音已经没有了。

刘眉追上来的脚步声打断了她的回忆。他对她叹息着说往后要是再开美术展览会,少了一个像四敏那样公正的鉴选人。秀苇不做声。临了快走到市区时,刘眉忽然态度尴尬起来:

"秀苇,我……我……"

"说吧,别结结巴巴的。"

"我今天发觉自己有个奇怪的感情,我说了你别生气……一个奇怪的感情……"

"说吧。"

"我不要你回答,永远不要你回答,我说的是我自己……我觉得今天……今天你很可爱……"刘眉茫然地觑了秀苇一眼,又说:"我知道……你不会答应我……我也不敢希望……因为这是不可能……可是没有关系,我能够把话说出来,这已经够幸福了……这是艺术!……这是心灵的诗,心灵的悲剧!最深沉最深沉的悲剧!……我没有任何要求!……好吧,我要往思明路走了,我还有约会……"刘眉站住了。"我很难过,秀苇,……唉,不说了,就这样吧,再见。"

"再见。"秀苇顺口地回了一句。

过分忧郁的表情使刘眉的柿饼脸显得有点滑稽,他踏着苍老的、颓唐的步子向十字路走去。秀苇暗暗好笑。她走她自己的路,很快地把刘眉说的话撂得干干净净了。

接着一连好些日子,特务和警探整天忙着搜人逮人。厦联社和滨海中学又遭到两次搜查,二十四个抬四敏灵柩的学生和三个主持治丧委员会的教员都被逮走了,秀苇也在里面。

秀苇被捕的前一个晚上,九点钟的时候,吴七在鼓浪屿靠海的一条僻静的林荫路上走着。一个钟头以前,有个熟人通知他,叫他在这个地点跟李悦碰头。吴七来回走了一阵,见不到李悦的影子,正在纳闷,忽然迎面来了一个五十开外的吕宋客,走近过来,非常客气地沙声问道:

"请问,笔架山往哪条路走?"

吴七犹疑地注视他,摇头说:

"不知道。"吕宋客却不走,低声说:

"怎么,不认得了?"

吴七更加怀疑了,重新打量这个背着街灯站着的吕宋客:棕色脸,菲律宾体的西装,口衔着吕宋雪茄,胡子掩盖了嘴,右眼像是有病,戴个夹白纱布的黑眼罩,头上的毡帽歪歪地压着眉棱,胳臂弯儿挂着藤手杖。——哪儿来的这么一个老番客呀?

"我们一起走吧。"对方的声音不再发沙了。

"哦,是你!……"吴七低低叫着,心里暗暗纳罕。

他们朝着黑暗的海边走去。

"你差点把俺骗了。"

"我正要试试,看我这样的打扮是不是瞒得过人,"李悦笑了笑说,强烈的雪茄烟味把他呛了一下。

"真像个老番客。"吴七也笑了。立刻又问:"你叫俺来,有什么事？"

　　李悦便把最近厦门环境发生的变化简单分析了一下，他叫吴七暂时到内地去避避风势，等将来环境松缓了再回来。

　　他们到了海边。吴七站在潮湿的沙滩上，呆呆地望着海。他想起了老伴和孩子："俺走，他们准得要饭！……"心里怪难过的。他不愿意让李悦看出他的心事，便嘴硬地说：

　　"俺不怕他们！前一回金鳄逮捕了俺，赔了本了；这一回俺就明摆着，他们也不敢动俺！"

　　"你看错了，他们一定不会放松你……"

　　"来吧，要是赵雄不怕喝海水，俺等他来逮好了。"

　　"别太相信你那些大姓了。这回要是你真的被捕了，准没有人理你！"

　　"不会的！别错看人家啦，人家就是怎么坏，也还是讲义气的。"

　　"时候不同了，吴七。"李悦说，"这时候你们三大姓，正闹着抢码头，准备大械斗，他们为了霸占码头的利益，把什么义气都不顾了，还会顾到你！"

　　李悦接着又一再打比方、搬事实地说给吴七听，吴七只是听不进去。

　　"你老劝俺走，可你自己干吗不走呢？"吴七反倒问李悦，"你总比俺危险哇！"

　　"不错，我是比你危险，可我也的确比你安全。我有群众掩护，你没有；我有隐蔽的条件，你没有；我留着是为了工作的需要，你留着完全没有必要。所以我说，你还是提早走吧，吴坚也盼望你会去找他。"

　　"好吧，过这一阵再说。"

　　"不能过这一阵！"李悦严厉地说，"要走明天就得动身！"

　　"不能那么快哇！"吴七苦恼地搔搔后脑勺说，"你得让俺跟老伴儿商量商量，再说，俺家里也得要有个安顿啊。"

"最迟后天就得动身！这一两天，你就先到亲戚家去躲一躲吧。"

吴七含糊地答应了，心里却私自嘀咕着。李悦因为约好郑羽在寓所里等他，就匆匆和吴七分手了。

第四十七章

吴七当晚回家,就跟老伴谈要去内地的事。老伴掉泪说:
"带我们一起走吧,要不这个家怎么办?"吴七自知没法带家眷走,越想越觉得穷家难舍,不知怎么办才好。

李悦天天派人来催,吴七却还是犹疑不决。

到第六天夜里,吴七到一个亲戚家去吃喜酒,醉得一塌糊涂,坐了一辆人力车回家,半路上,渐渐不省人事。半夜醒来,发觉双手被扣,对面是铁栅,这才知道已经坐了牢。

在吴七被捕的前后那几天,金鳄向侦缉处请了假,躲在家里不出门。到了销假那天,他偷偷走去找老黄忠,再三表白,说是吴七被捕的事他全不知道。

"我要知道,"他说,"吴七该不至于吃这个大亏。……胳膊肘儿不往外拧嘛。"

金鳄不敢到监狱去看吴七,赵雄也避免参与这个案子。审讯吴七的是公安局的副局长。

吴七一死儿否认自己参加过劫狱。副局长要他说出李悦、吴坚、剑平、北洞这些人的地址,他拱起了火:"这干俺什么事!"二十来天,他受了三次毒刑,发了一次恶性疟疾,一下子瘦了二十来磅,差点儿送命。他受刑的时候盼望死,发高烧的时候又盼望死,但死总不来找他,他痛恨自己牛一样壮的身子。过了几天,疟疾和伤口好了,他又盼望活。

"不能死!"他对自己说,"死了太便宜了他们!"

起初,他总盼望他手下的那些大姓会来砸监狱救他,慢慢儿他知道他盼望的落空了。

"他妈的,人一倒了霉,人心也都向背啦。"他心疼地想,"恰恰让李悦的嘴道着!当时不该不听他!……"

十一月二十二日下午四时,八个警兵把吴七押上开赴福州去的轮船。警兵里面有一个姓吴的,跟吴七偷偷认宗亲,样子似乎还客气。

轮船还没有开,吴七耷拉着脑袋坐在统舱里,双手扣着手铐,想起"虎落平阳被犬欺"这句老话,不由得暗自辛酸。

"爸爸!"

一听见这叫声,他抬起了头,看见统舱口铁扶梯那边,吴竹跟在老黄忠后面下来了。

吴竹一看见父亲被折磨得不像人样,伤心了,扑在父亲脚下,登时眼泪直掉。

"哭嘛!老子没死,别给我丢人!"吴七气气地低声骂着,却不料自己的眼睛潮了。

老黄忠带来了一竹筐的香蕉、福柑、饼干要送吴七,顺便也招呼警兵们吃。警兵里面有三个是同安人,都认得老黄忠,大家攀起乡情来。

"乡亲,俺们三百年前都是一个祖宗!"老黄忠说,"大家担待些儿吧,俗语说,船头船尾有时会碰着,能'放点',就放过,别赶尽杀绝哇!……"

"这个不干俺们。"有个警兵拉长了脸说。

老黄忠盯了他一眼,又说:

"常言道:'好汉不欺负受伤的老虎',人家又不是死刑犯,干吗还扣人家手铐?要是要大小便的话,叫人家怎么干呀?……"

"这个没法子,将就将就吧。"另一个矮警兵说,"等船开了,上茅房可以开铐。钱伯,你放心,大伙亏待不了吴七。"

就在老黄忠跟警兵拉拉扯扯的时候,那边爷儿俩唧唧哝哝地在那里"叙别"。吴竹趁机会把他们要抢救吴七的计谋,偷偷地告诉父亲。末了又说,这个计谋是李悦布置的。

听到"李悦布置的",吴七顿觉心里托底,浑身都有了劲。

吴竹把话交代清楚,就催着老黄忠离船去了。

一会儿,甲板上敲锣催着送客离船。

船桅升起出港旗。接着,机器房轰隆轰隆地响起来,船掉了头,往前开了。

吴七说他肚子痛,急着要大便,那姓吴的警兵便带他到船后的厕所,替他开了手铐,低声说:

"到时候你得把我推倒……"

吴七说:"知道了。"

吴七在厕所里干蹲,把毛线衫、鞋子都脱了。他从钢窗口瞭望海面,果然望见一只插着绿旗的船,打乌里山海面,横冲着直驶过来,吴七赶快跑出厕所,同一个时候,统舱口那边,两个警兵从铁扶梯要爬上来,那守在厕所门口的姓吴的警兵气喘喘地拿着手铐走来,假装要扣吴七,一边小声说:"推我,推我!"说时迟,那时快,吴七把手一掀,那警兵立刻向后颠退,一个倒栽葱摔在舱口那边。接着吴七便脱弦箭似地向船栏飞跑,猛地纵身一跃,猛虎跳墙般地越过船栏,向大海扑过去了。

他很快地冒出水面,又很快地游过去。听到连连响着的枪声,忙又往水里钻,像翻江的蛟龙似地往前直蹿。到他再冒出水面来呼吸时,他听到枪声远了,心想轮船离他一定也远,便只管冲着浪前进,突然,他觉得手脚笨重起来,接着,海水往鼻子里口里直灌,他开始心慌,头也晕了……

"爸爸!爸爸!……"

迷迷糊糊听见叫声，迷迷糊糊觉得吴竹已经在他身边。

"抓住救生圈！……抓住！……"吴竹叫着。

他有气没力地抓住了救生圈，平凫着，让儿子拖着他游。

插绿旗的小电船驶近前来。吴七使出浑身的力气想爬上电船，却任爬也爬不上。他终于像一只瘫了的鲨鱼似的，由着吴竹和船上的人七手八脚地把他连扶带拉地抬上船去。他平躺在船板上，喘着，脸和死人一样的苍黄。吴竹给他解开湿淋淋的衣裳时，发觉他右边肩胛中了一枪，血还在冒。

这时老黄忠把小电船开足了马力，冲着大波小浪直跑，船尾拖着白色的泡沫线。回头一望，那艘开赴福州的轮船，已经越去越远，一会儿，小了，不见了。

电船上还有一个年轻小伙子，他对吴七介绍自己：

"我叫翼三，李悦派我来的。"他动手替吴七扎起伤来。

吴七又是欢喜又是疲乏，说不出话。那沾过海水的伤口痛得他发晕。他把眼睛闭上了。

"俺有救了。"他昏昏沉沉地想着，"人家李悦到底没忘了俺……真怪，前回他信不过老黄忠，这回倒又重用他。好！……"

电船到夜里十一点钟才在石码一个荒凉的海滩上停住。吴竹和两个农民用担架把吴七抬到附近一间土屋。徐侃同志当晚由漳州内地赶来，到天亮才到。他马上替吴七动手术，把肩胛里的子弹拿出。

过了晌午，吴七发高烧，神志昏迷，不断地嚷着：

"俺快死了，俺快死了，让俺见吴坚一面……"

吴竹捂着嘴哭起来，老黄忠狠狠地瞪他一眼，他不敢哭，偷偷溜到屋后一棵龙眼树旁，口咬着袖子直咽泪。老黄忠打后面赶来说：

"赶快去！你爸爸叫你……"

吴竹拿袖子抹了抹脸,掉头就走。

"回来!"老黄忠叫着,"把眼泪擦干净!听着,你要是再在你爸爸跟前哭,回头俺就揍你!好,去吧!"

吴竹咬着嘴唇不敢吭声,耷拉着脑袋走了。老黄忠独个儿站着呆了一阵,便在树疙瘩上面蹲下来,看看四下没有人,忽然扑沙沙地掉下了眼泪。

这时候吴七还在屋里嚷着:

"吴竹……吴竹……俺活不了啦。……吴竹,你去吧,去把你吴坚叔找来,去吧,你告诉他,俺等着要见他……"

吴坚到第二天夜里才从三十里外的一个村子赶来。

吴七热度退了一点,一看到吴坚,登时就眼泪直涌。

"俺不行了……"他说,嘴角浮着辛酸的微笑。"老盼着你来……五年了,总碰不到一块……你在内地,你来不了,俺去又去不得;现在你来了,俺可又要走了……大伙儿白救俺一场……"吴七仿佛觉得自己太泄劲,又换个开玩笑的口气说:"吴坚,俺当你的小兵行不行?够不够格?……唉,这一辈子算完了……吴坚,你肯不肯替俺写个介绍信,让俺到阴府见你们的四敏,看他要不要俺这块料?……"

吴坚温和地笑了。

"别胡思乱想了,"他亲切地说,"刚才徐倪同志告诉我,子弹拿出来了,过了危险期啦……好好养伤吧,再过半个月,你就可以到我们那边去……"

"不用哄俺了,我又不是小孩子。"吴七衰弱地笑了,"能见到你,俺心愿了了……吴坚,俺把吴竹交给你了。你把他带走吧……"

不管大家怎么安慰吴七,吴七总当别人是在哄他,但又不愿意吴坚为他难过,就不言语了。

又过一天,吴七热度渐渐退了,伤口也不那么疼了,这才相信自己的确是过了危险期。他开始有说有笑了。

"这条命是捡来的。"他像小孩一般高兴。"吴坚,伤好了,俺当你的勤务兵去!"

"我们那边同志都欢迎你去。"吴坚笑道,"你记得吗,从前我要你加入,你还说:'俺是没笼头的马,野惯了。'……"

"嘻嘻,别提了,"吴七害臊地傻笑着说,"当初是当初,现在是现在呀。"

"反正你也回不了厦门,"吴坚说,"你就跟大伙儿在一起吧。再半个月,我叫剑平来接你……"

那天中午,吴坚离开吴七,赶路回去。

第四十八章

秀苇关在女牢里到第四天才被提讯。赵雄让她坐在他讯问桌子的对面，旁边没有记录员。他稍微显着拘谨，好像他是属于一个在女性面前随时会感到局促的男子。尽管这样，秀苇仍然意识到，赵雄那两只向她注视的眼睛，有着一种非人性的邪恶躲在里面。

显然，由于秀苇一进来就显出容光照人的美丽，赵雄不自觉地把他灵魂里最肮脏的东西泄漏到脸上了。

首先，赵雄表示关心地询问她在牢里的生活怎么样，是不是感到不舒服，有没有哪个看守对她粗暴，秀苇简单地回答他。赵雄接着便感慨地批评今日监狱制度的不良。他对秀苇的遭遇表示一定程度的同情。所有他说的全套台词，都尽量想使他能够在这个标致的女犯面前产生良好的印象。秀苇暗地奇怪，赵雄讲了半天，竟然一句也没提到她犯罪的原因。

秀苇一边听着，一边脑里不断地考虑怎么样对付。末了，赵雄对她说，改良监狱虽然不是属于他职务内的事，但在道理上，他应当让一个受过高等教育的女子尽量减少困难，因此，他可以优待她住在他公馆里的"特别室"……秀苇从那两只发射着邪光的眼睛，联想到林书茵姊妹的遭遇，立刻猜出那所谓"特别室"的全部内容了。

赵雄结束他的谈话后走出去，接着两个警兵进来，半嘲讽地对秀苇说：

"到处长的公馆去吧，不用坐牢了。"

秀苇拒绝去"特别室"。两个警兵动手要拉,她不让拉,故意高声地喊起来:

"我不去公馆!我不去……我要回监牢!我要回监牢!……"

差不多所有侦缉处的人员都听到秀苇的嚷闹。赵雄听了也吃了一惊。他不得不急忙赶回来,叫警兵照样送秀苇回牢房。

为了秀苇这么一嚷闹,赵雄整整不舒服了一天。

从那天起,秀苇开始不梳头,不洗脸。她素日爱整洁,现在却巴不得把自己多弄得脏一点。同牢的两个女伴传了虱子给她,她起初害怕,过后也惯了。

秀苇第二次被提讯时,故意向同牢的女伴借一件又破又旧的坎肩一穿。她那蓬头垢面的样子,叫赵雄一看就扎眼了。破了的坎肩散发出来的气味,熏得赵雄站起来,把窗户打开。

他让她坐得远一点。当然,这一回,他那拘谨的礼貌和婉转的声调不再出现了。

他换了个脸孔讯问秀苇。秀苇承认她跟剑平、四敏是同事,承认她是厦联社的社员,承认她演过救亡剧,写过救亡诗,她接二连三地说了一大堆对于赵雄毫无用处的东西。赵雄恼怒了。他本来把讯问漂亮的女犯当做一件赏心乐事,不料今天碰到的样样都惹他的火。他带着厌恶地问秀苇为什么要给四敏送殡,秀苇带着调皮的反问了一句:

"千百人都去送殡,是不是千百人都犯法呢?"

这个反问引起赵雄的疑心。"明明是异党分子的口吻!"他想,于是他接着就立眉瞪眼,拍起桌子来了。

"我调查清楚了,你是共产党!"赵雄一个指头直指着秀苇,声色暴厉,恫吓地追问道,"不用瞒,你是!你跟剑平是同党!跟四敏是同党!你是!不许否认!你是!……赶快说!你参加劫狱!你参加!说!不说就把你枪毙!说!……"

秀苇最初是叫嚷着否认,接着索性放声大哭,并且很快地就把喉咙哭哑了。秀苇有意地给自己安排的这一场哭闹,把赵雄激怒了,他压低嗓子骂:"静!不许哭!"秀苇不理,反而哭得更厉害。赵雄咬牙切齿,瞪着凶狠的两眼,呆住了。

警兵把秀苇带走后,赵雄吃了两片阿司匹林,又甩薄荷迪擦两边鬓角。

第二天,赵雄自己不再讯问秀苇了,他命令红鼻子用电刑对她进行迫供。

秀苇被带到刑房时,一看见电刑的刑具,不管三七二十一,转身就跑。警兵去拉她,她挣扎,骂,末了,连拉她的警兵也打了。挨打的警兵没生气,带着无可奈何和公事公办的神气,把她的两手绑起来。她跌倒在地上,打着滚,终于连两脚也给绑住了。她使劲地用撕裂的喉咙哭着咒骂,两个站在旁边的女特务骂她是"泼辣货",却不想去惹她。电机摇手一摇起来,秀苇便惨厉地大叫,把红鼻子迫供的声音给盖住了。她叫了几次就晕死过去。到她被凉水浇醒来,又继续哭着咒骂……

所有吃监狱饭的人都忌惮挨犯人的咒骂,怕"触衰",怕犯煞气。

十二月二十三日夜里,一个女看守偷偷走来告诉秀苇说:

"明天有十四个人要解省,你也是一个。你准备吧。"

秀苇心里扰乱起来,好一阵工夫才慢慢平静了。她明白,政治犯解省,九成是被判死刑的。同牢的两个女犯知道了这个消息,都替她掉泪,秀苇反而安慰她们。等到她们都睡了后,秀苇一个人还在那里躺着默想。一会儿她仿佛看见四敏走近身边来,他的脸像往日那样温厚,眼睛也像往日那样眯缝着;他低声问她道:

"秀苇,生和死,义和不义,都摆在你面前,你挑的是哪一边?……"

"我挑的是死。"她回答。

忽然四敏不见了。秀苇睁开眼,才知道自己迷糊了一下。

她听见哭声……她看见母亲抱着一个中弹的尸体,伤心地大哭,晕过去……

秀苇一骨碌翻身坐起来。为着不愿意让自己掉在胡思乱想里,她拿了纸和铅笔,借着过道射进来的微弱的灯光,集中精神给父亲写信。

"……当集体被真理武装了时,它就跟海洋一样是永恒的了。"她写到中间一段道,"我是集体中的一个,很清楚,我将被毁灭的只是有限的涓滴,我不被毁灭的是那和海洋一样永恒的生命。……"她停一停笔,想一下,脑里忽然现出父亲惨伤的面影:他颠着步子,手里拿着大瓶的高粱酒,一个劲儿往嘴里灌。她埋下头去又写:"爸爸,你从此把酒戒了吧。为着妈妈一直劝止不了你,也为着妈妈今后更需要你的安慰,你听听女儿最后的劝告吧。我不愿意想象当我不在的时候,你的生活里边还有任何引诱你走向颓废的东西。你不要为我伤心,你应当因为没有我而更加振作。还有,外祖父那边,不必让他们知道我的坏消息,能瞒就瞒他们挨过这晚年吧。……"

信写好后,秀苇又去把一个女伴摇醒,把信托她想法子带出去,那女伴是后天就能出狱的。

随后秀苇睡了。到她被叫醒来时,警兵已经拿着手铐在门外等她。外面天还没大亮呢。

十四个人,只有秀苇一个是女的,都扣上手铐。十二个提枪的警兵押他们上汽车。天大亮的时候,汽车由五通港的小火轮载他们过澳头后,便开始向省城公路出发了。

十四个人里面有两个是秀苇认识的。但他们都装不认识她,她便也不跟他们交谈。

大家心里明白,这是一辆开到省城的牢狱和刑场去的囚车。

到省城去的公路连绵三百多公里。汽车一会爬上斜坡,一会又驶下平地。

司机是个阔嘴、饶舌、叫人讨厌的小伙子,一路上净哇啦哇啦地跟警兵说笑打趣,嗓子像破大锣。警兵都管他叫老柯。

警兵们搭七搭八地扯起话来,一个说,吴七前些日子解省,从轮船跳到海里,"水遁"了。又有一个说,吴七水遁没有遁成功,身上中了两弹,死在海里,有人看见他的浮尸。

"鬼话!"另外一个反驳,"吴七早逃到新加坡去了,听说前两天还写信来骂赵处长呢。"

接着又有个警兵说前几天靠近福清一带的公路上,土匪拦车洗劫,把旅客的皮箱、手表、戒指都抢光了。

下午约莫三点钟的时候,汽车爬过斜坡,拐进了荒僻的山腹。一股夹沙的山风劈面吹来,空气顿时阴冷了。前面,赫然一座峭拔的大山,高峰上,一道银链似的瀑布,劈空下泻;公路的两边,一边是荒了的梯田和巉岩怪石,一边是黑压压的一片松柏,正迎着山风摇撼着,呼啸着。

汽车忽然刹住了。大家一看,车头前面,一棵倒了的松树恰恰横躺在公路上。

老柯连忙跳下车去,准备搬树,三个警兵也跟着跳下去要帮他。

可是不管他们使了多大的力气,那松树连晃悠也不晃悠一下。有个警兵泄了劲,气冲冲地对着车上骂:

"他妈的还跷腿,到不了省城不光我一个!"

挨骂的警兵似乎不好意思了,一个一个跳下车来。为着提防万一,他们分配三个警兵在车门口看守。其他的都来帮老柯。于是十个人二十只胳膊,全部使出了吃奶的劲,好容易"哼哼唷唷"把松树挪到路旁去。正当他们喘吁吁地要直起腰板来时,突然一阵猛厉的

323

喊声从四面发出：

"不许动！……举起手来！……"

山谷响起了恐怖的回音,一阵乱糟糟的山鸟拍着翅膀飞了。

好像从地底下钻出来似的，那一块一块的岩石和一棵一棵的柏树后面,一下子出现了好些怪物,数也数不清,个个拿着枪,枪口对着他们,喝声冲着他们。这些怪物全都戴着遮脸的猴帽,只留着当中两只眼睛。

吃惊的警兵连定一定神都来不及了。他们刚搬了树,本就够喘了,猛然这一下子更吓得他们喘不过气来。他们跟着老柯都同时举起了手。那三个守在车门口提枪的警兵,动也不敢动,吓呆了。

"缴械的不杀！不拿你们的东西！"有个猴帽子向他们宣布说,"赶快缴械！赶快！慢了就开枪！"

一切都好像安排好等他们走上那个圈套似的。在警兵想来,他们能够做到缴械已经是不容易了。

都缴械了后,那猴帽子又怒喊着：

"开手铐！钥匙在谁手里？站出来！开去！"

这时十四个戴手铐的犯人都从车厢里跳下来，让管钥匙的警兵替他们开手铐。那声色威厉的猴帽子又喊起来：

"把他们扣上手铐！谁敢反抗,马上崩了他！"

除了老柯一人外,十二个警兵个个目瞪口呆,让猴帽子把他们扣上手铐。

还没完呢。这时候,好些个猴帽子从口袋里掏出棉花和破布,往警兵的嘴里塞。咬着牙不让塞的挨了几下巴掌,嘴就乖乖顺顺地张开了。

接着,猴帽子又从口袋里掏出绳子,把那些哑子警兵分成了三人一组,臂连臂地捆起来,然后带到离公路不远的一个土坑里去。那个土坑好像老早就刨好了要让他们去蹲似的。

有个警兵以为要活埋他,瞪着求饶的眼睛,咿咿嗯嗯地滚着哑巴眼泪。

"好好蹲着!"一个猴帽子声色和缓地安慰他们,"不是要埋你们,别害怕。"

公路那边传来嚷闹的声音:

"我不开车!"是老柯的嗓子,"放了他们我就开!……不放我就不开!……"

"讲啥条件!"有人吼着。"开车!要不,连你也绑起来!"

"绑就绑,我不开!……"

"打掉他!打掉他!……"又有人怒喝着。

"打吧,打吧!打死我也是这样!我不开!……"

接着是嘈杂的说话声。似乎谁在调解,又似乎谁在哄劝。

"你先载我们走吧,回头再让你回来放他们,我们说一是一,二是二……"

三十多个猴帽子都集中到公路上来,迅速地上了汽车。汽车很快就开了。

车厢里的人挤得密密匝匝的。秀苇被挤到车后末了一排。她惊奇地瞧着这些救了他们的怪物,一个个摘下帽子,露出喜洋洋的脸。

"同志们,你们受惊啦……"

车厢里发出欢乐、兴奋的人声,大家握手、拥抱、急促地说话,乱作一团。秀苇噙着眼泪,傻了。

"秀苇!"

人丛里谁在叫她。她一看黑簇簇的人头上面,有一只手跟她打招呼。

"秀苇!"

声音挺熟悉。——天呀,明明是剑平的声音!怎么看不见他的

325

脸呢！她急着要从座位上站起来,竟没有一点气力,傻傻地对着那层层挡着她的脊背的墙,不知怎么办好。

终于她看见剑平了。——剑平夹在人丛里面正忙着跟狂喜的同志们握手、攀谈、笑、拍肩膀,欢喜得什么似的。他从人缝里拿眼跟秀苇招呼了一下……

好一阵工夫,剑平才挤过一道一道人墙,来到秀苇身旁,紧紧地握着她的手。显然由于激动,他眼睛红了,话不知从哪一句说起。秀苇望着他,又是笑,又是掉眼泪。

一切好像在梦里。同样的车,同样的人,但是在前面等他们去的已经不是省城的牢狱和刑场。他们自由了。

汽车开得像长着翅膀飞一般的快。这一切仿佛童话里的故事,人们坐着飞毯,从黑暗暴虐的王国,飞到自由幸福的土地去。

"我们现在往哪儿去？"秀苇问。

剑平指着车窗外面远远起伏的连山,用完全快乐的声调说道：

"到山那边去。我们要越过五个那样的山头,才到我们的地区。吴坚在那边等着我们。"

秀苇从心里涌出笑声来。

"书茵也在那边吗？"她好奇地问。

"不,她在另一个村子教书。"剑平指着后面的山脊说,"她离我们五十里地,跟洪珊在一起。四敏的孩子也在洪珊那边,很结实,已经三岁了。"

"哎,"秀苇天真地叹口气,"我真想看看四敏的孩子。"

"改天我带你去。"

"能不能抱他来跟我们一起住？"

"我也想呢,以后看吧。"

"其他的同志都在那边吗？"

"不,都分散到各地去了。"

剑平接着告诉她：仲谦和老姚留在漳属内地，仲谦在一个乡村小学教书，老姚当庶务，好些厦联社的旧朋友也都在漳属一带。北洞已经回到上海，前几天有信来。剑平又说，这边方圆一百多里路，好些村子都有我们自己的人，我们布置了极机密的联络网，厦门和各地发生的事情，当天就能知道……

前排有个彪形大汉回过头来望着剑平笑。秀苇忙问：

"他不就是吴七叔叔吗？"

"是呀，以后你可以叫他吴七同志了。"

吴七跟前回秀苇见过的不大一样。他的连鬓胡子和头发都剃光了，十足一个粗悍的山里人模样。他魁梧无比地站在人堆里，那高出来的斗粗的脑袋，看过去就像一个惹人注目的圆屋顶，他弯弯地俯下脖子，仿佛害怕汽车震动起来会把他的脑袋撞到车顶上去似的。

这时一辆打省城开出的客车劈面驶来，大家都紧张起来了。那客车的司机驶过他们的车旁，举手跟老柯打招呼，便过去了。大家这才松了一口气。

"你看见他们打招呼吗？"秀苇疑惑地问剑平。

"不要紧，老柯跟我们是自己人。"剑平凑在秀苇的耳边说。

秀苇不由得笑了。她还以为老柯是个坏蛋呢。

剑平离开秀苇的座位，走去跟前面几位同志攀谈。秀苇靠在车窗口，望着远远的山那边。

汽车爬过一个又一个山岗子。山岗子背后是无穷无尽的村子。赶牛的老乡们退在路旁让汽车过去，大约老乡们都以为这是一辆普通客车呢。

西下的太阳又红又圆，远山一片浓紫，小河闪着刺眼的橘红的水影……

《小城春秋》的写作经过

××同志：

　　回国后一直没有见过你，只读了你出版的书和发表的文章，每次读了你的文艺批评后，我总反复检查自己写着的东西：是不是也有你所指出的那些作品的缺点？

　　这一次秋江同志和愈之同志谈，决定让我把我写的长篇小说交给你审阅。这决定使我高兴。现在我就把我写《小城春秋》的经过简单说一说吧：

　　二十多年前，我的家乡厦门发生了轰动全国的大劫狱。这一个有计划有组织的劫狱是在当时我们党的地下组织的领导下发动的。我深受感动，一直想拿这事件写个长篇小说。党派人来和我联系，并把劫狱的全部秘密材料交给我，鼓励我写出来。但是，当时环境的不自由和我个人能力的限制，使我写了一半就停笔了。结果我只另外写了个以劫狱为线索和以地下工作为背景的中篇小说叫《前夜》，交给上海湖风书局出版。

　　我把写了一半的那个不成器的长篇带到南洋。日寇南进后，这部稿子被一个替我保存的朋友把它烧了，但我的心没有死，我想写这个长篇的意愿一直在心里悬着。这意愿在黑暗的年代中是个梦想，但在新中国诞生后的今天，就不再是个梦想了。我可以畅所欲言了。我可以补完那个二十多年，来一直悬着没有完成的任务。我不自量力而且充满自信地开始我的工作。自然，今天我要写的已经不是那个劫狱的史料，而是通过这些史料来写人，写那些死在国民党刀下而活在我心灵里的人。截止到今天,我已经写了三年又三个月。我天天用九小时的劳动来坚持这个工作。使我有这个信心和勇气的,首先是党的真理召唤了我,其次是那些已经成为烈士的早年的同志和朋友,他们的影子一直没有离开我的回忆。我不再考虑我写的能不能成器,因为我已经抑制不住自己,我的笔变成了鞭策自己的思想感情的鞭子了。当我构思的时候,那些不朽的英魂,自然而然就钻进我的脑子里来,要求发声。

从前年(一九五四年)夏天起,阿英同志前后看了我的第三遍稿和第四遍稿,每一遍稿都提了详细的意见,并帮助我作全面的重新布局和结构。他的批评和鼓励使我的工作得到了修正和增加了勇气。我终于又改写了第五遍稿和第六遍稿。阿英同志过去对我工作的鼓舞和批评,这一点,我必须如实地说出。

作为一个新兵和小卒,我知道自己的水平很差,得比别人多花些苦工夫。我再三再四地考虑着那些热情帮助我的同志和朋友的意见,改写了一遍又一遍,里面也有好几章是改写了十几遍的,至于全部前后的修改,那就不计其数了。这孩子磨得我好苦!我摔了不少跟斗,摔得越痛就领悟得越深。在构思和修改的过程中,我不断地砍杀那些公式概念的废料和自然主义的渣滓。可以说,在追求着社会主义现实主义这条道路,从理论的钻研到创作实践,我是一滴一点地摸索着走的。

我相信,你读《小城春秋》的时候,一定会很快就分析出我是沿着怎样的一条道路走的。我喜欢什么,憎恶什么,也一定瞒不了你的眼睛。在我读过你的文艺批评后,我这样相信不是没有理由的。

为着审阅和修改的方便,这一回我把修正的《小城春秋》油印了,邮寄二十九部给你,希望你读了,同时代转给各方面有关的同志。我相信我一定能得到你和集体的、热情的关切和帮助,我也相信我这三年多坚持的劳动决不会是白花。

请对我这习作进行尖锐地批评吧,不要放松里面任何一个缺点。如果发现什么差错,请你随时在油印本上做个记号或批评,这样我在修改时比较有个线索可寻。

你当然会体会到我把这稿子寄出去后迫切期待的心情的。我希望很快就会读到你的复信。我打算这月底能赴京一行,那时候再谈吧。

握手。

高云览
1956 年 5 月 19 日